江山梦密码

陈 酿 颜语城 ◎ 著

浙江人民出版社

图书在版编目（CIP）数据

江山梦密码 / 陈酿，颜语城著. — 杭州：浙江人民出版社，2024.9. — ISBN 978-7-213-11621-6

Ⅰ. I247.5

中国国家版本馆CIP数据核字第2024L369A4号

江山梦密码

陈酿　颜语城　著

出版发行	浙江人民出版社（杭州市环城北路177号　邮编　310006）
	市场部电话：(0571)85061682　85176516
责任编辑	徐　婷　祝含瑶
助理编辑	孙怡婷
责任校对	陈　春
责任印务	幸天骄
封面设计	厉　琳
电脑制版	浙江新华图文制作有限公司
印　　刷	杭州丰源印刷有限公司
开　　本	710毫米×1000毫米　1/16
印　　张	19.5
字　　数	284千字
插　　页	1
版　　次	2024年9月第1版
印　　次	2024年9月第1次印刷
书　　号	ISBN 978-7-213-11621-6
定　　价	88.00元

如发现印装质量问题，影响阅读，请与市场部联系调换。

目 录

上篇/江山胜览的绝唱

引　子 …………………………………………… 003
第一章　　古往今来第一人 …………………………… 005
第二章　　命途多舛不自弃 …………………………… 008
第三章　　绝境破庙黑泥娃 …………………………… 012
第四章　　铜钱饼屑破绝境 …………………………… 016
第五章　　维谷绝境托云天 …………………………… 019
第六章　　厚颜巧舌强提亲 …………………………… 022
第七章　　各怀心思初试探 …………………………… 026
第八章　　九枚铜钱订终身 …………………………… 030
第九章　　三里红绸踏风雷 …………………………… 033
第十章　　金风玉露终相逢 …………………………… 037
第十一章　强寇大闹郑家宴 …………………………… 041
第十二章　危崖荆棘苦攀援 …………………………… 045
第十三章　藤龙如何降鹰钩 …………………………… 049
第十四章　翻江通天自有命 …………………………… 054
第十五章　落龙潭前天地誓 …………………………… 057
第十六章　处心积虑复仇心 …………………………… 059

第十七章　乱流涌动添心忧 ···061

第十八章　我思君处君思谁 ···065

第十九章　扬帆远航两挂牵 ···070

第二十章　首航破碎铭耻辱 ···073

第二十一章　有情皆孽话缘由 ··077

第二十二章　瓯窑瓷缎远名扬 ··081

第二十三章　瓷片化信巧布局 ··084

第二十四章　相见时难别亦难 ··088

第二十五章　有缘重结来生愿 ··092

尾　声 ···097

中篇/微笑高棉的绮梦

引　子 ···101

第一章　朗俊双生共绮梦 ···102

第二章　不知天下有奇才 ···107

第三章　蒙昧未开天生境 ···110

第四章　智勇谋略胆过人 ···113

第五章　风云际会龙虎斗 ···117

第六章　巧设虚实引"主"目 ··121

第七章　"江山胜览"定风波 ··125

第八章　精卫填海得旺铺 ···129

第九章　洗净肉身见神明 ···135

第十章　"宝画"首次出蹊跷 ··140

第十一章　梦中画魂送异象 ···143

第十二章　吴哥东门遇"高僧" ··146

第十三章　毁于一旦"书法阵" ··150

第十四章	假墨真宝巧过关	155
第十五章	心机巧算半炷香	160
第十六章	七节芒里藏玄机	163
第十七章	商道亦是教化道	166
第十八章	神象凭空救乱局	170
第十九章	皇宫艳色与暗影	174
第二十章	"高棉微笑"窥阴谋	178
第二十一章	偷梁换柱中"阳谋"	182
第二十二章	各怀心思生死道	187
第二十三章	公主力挽恶狂澜	190
第二十四章	江山有梦寻密码	195
第二十五章	落花时节又逢君	197
第二十六章	江山胜览有遗篇	200
尾　声		202

下篇/千年商港的骊歌

引　子		207
第一章	山雨欲来风满楼	208
第二章	国之重宝现凡尘	212
第三章	身世浮沉戏台前	216
第四章	禽兽作威肆暴虐	220
第五章	山河破碎人自危	224
第六章	凶寇豪夺血漫城	228
第七章	命运多舛几经扰	231
第八章	身死魂断恨难平	235
第九章	戏文藏谜谁解明	239

第十章　红尘破浪立信仰 ⋯⋯⋯⋯⋯⋯⋯⋯⋯⋯⋯⋯243

第十一章　非我族类其心异 ⋯⋯⋯⋯⋯⋯⋯⋯⋯⋯⋯247

第十二章　举头三尺有神明 ⋯⋯⋯⋯⋯⋯⋯⋯⋯⋯⋯251

第十三章　阵前桃花三点头 ⋯⋯⋯⋯⋯⋯⋯⋯⋯⋯⋯255

第十四章　高门天桥三岔口 ⋯⋯⋯⋯⋯⋯⋯⋯⋯⋯⋯259

第十五章　血如残阳绣指断 ⋯⋯⋯⋯⋯⋯⋯⋯⋯⋯⋯263

第十六章　戏靴阴刻藏玄机 ⋯⋯⋯⋯⋯⋯⋯⋯⋯⋯⋯267

第十七章　靠旗神龙嵌天珠 ⋯⋯⋯⋯⋯⋯⋯⋯⋯⋯⋯271

第十八章　烧火棍破天门阵 ⋯⋯⋯⋯⋯⋯⋯⋯⋯⋯⋯275

第十九章　尘尽光生照前世 ⋯⋯⋯⋯⋯⋯⋯⋯⋯⋯⋯279

第二十章　谜底藏于神龙木 ⋯⋯⋯⋯⋯⋯⋯⋯⋯⋯⋯283

第二十一章　男儿何不带吴钩 ⋯⋯⋯⋯⋯⋯⋯⋯⋯⋯287

第二十二章　今生与君永相诀 ⋯⋯⋯⋯⋯⋯⋯⋯⋯⋯292

第二十三章　同仇敌忾卫河山 ⋯⋯⋯⋯⋯⋯⋯⋯⋯⋯297

尾　　声 ⋯⋯⋯⋯⋯⋯⋯⋯⋯⋯⋯⋯⋯⋯⋯⋯⋯⋯⋯302

外一篇 ⋯⋯⋯⋯⋯⋯⋯⋯⋯⋯⋯⋯⋯⋯⋯⋯⋯⋯⋯⋯305

上篇
江山胜览的绝唱

引　子

大宋，东海之滨。

三月，连日的暖风，将地处华夏东南入海口的瓯江两岸吹得绿意茵茵。

这日清晨，白雾蔽天，平日里早早就人来人往的宿觉码头，在浓雾的笼罩下如同仙界天门。

这样的雾天，船只是不敢冒动的。

在宿觉码头往来的每一艘船，都载着数百名商人、船员，或价值连城的货物。每一艘船都是性命所系，身家所托。

突然，雄壮的号角声起，雾中传来船帆猎猎之声，把靠在码头边等雾散的十几条船上的守船工吓了一跳。

"居然有船在这样的天气硬要靠岸？""德和号"商船上的纲首冯老大从船舱内快步跑到甲板，探出头去，只见一个巨大的黑色船影，正大剌剌地破雾而来。

还没等冯老大看清，耳畔又炸开了一通巨响，竟是宿觉码头上有人点起了鞭炮。

一时间，炮仗的烟和码头的雾混在一起，场面让冯老大哭笑不得。他对着立在"德和号"桅杆上观察动向的火长卫浪喊了一嗓子："这是哪路神仙？"

卫浪平静地答道："是郑家擎亭公的'郑利号'。"

"哈！"冯老大半叹半笑。这的确是向麓最会做生意的郑擎亭干得出来的事情。可转念一想，冯老大又对手下说："平常'郑利号'来来往往，也没这阵势，今天可有什么大喜事？"

众船员正议论纷纷，忽然又一阵大风刮来！这风如此刚猛，吹得所有的船只摇摇摆摆，竟瞬间吹开了笼罩码头的大雾。

冯老大转头望向码头,透过鞭炮余烬的袅袅烟雾,他看清了码头上迎船的人,不觉张大了嘴巴……

这其中竟然有商家、船家的父母官——向麓城市舶司提举李峤章。

更让人称奇的是,接船的一干人等,众星捧月般围着一个人,那人却不是官职最大的李峤章李大人,而是一位年轻人。

冯老大被这眼前不寻常的一幕惊住了,他指着那年轻人问道:"这人是谁?"

"他是新河窑坊大司务黄世泽的弟子。"卫浪的语气依旧如海上的礁石般平静,"大名唤作周云天。"

"郑利号"靠岸的瞬间,船头"笃"的一声,轻轻撞了一下栈桥。一枚卡在船头模板间的小铜钱在空中画出一道弧线,"啪"的一声,砸在了宿觉码头之上,咕噜噜地一直向前滚,直到滚到了一名年轻男子的脚下。

男子抬起脚,踩住了这枚铜钱,又弯腰拾起,审视了一番后,嘟囔了一声:"大观通宝。"他望向四周,不好意思地喊了一声:"谁的铜钱?谁的铜钱?谁的呀?"

但没人搭理他,所有人都在望着那艘靠岸的大船。

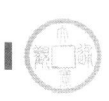

第一章
古往今来第一人

"郑利号"靠岸,船工们放锚的放锚,架梯的架梯,引路的引路。走在最前端的,自然是名震浙南、富甲一方的郑擎亭;随后是"郑利号"的纲首李老大;走在他们之后,却昂首挺胸的,便是新河窑坊的大司务黄世泽。

黄世泽的手中捧着一只盒子,盒子上盖着一条红绸。

市舶司提举李峤章第一个迎上前去。郑擎亭、李老大、黄世泽向李峤章行跪礼;李峤章忙扶起郑擎亭,说道:"前几日收到郑老哥的信,便知喜事不小,郑老哥这次筹谋,为我向麓城又添一笔新功。"

郑擎亭微微一笑,点点头,稳稳地说了一句:"有李大人这样的父母官,才是我向麓港的福气。"随后,郑擎亭望向被众人围着的周云天,眼神突然闪出别样的光来,不同于商人的圆滑老练,更像是欣慰与爱惜,却也只说了一个字:"来!"

周云天被众人推着向前,他的脸自小被窑火映着,本来就比一般人红,如今更是红得发亮。周云天走到郑擎亭面前,刚想下跪,却被郑擎亭一把搀住,说道:"先跪师父。"

周云天脸又是一红,转向黄世泽,倒头便拜,黄世泽禁不住老泪纵横,口中不停地说:"好徒儿,好徒儿,这下,总算是让咱们新河窑坊,不对,是让咱们瓯窑扬眉吐气了!"

顺着热闹劲儿聚拢来的人越来越多:客商、水手、匠人、贩夫、走卒……

见这情势,郑擎亭对李峤章做了个"请"的手势。李峤章的小厮抬了半天的高椅终于放到了地上,李峤章迈腿站了上去,对着众人高声说道:"此次,由本官亲笔书写举荐书,由郑大官人亲自出面举荐,将咱们向麓城新河窑坊烧制的新品送至临安府,并面呈工部侍郎厉文栋大人。厉大人对我瓯窑新品赞不绝口,立刻呈报工部尚书谢国斋大人。此次的瓯窑新品,定能有所成就,光耀向麓!"

现场欢呼一片。喊得最大声的,自然是新河窑坊的窑工们。

郑擎亭对李峤章拱手作揖,接过话头说道:"说起瓷器,诸位行商天下的官人们比我清楚。北有定窑、钧窑、耀州窑;南有龙泉青瓷、景德镇青白瓷。诸位之中,经营此种瓷器并从中获益者,想必是不少的。"

现场的商人、船老大纷纷点头。有几人环顾四周,面露得色,俨然就是瓷器行当的经营好手。

郑擎亭冲各位拱拱手,继续说:"一方水土,若能在瓷器上出得名品,即便不被列入官窑,也足够让此地获利百倍千倍。但我瓯窑自汉代以来,虽已有千年的传承,却始终没有惊世之作。但,如今不同了!"

郑擎亭指向黄世泽手中那盖着红绸的器物,众人的眼神瞬间都集中了过来。郑擎亭柔声对周云天说:"你做的,你来揭。"

周云天恭恭敬敬对着郑擎亭行了个礼,此刻他脸上已无最初的窘迫,而是一种骄傲,一份洒脱。

此刻大雾已尽数散去,一轮春日洒向宿觉码头。红绸揭开,众人眼中一团清澈的亮光一闪而过,化作一只瓷瓶。那瓷瓶上绘着晨光中的青天与山峦,比真的天与山更有韵味。再细看,山峦下还有一条大河,更让人啧啧称奇的是,那河水仿佛在缓缓流淌。

"这瓶子,不像是人间造物啊,更像天上来。"一位脚夫喃喃地说,下意识地双手合拢,做了个拜的动作。

"这是瓯窑?咱们的瓯窑?"一位陶瓷商瞪大了眼睛,他眉宇间商人的狡黠神情消失了,取而代之的是呆呆的真切,他已被这件器物深深打动。

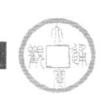

"我等在宿觉码头混迹多年,苦心经营,多年来,天下瓷器,从我等手中进进出出的不计其数。但遍及中国乃至南洋、欧罗巴,都未曾见到这般气象之物。"

另一位陶瓷大商向李峤章、郑擎亭拱手:"李大人、郑大官人替向麓城发掘出此物,真是无上的功德。"

这时,沉默良久的黄世泽终于说话了,这个因常年居于窑坊显得木讷的老窑匠,此刻终于对他心爱的徒弟说上一句:"做得好哇!做得真好哇!你真是,我瓯窑,古往、古往今来第一人!"

一个嘴笨之人,开口夸自己的徒弟,夸得磕磕绊绊,这场面既有几分滑稽,又让人觉得庄重,更添感动。

就在大家纷纷感慨之际,市舶司提举李峤章却干笑一声,说了句:"关于这瓯窑瓷瓶,本官却另有一事担心。"

众人不解地望向李峤章,李峤章继续说道:"自古以来,都是烈焰炼瓷韵,繁复难成文。烧出一个惊世瓷瓶固然是大喜之事,但若是说到造福一方,还得看这个瓷瓶是否可以再次烧成,是否可以传承四方。"

众客商听得此言,都相互点了点头。这样的事情在工匠行当中并不罕见:偶尔因天时地利人和制出上等品,却无论如何都制不出第二个来,如同昙花一现。

正在大家都凝神揣摸的时候,人群中突然传来一声清脆的娇喝:"李大人你多心了,我云天师哥可不是寻常人!"

现场人一听,不禁缩了缩脖子,忍不住暗想:"这是谁家的傻丫头,还想不想在这向麓港的地界混下去,竟然胆敢当众顶撞市舶司提举大人?!"

第二章
命途多舛不自弃

众人循声望去,但见一女子,头上簪着一朵并不常见的琉璃花,身上的襦袄一看就是官家小姐的制式,却又如同村妇般将长裙卷至腰间。认得这女子的,此刻已然扭过脸去,捂嘴偷笑,心想:"不愧是她!否则谁敢如此造次?"不认得的,看到这副前所未见的打扮,心中暗自震惊。

这古灵精怪的女子旁,还站着一位打扮儒雅的俊朗青年,正欲伸手拉住往前冲的女子。

那女子转头对青年嬉皮笑脸地说:"小叔叔,你拉着我干吗?你敬我阿爹你只管敬,拉我作甚!"

众人再看台上的李峤章大人,一半的脸红了,一半的脸青了,他重重咳嗽了一声,说:"墨梅,不要胡闹!"

围观的众人心领神会,原来这女子便是李峤章的千金。

那位俊朗青年、李墨梅口中的"小叔叔",自然就是李峤章大人同父异母的弟弟李去尘。

向麓人说起李峤章,心中总是有几分畏惧的,这位大人既八面玲珑,又杀伐果断。初上任时,城内豪强并立,无人看好这位乡下来的新官。不想一年过后,向麓港被他打理得风生水起,上至官员,中至富商,下至船员脚夫,都对他交口称赞。这其中下了多少功夫,用了多少手段,明眼人看破不说破,提起李大人,无不发自内心

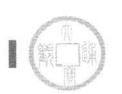

说上一句"佩服"。

常年在向麓港走街串巷的人都知道,李峤章有一宝贝千金,这位千金可不得了,非但不喜欢同闺秀们一处,反而整天与向麓城的年轻工匠混在一起。对达官贵人毫无谄媚,对手艺娴熟的老工匠则敬重有加。

李小姐整日混迹于各大作坊,拜师学艺,每每亲自动手,那富家小姐的长裙,自然总是像干活儿的村妇一般挽起来。城中的百姓起初觉得这副打扮做派令人难以接受,但久了,也能看到李墨梅的一片真心赤诚,反而对她心生喜爱,觉得她英姿飒爽,不似凡间俗物。

李墨梅之所以养成这样的性格,与她的小叔叔李去尘有莫大关系。

李家的故事早已传遍向麓,不是什么秘密。

李峤章一生颇为坎坷,虽年幼丧母,却发奋图强,二十岁便高中进士,名噪一时,正大展宏图之时,家乡老父却突然病逝,不得不返乡丁忧三年。三年期满,李峤章在继母的安排下,娶了同村女子柳氏为妻。完婚后,接到吏部任命书,正是春风得意马蹄疾时,不想在赴任路上,继母又突然去世,家中仅剩继母所生的"隔水兄弟"李去尘。李峤章一片纯孝,又回去为继母守孝,与妻子柳氏一道,将李去尘接到身边抚养。

或许是自己年幼丧母,深知其中滋味,李峤章对李去尘疼爱有加,甚至比对亲生女儿李墨梅还要好。不承想,没过多久,柳氏染上恶疾,撒手人寰。

李峤章自二十岁考中进士,命运便如那急雨,从云端坠落尘埃。耽搁了大好前程不说,至亲接连离世那撕心裂肺的苦楚,自然也不是一般人能承受。

此后数年,李峤章也不续弦,带着弟弟和女儿,醉心于官场角逐,最终成为向麓城市舶司提举。这从五品的官职,或许与他二十岁时的雄心并不匹配,至少也肩负着为官一任、造福一方的重任。

李去尘与李墨梅,自小彼此扶持、一同长大,虽是叔侄,在外人看来与兄妹并无二致。或许是感悟了兄长命运与仕途的坎坷,李去尘虽饱读诗书,却无心功名。跟随李峤章在向麓港长大的他,对向麓俗世的一切都倍感兴趣,他与商人交好,与匠人往来，与船员戏耍，要不是李峤章拦着，他还想随船去往四海，看看未知的天地。

李峤章公务繁忙，李墨梅自小便跟随着李去尘四处游嬉，渐渐地就变成了"假小子"的模样，在混迹江湖方面，潇洒程度甚至超过李去尘。李去尘虽身处江湖，却依旧不改温润书生的品性；这李墨梅，虽也跟着小叔叔读些诗文，骨子里却完全是一个随心所欲的野丫头。

此刻，这野丫头正因为她的爹爹说了几句质疑周云天的话，便公然顶撞了起来。所有熟悉李峤章家事的，都露出了哭笑不得的神情。

面对下不来台的李峤章，李墨梅不以为意地走上前去，眼中却只有周云天。

她盯着周云天的眼睛，手也没闲着，拔下头上那根琉璃花，递到父亲面前，说："这琉璃花就是周师兄烧的，莫说这向麓城，就是在临安，但凡能找出第二根如此品相的，我便向爹爹磕头认错！"

李峤章接过那琉璃花，心中一凛，作为市舶司提举，他见过的珍玩宝器不少。但这琉璃花的精美程度，还是远超他的预期。

此刻，郑擎亭盯着这琉璃花，眼中也有灼灼光热。

周围的人见李大人、郑官人都是如此神情，又开始议论纷纷："周云天真乃天纵奇才，莫说那珍品瓯窑，哪怕是这琉璃花，若是销往东洋、南洋，定能在海外诸国风靡，为我们向麓城赚来大把银子！"

李峤章将琉璃花插回李墨梅的发间，带着一半威严、一半疼爱地说了一句"胡闹"，随即转过脸来，笑对众人说："周小匠师的烧窑神技，经此珍品瓯窑一事，自不必说。本官祝贺这新河窑坊，能在黄司务的统领下，为我向麓增添更多的荣光。"

说罢，李峤章便在众人的拜谢声中乘轿离去，顺路带走了李去尘，和那一脸不情愿的李墨梅。

郑擎亭的轿子随后便到，郑擎亭冲老窑匠黄世泽拱拱手，又重重地拍了一下周云天的肩膀，点了点头。

旁人热闹看完，尽数散去。

周云天走在路上，这份喜悦久久冲击着他年轻的心，让他如坠梦里，如步云端，慢慢地,他就落在了窑匠队伍的后面。

这时,一团红色的身影,轻盈得如同一片桃花花瓣,飘飘然来到周云天的身后。

伴随着一阵香气和一声娇笑,身后的姑娘伸出粉拳,轻轻地打在周云天的后背。

感受到这熟悉的击打,周云天绷紧的神经瞬间缓了下来。他这半个时辰脸上挂着的那份不自然的半哭半笑,也总算恢复成正常的表情。

他急忙回过头来,对来人说道:"瓷宝,我的事,你家小姐知道了吗?"

"自然知道的。"瓷宝伸出手,将一枚铜钱塞到周云天手中,"所以,我家小姐让我今天把铜钱给你。"

二人望向这枚熠熠闪光的铜钱,饱含欣喜、异口同声地说了一句:

"大观通宝!已经是第八个了!"

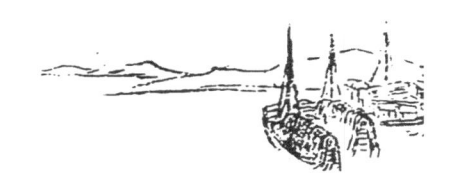

第三章
绝境破庙黑泥娃

周云天展开手掌,铜钱安稳地躺在掌心,从小便在窑坊劳作,周云天的手掌饱经磨砺,今天这粗粝的掌纹,反倒是把铜钱托得更玲珑精巧。

"这是我今日最重要的事,也是我今年最重要的事,总算是完成了。天哥,还有一年的光阴,你和小姐的事,一定能如愿。"瓷宝双手合十,做了个"上天保佑"的动作。

告别瓷宝,周云天继续朝新河的方向走去。江水奔流了千百年,岸边垂柳正冒出新芽;江中孤屿郁郁葱葱,中间露出佛寺外墙的一抹金黄。雾气在对岸山间涌动,犹如惬意舒展的巨龙,搅动阵阵暖风,吹得人心悦神怡。

铜钱还在手中,周云天的脑海中浮现出那张脸来:眼睛如同阳光浅落的深潭,嘴角总是挂着深谙人心的聪慧笑意,脸蛋光洁得让他不忍相看。——哪怕他周云天是瓯窑奇才,所打造出来的旷世珍品,也不及她容颜的万分之一。

把这样的脸庞烙在心底,这世间再美的颜色都会黯淡。何况并不只有皮囊,周云天与这位小姐的缘分,在岁月中烙下过彼此相携、笑泪交织、出生入死的印记。

在暖风中行走,往事也如云气,在周云天的胸臆间游荡开来。

与此同时,位于向麓城万花塘的郑家大宅前,郑擎亭的马车也已停到门口。

管家吕水龙早已携众家丁在门口迎接,一条红毯从下马处铺至内院,郑擎亭下

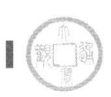

得马车来。吕水龙便高喊一声:

"擎亭公踏红归家!"

迈入向麓城最高最大的郑家大门,庭院内亭台轩榭错落有致,假山池沼堆砌其间,名树名花点缀映衬。这番盛景,曾让每一个踏足此地的人都心生恍惚:这莫不是到了姑苏城?

大院之中,首个迎接郑擎亭的,自然是郑擎亭的儿子郑纲。这位十五岁的青年,在别人眼中简直是含着金汤勺出生的天之骄子。此时见到父亲,他却脸色惨白,唇齿嗫嚅,眼神在父亲和郑家特聘的延师张晋元之间来回甩动,最后在张晋元鼓励的眼神下,这才说了一句:

"爹爹好。"

郑擎亭脸色阴沉,皱起眉头,问道:"可有好好读书?"

"读书,是有的。"郑纲口齿不清地回答道。

郑擎亭深吸一口气,重重叹息,每当此时,他都会忍不住想:"为何我郑擎亭英明神武,冠绝一方,却生出这么个儿子,还不如一个小小窑匠!"

他又想到了周云天和他的手艺,耳畔已经响起环佩叮当之声,郑家的女儿们齐齐走了出来,一声声"爹爹",如风打榕叶般参差鸣动。

"爹爹,家中一切都好。纲弟弟也有很大的长进。"一个稳且柔的声音响起。

郑擎亭望向长女,不知不觉间,这个让他骄傲的女儿已经出落得亭亭玉立。她站在那儿,如同一座玉色的山壁,初见大气典雅,细观顾盼神飞。她虽然平常并不出门抛头露面,但向麓城坊间一直有"郑家长女是天仙下凡"的传闻。

众多子女中,只有这位长女能让郑擎亭看到自己年轻时的风采。但郑擎亭并不会在众人面前表现出偏爱之心。听到长女这么说,他也只是点了点头,继续朝屋里走去,忽地停下脚步看了看众女儿及仆从,转头问:

"沉芗,怎么就你孤身一人?瓷宝呢?"

"回爹爹,我吩咐瓷宝出门办事了。"

"不要纵容下人。丫头的名声,也是你的名声。"

说罢,郑擎亭走进自己的书斋。

坐在熟悉的罗汉榻上,郑擎亭这才有放松之感,这几日车马劳顿,又周旋于官场商界,都是为了那件横空出世的瓯窑。接下来,他得开始好好思考,如何利用周云天的手艺,为自己赚取更多的银子。

新河窑坊,周云天的脸,女儿沉芎的脸在他的脑海中依次浮现,他渐渐坠入梦乡。

恍恍惚惚间,郑擎亭又回到了那个地方——

无处不在的焦味让人心神惊慌,很快便能看到冲天的黑色烟柱,火借风势越烧越大,火焰猎猎声、巨木倒塌声、惨厉的呼救声不绝于耳。转瞬之间,天又降下豪雨,那已被烧成焦土的店铺和大宅,像个黑黝黝的恐怖深洞,不断地向外流着黑色的水。一位身材高大却被雨水打得佝偻起身子的人,怀抱着襁褓中的女婴,背对着黑洞大宅,一步一步艰难地行走在江畔泥泞的道路上。

这是郑擎亭一生最黑暗的时光,一场莫名而起的大火,烧毁了他纵横商界苦心经营的一切:父母、发妻、宅院、银票……他唯一从火海中救出的,只有年幼的女儿沉芎。

一阵风吹来,他发现自己行走在瓯江畔,他不知道自己走了多久,还要继续往前走多久。他已经感受不到脚的存在,只有襁褓中女儿软糯的脸蛋,让他有一丝尚且存活的感觉。

江水滔滔,这人间竟如此苦楚,不如一跃而下,了却此生,落个解脱吧。

绝望间,襁褓中的女儿却开始咿咿呀呀起来。

那声音毫无悲苦之色,竟如此动听。

江水声与女儿的咿呀声,就像两股力量,把郑擎亭在地府与人间来回拉扯。

一座残破的庙宇出现在路边,郑擎亭再也走不动了,他迈入几乎全烂了的庙门,靠着墙壁,滑坐了下去,顺势朝前望去。

这一望不要紧,眼前之所见,让他的头皮紧了一紧。

那破庙小小的院子内,在四处疯长的野草中,立着一个又一个泥塑的小人。

那些小人姿态各异,有的呆坐,有的练武,有的互相依偎,还有的甚至挂在一些粗壮的草上,仿佛要飞升。

正在郑擎亭吃惊眼前为何会出现这一幕时,从佛堂中走出一个黑乎乎的人影,个头十分矮小。

"莫非是土地公。"郑擎亭脑子一片混乱着,那影子已经来到跟前。

定睛看清,来者居然是一个约莫五岁的孩童,一个穿着干草做成的衣物,且全身沾满黑泥的孩童。

郑擎亭一时不知道该如何应对,怀中的沉芎却大哭了起来。

郑擎亭下意识地去哄,沉芎却越哭越大声。

那黑泥男孩见状,转头爬上了一棵芭蕉树,取下一片巨大的芭蕉叶托举在手中。郑擎亭瞬间明白了他是何意,便把沉芎放在了芭蕉叶上。黑泥男孩便对着沉芎,唱起一首歌谣来:

"阿姆汪汪,阿妈纺纱,阿爸赚铜钿,阿哥摘落茄……"

郑擎亭不禁落下泪来,变故发生之前,发妻最后的声音,便是哼唱此歌谣,哄沉芎睡觉。

听到这首曲子,沉芎停止了哭闹。她躺在芭蕉叶上,黑泥男孩轻轻摇晃,沉芎大大的眼睛看着黑泥男孩的脸,不多时,竟面露笑容睡着了。

黑泥男孩轻轻把芭蕉叶抱起,向佛堂走去。郑擎亭如坠梦中般跟了上去,佛堂中的大佛面容伟岸、神色慈悲,身体却已破败不堪,胸口更是有一个大洞。香火桌下有个厚实的草垫。黑泥男孩把沉芎轻轻地放在草垫上。又转过头来,从怀中掏出一物,递到郑擎亭面前。

郑擎亭低头一看,是一枚铜钱!

上面镌刻四个熠熠发光的字——"大观通宝"!

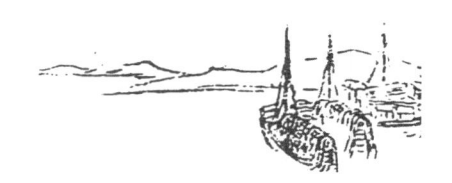

第四章
铜钱饼屑破绝境

宋大观年间,徽宗赵佶铸"大观通宝",并御题钱文。在百姓心中,徽宗是世间第一书圣,创书法"瘦金体",其铁画银钩之笔锋,冠绝万世。

大观通宝有小平、折二、折三、折五、折十的不同版式。折十为最小,亦最惹人喜爱。正因为这最小的身形,达到了"方寸之间自有天地"的气势,将瘦金体的韵致发挥到了极致。

见这枚大观通宝,郑擎亭心中的苦楚又铺天盖地而来。靖康之难是所有宋人永远无法愈合的伤口:靖康元年,完颜阿骨打次子完颜宗望攻破汴京城,徽宗、钦宗二帝被金人脱去龙袍,贬为庶人。而后,宫妃、宗室、百官数千人以及教坊乐工、技艺工匠,各种珍宝玩物、皇家藏书等尽被押送北方。徽宗受尽凌辱,着丧服谒见完颜阿骨打,更是被金人辱封为昏德公,被囚九年后驾崩于五国城。

此后,即便以临安为都,偏安于一隅百余年,读到徽宗那首"彻夜西风撼破扉,萧条孤馆一灯微。家山回首三千里,目断山南无雁飞",上至达官贵人,下至平民百姓,依旧忍不住涕泪涟涟。

想到此处,郑擎亭心中忽地一动:"此刻之我,与徽宗一比,是否尚有偌大生机?"

他又看了一眼那枚小小的折十大观通宝,最终还是泄气了。

"你要把铜钱给我?"郑擎亭望了一眼熟睡的女儿,干哑地说。

黑泥男孩点点头。

"不要了,小兄弟,我……"郑擎亭的脑子里一片混乱,连话都不知道怎么说。

一个递钱,一个推辞,一高一矮二人就这么僵持着。

递钱的是沾泥的五六岁幼童,推辞的是落魄的中年汉子。这场景若是被旁人看到,定会觉得十分怪异。

就在此时,庙外响起了一声嘹亮的吆喝:

"麦饼!麦饼!最正宗的楠溪麦饼!"

楠溪麦饼乃是瓯水支流楠溪沿岸古村的风味名物。唐元和年间,楠溪永嘉有一位县尉,名唤朱兴,有感于世道纷乱,民多聚盗,怀着"创世外桃源"之心,在瓯水之畔,寻得一山明水秀、景物幽清之地,取名花坦,携全族迁居于此。自此人丁兴旺,开枝散叶。

这麦饼正是朱氏先人初创,以咸菜、鲜肉裹于面团,贴在炉壁内烘烤至熟,味道极其鲜美。如今已历经百年,香飘向麓大地。

一阵奇香飘进庙内,郑擎亭腹中狠狠一动,随即察觉到:他已不知不觉行走了两日两夜,水米未进。此刻这爆发开来的饥饿感,终于让他有了一种自己还活着的真切感。

幼童听到外面的叫卖,拿着铜钱就走了出去。正当郑擎亭想着"这铜钱只能买麦饼一角"时,幼童却用芭蕉叶,捧进来一堆小石块儿一样的事物,来到郑擎亭前,说了句:"给你吃。"

郑擎亭瞪大眼睛望着眼前的事物,分辨了一会儿,他才意识到,做麦饼时,会有一些面团粘在炉壁上,扯下来便成饼屑,多了也能堆成一堆,这本已是无用之物,被这孩子用一文钱买了下来。

郑擎亭捏起一块饼屑放入口中,面的焦香瞬间充盈了他的味蕾,他下意识地匆忙吞咽,却被粗陋的面块儿卡住了喉咙,一时被噎得涨红了脸,挤出了泪。

孩童见状,用葫芦瓢打来水。郑擎亭大口啃着面块喝着水,曾经的傲气与豪气随着食物一点点地回到了体内。

"这饼屑粘于炉壁,受烈焰煎烤至焦黑,如泥土般遭人嫌弃,依旧还是能卖一文钱,更能让一个绝境之人活下去。"郑擎亭的脑海中翻江倒海般闪动着各种念头,最终收拢为一个声音:

"何况是我郑擎亭!"

郑擎亭的一双眼睛终于清澈了起来,他轻轻抱起熟睡中的郑沉芎,黑泥孩童就一直盯着郑沉芎粉嫩的脸。

郑擎亭指着院子里的泥人,问:"这些都是你捏的?"

孩童点点头。

"你的父母呢?"

孩童摇摇头。

"你就住在庙里?"

孩童点点头。

"这庙里还有没有别人?"

孩童摇摇头。

郑擎亭大概明白了怎么回事,他不由得又感慨起来:不知双亲在何方,这孩子的命真苦;但他竟能独自一人在这庙中活下来,还能用一双巧手捏出这些泥人,他又毫无疑问是幸运的。

"我帮你找个地方。你不用住在庙里,能吃饱穿暖,还能捏泥人,你可愿意?"

孩童似懂非懂地看着郑擎亭,这时郑沉芎却醒了过来,咿咿呀呀发出了开心的笑声。

孩童一愣,盯着郑沉芎的脸看了一会儿,抬头对着郑擎亭用力地点了点头。

那一日,郑擎亭一手抱着郑沉芎,一手牵着日后被人叫作周云天的瓯窑天才,在残破佛像和诸多泥人无言的注目下,走出了无名小庙。二人命运的轮盘在这一刻重新转动,迎来密不可分的交缠。

第五章
维谷绝境托云天

郑擎亭带着一大一小两个孩童,向新河窑坊走去。

小小向麓城,塘河交汇,如同棋盘;向麓人引以为傲的光禄大夫、文定公叶适曾有文:"昔之置郡者,环外内城皆为河,分画坊巷,横贯旁午,升高望之,如画弈局。"

各种大大小小的工坊,如群星般散落在这天然的"棋盘"之上:窑坊、船坊、纸坊、绣坊、伞坊、漆器坊、织染坊……

向麓城的匠人匠艺冠绝八百里瓯江,每个行当都有翘楚,若说到窑坊,佼佼者有三:城东的华盖窑坊、城西的红霞窑坊、城南的雁池窑坊。这三座窑坊,呈三足鼎立之势,各地商人在向麓订购陶瓷器具,也必是在这三家中择其一。

当年,郑擎亭做生意,有自己的思量,他觉得这"三足"生意太好,难免店大欺客,不思进取。因此他来到向麓后,特意去找那些在夹缝中求生存的小窑坊,以扶植将来属于自己的窑坊。就这样,他遇到了野心勃勃的新河窑坊司务周劲风,二人一拍即合,眼看就要一展拳脚,不想变故来得太快——周劲风有了郑擎亭做靠山,整日想着立刻超越华盖、红霞、雁池三坊,得意之余便到处吹嘘、与人斗酒。一晚外出饮酒,却彻夜未归。第二日一早,便被人发现尸身漂于新河之上。

接着,就是还未在向麓城站稳脚跟的郑擎亭家中突燃大火。

如今再次踏入新河窑坊,郑擎亭的内心何止百感交集。

新河窑坊冷冷清清,迎上来的是周劲风的徒弟黄世泽。虽说是徒弟,但黄世泽的年纪,其实并不比周劲风小多少。见到衣物残破、面色灰黑,还抱着婴儿的郑擎亭,黄世泽颤声拜道:"郑大官人,您这是怎么了?"

郑擎亭嘶哑地说:"不提那些了。我今日来只跟你说两件事:第一,无论如何,你都要把这新河窑坊撑下去,待我渡过这一劫,再回向麓,干好你师父未竟之事。"

提到师父,黄世泽双拳紧握,全身颤抖,大滴大滴的泪珠坠入地上。

"此人虽愚钝,但却忠厚沉稳,值得托付。"郑擎亭暗想,接着继续说道:"至于这第二件事,我送你一个徒弟,你要好生照顾他,他资质不凡,将来必成大器。"

说罢,郑擎亭将躲在身后的黑泥孩童带了上来。

黄世泽看到这么个泥娃娃,一时不知如何是好,蹲下身来手忙脚乱地擦拭一番。最后才想起把孩子带到窑坊的大水缸边,举起大瓢给泥娃娃洗澡。

在新河窑坊,这娃娃洗去了一身黑泥。黄世泽又去取来一套最小的窑工服给娃娃穿上,那窑工服对娃娃来说甚大,手伸不出,下摆拖着地。

襁褓中的沉芗此时瞪大了眼睛,盯着娃娃,开心地笑了。见沉芗笑了,那娃娃甩着袖子转起圈来,他一转,沉芗便笑;又转,再笑;一个转个不停,一个笑个不停。

见此情景,郑擎亭和黄世泽也笑了。

二人越笑越大声,笑声回荡在清冷的窑坊间,七分悲凉,三分阔朗。

笑这命运多舛,笑去胸中愤懑,也盼望着,能笑出未来的通途。

临别之际,黄世泽抱起娃娃,对郑擎亭说:"郑大官人为这娃娃取个名吧。"

郑擎亭思量了一下,便说:"他承你师父,便姓周吧;劲风冲云天,就叫他周云天吧。希望你唤他名字的时候,想起你师父的壮志未酬,也谨记你师父的放纵狂悖。你一定要安分守己,这新河窑坊才有时来运转的一天。"

黄世泽把周云天放到地上,师徒二人给郑擎亭行礼。

周云天的眼睛,滴溜溜地看着襁褓中的沉芗。沉芗竟伸出一只粉嫩的小手,摸向周云天的脸。周云天忙用双手捧住那只手,哈了一口气,又逗得她笑了起来。

郑擎亭望了一眼身侧一大一小两个娃娃,抱起郑沉芗,大踏步走出了窑坊。

那时的郑擎亭,并不知道自己这番重新上路,待重返向麓城,要到十年之后。

那时的周云天,也不知道自己再见到这粉雕玉琢的女娃,要到十年之后。

两个孩子的哭声交缠在一起,随风飘去好远……

一阵风吹过厅堂,仿佛又吹来了多年前孩童因别离大哭的声音。

这风吹醒了榻上小憩的郑擎亭,他揉了揉太阳穴,一旁的小厮用温水泡了巾帕,恭恭敬敬地递了过来。

耳畔传来一阵干笑,一人大刺刺地踏进书斋。郑擎亭正想发火,抬眼一看,却顿时没了脾气,眼前之人正是向麓城市舶司提举李峤章。

李峤章后面,还跟着一脸忐忑、欲言又止的管家吕水龙。郑擎亭迅速想到了两个关键所在:其一,他刚醒,李峤章就进来了,这说明李峤章一直在屋外等他醒来。他纵然财富冠绝向麓,但对方毕竟是手握实权的父母官,有什么事,竟屈尊等他。其二,两人上午刚在宿觉码头因新河窑坊出珍品的事会过面,为何刚过午后,李峤章就这么匆忙来找他。

郑擎亭急忙起身,整理衣装,边行礼边说:"李大人,怠慢了,怠慢了!家丁不懂事,竟然让您等我!你们都给我出去领罚!"

李峤章笑道:"不碍事,不碍事。是本官让他们不要吵醒你,郑大官人为我一方水土繁荣四处奔走,殚精竭虑,自然也要好好休息。"

郑擎亭将李峤章引到黄花梨官帽椅上落座,自己却恭敬地站在一旁候着。李峤章抬眼一看他这模样,说了一句:"你也坐,你也坐。"

郑擎亭笑着说:"李大人训诫草民之前,草民不敢坐。"

李峤章起身,握住郑擎亭的手说:"言重了,谈何训诫,本官就是来找你说个闲话,拉个家常。"

望着李峤章那双看不透的眼睛,郑擎亭突然想到之前做的那个梦。

那段不堪的历程,如今知晓的人已经很少,他也已经许久没梦见了。往事突然又入梦,是否意味着:今日又将发生什么改变命运的事情。

——而李峤章,正是为了此事而来。

第六章
厚颜巧舌强提亲

李峤章开口前,郑擎亭已经在心里把他此次非同寻常的拜访目的想了一遍。

依据他多年周旋于官场商界的经验,最大的可能是李峤章有机会晋升,需要富户财力支援。这才亲自到访,甚至屈尊等他醒来。

万万没想到,李峤章开口对他说的第一句话是:"你儿郑纲,是否已到束发之年?"

"禀大人,是的,本月刚满十五。"

"我听闻他正直忠厚,可有报国之心?"

听到这,郑擎亭就不免面露苦笑,但还是说:"多谢大人关心,我儿尚需磨砺。"

李峤章一副"我早已明了"的神情,故意抬头左右看,确定四下无人后,说:"本官收到一个消息,今年的进纳授官,若有从五品以上官员保举,可得实职差遣。"

此言一出,郑擎亭那张喜怒不形于色的脸,终于露出了真诚的惊讶神情。

本朝历代皆有"进纳授官"的传统,民间直白地称之为"买官",有专门的官职名称,供民间竞买,以充盈国库。不过,历代"进纳授官"的官职,其实都是虚职,买者都是图个名声。这种"买名声"的行为,郑擎亭是不会干的。

但若是能得实职差遣,郑擎亭就不得不考虑了。一方面,是为愚钝的儿子郑纲筹谋一条出路,即使一生平庸,但不参与争权,不加害百姓,也可以安然一生。这条路,的确适合无能的郑纲。

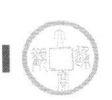

另一方面,郑擎亭在商界打拼多年,深知哪怕一个九品芝麻官,手中的权力对于百姓而言,也是能压死人的。他这一路走来,遇到多少吃拿卡要的小官,数都数不过来。郑擎亭倒是不在意这些吃拿卡要,而是这样的一种格局,多多少少阻碍了他的雄心。

他的雄心,正是他书斋中的那幅最醒目的字:商行天下!

若能替儿子买到实职差遣,郑擎亭便可身居幕后运筹帷幄,儿在官,父在商,他郑家买卖商行天下的局面,才有可能成为现实。

郑擎亭望向李峤章,李峤章的笑总透着虚情假意,此刻也是如此。郑擎亭不免感概道:"李大人将这么重要的消息带到寒舍来,让小民惶恐。"

李峤章嘿嘿一笑,说道:"其实,我也有一事,关乎自身,想与你商议。"说罢深吸一口气,又说道:"你那大女儿沉芗,可曾婚配?"

郑擎亭的脑子快速旋转着,心想:"原来你老小子是来提亲的。"——但一时又摸不透李峤章为谁提亲,思来想去,也就只有他那同父异母的弟弟李去尘与郑沉芗年纪相仿。

说起来,在这向麓城,李去尘倒真算得一个良婿的候选人,有书生的儒雅气度,又有江湖人士的率真可爱,这样的人做郑擎亭的女婿,成为他心目中最重要的大女儿的夫君,他郑擎亭是满意的。

想到这里,郑擎亭的表情也轻松缓和了几分,既然这是一场提亲局,那就得拿出慈父的状态,于是他答道:"沉芗自然是未曾婚配。"

"可有上门提亲者?"

"自然是有。但草民尚未有中意人选。"

李峤章突然起身,作了个揖,然后说道:"我的家事,郑大官人定然知晓。"

郑擎亭点头:"略知一二,深感钦佩。"

"不知郑大官人如何看待我?"

"李大人你……"郑擎亭突觉一阵怪异,但还是顺嘴说了下去:"李大人你历经坎坷,却发奋不息;有排除万难之勇毅,更有建功立业之豪迈,更可贵的是,做到了圣人口中的守有度、节有礼。李大人定能飞黄腾达。如李大人有需要,小民愿助大人一臂之力。"

李峤章露出一副"得遇知己"的激动神情,说道:"我飘零数年,进取半生,一半为的是我那弟弟和女儿;另一半,是为这向麓的百姓生计;如今,我也该为自己筹谋一下。"

听到这里,郑擎亭才终于意识到李峤章想说的是什么,在他的目瞪口呆之下,李峤章终于说出了自己此行的目的:"我想替自己,向郑大官人提亲。我愿娶沉芗为正妻,从此你我两家同舟共济,共享荣华!"

郑擎亭只觉一阵胸闷。但眼下,也只好先施个缓兵之计:"感谢李大人对小女沉芗的厚爱。但事关重大,还得听听小女的心意。想我那小女,也与大人见过几面,说不定也会倾慕大人的英伟丰姿。"

李峤章握住郑擎亭的手,发出朗朗笑声,口中更是连连称好,但笑得郑擎亭头皮阵阵发麻。

李峤章离去之时,郑擎亭命人奉上一个锦盒,锦盒内装有郑家关子钞三万贯,这算是郑擎亭托李峤章为郑纲买官的定钱。李峤章容光焕发,临别之际又说了一句:

"纲弟之事,我一定尽心。日后,你擎亭公的宏愿,便是我李峤章的宏愿。"

他居然已经以准女婿的身份,认爹认弟了。

这让郑擎亭又是一阵头发发麻。

郑擎亭久久立于庭院之中,这庭院的一草一木、一砖一石,这屋内的十余家眷,几十家丁,都是他郑擎亭以一人之力托起。沉芗之母死于那场大火之后,他又纳了数房姬妾,有了更多儿女。但郑纲显然是扶不起的阿斗,女儿之中,也只有沉芗继承了他的智慧与气概,却碍于沉芗为女儿身,只能让她居于家中,帮自己打理内务杂事。

别人眼中的郑擎亭,是高不可攀、深不可测的郑大官人;但他时常感觉力不从心,深感难以实现"商行天下"的志愿。

今日这李峤章,以不惑之年,厚颜无耻地跑来要娶沉芎,却说出了那句让他意难平的"你擎亭公的宏愿,便是我李峤章的宏愿"。

郑擎亭把李峤章的样貌、传闻、能力、作为又仔仔细细思量了一遍。不知不觉,已在心中下了决心。

但这个决心,他需要先去和沉芎细细商议。

第七章
各怀心思初试探

日头渐西，一缕夕阳自西侧窗棂投进来，照在一只瓷瓶上。

瓷瓶上画着一抹淡淡的山水，山间点缀些许绿意，水中无波，却有粉色桃花飘零。

沉芎坐在瓷瓶前定定望着，那神情已然走入了画中的世界。

不知不觉间，她念起了和靖先生林逋的诗："吴山青，越山青，两岸青山相送迎，谁知离别情？君泪盈，妾泪盈，罗带同心结未成，江边潮已平。"

这瓶上所绘的，不正是这景致么？

一团红色的身影，踮着脚尖，故意轻声地迈进屋内。

沉芎不用转头便知来的是谁，喊了一句："回来就大大方方回来，别每次都像个游魂。"

瓷宝哈哈一笑，娇俏地说道："小姐又在想着周哥哥吧？"说罢又看向那瓶："这瓶可真好看，不过也就只有小姐你能看懂。要不是刚才在门外听你念这几句，我还不知道，周哥哥居然在瓶上留下了这样的记号。"

"事情都办妥了么？"

"办妥了！终于到了第八个铜钱了。就剩明年最后一个铜钱了！"

"是啊！"说到这里，沉芎又深情地望向那瓷瓶，一团红雾染上了双颊。

这是她与周云天八年前重逢，经历了那场生死患难之后，二人郑重许下的"铜钱之约"。

这场约定,只有她,周云天,和她的丫鬟瓷宝知晓。

当二人还沉浸在"第八枚铜钱送出"的喜悦时,郑擎亭迈着重重的步伐,踏入了沉芗的小院"盈动阁"。

沉芗心中诧异。——父亲很少主动来盈动阁。

郑家的诸多内务,一直是沉芗坐镇统领打理,父亲即便回来,找她会面商谈,也无一例外在父亲的院子"天下居"。

"天下居"是沉芗唯一能够接触到外界的地方,父亲那些商人伙伴会来此商谈,父亲有意让沉芗自小就跟着,沉芗学得很快,她的聪慧明理总是能引起那些商人的惊叹。

这其中,自然也会有官府的人,因此,沉芗与李峤章、李去尘也很熟识,更不用提李墨梅——

这位市舶司提举的掌上明珠简直就是无法无天,她看到沉芗的第一眼,就大喊:"这是天上掉下来的仙女吧!"二人性格迥异,却十分投契。墨梅每次来看沉芗,从来就没有门房通报这一规矩,要么像一阵风一样突然刮过来,哪个家丁都拦不住她;要么就是像个飞贼一样,趁夜从院墙翻过来。

郑家家丁早已适应了李墨梅这些惊世骇俗之举,即便半夜"盈动阁"传来"有人翻墙踩碎了砖瓦花瓶"之类的异响,他们也只是无奈叹道:"提举家的姑奶奶又来了。"

也正因为这些人、这些事,久居大宅的沉芗,才不像她的妹妹们一样,真正地困于闺中,她热切地迎接她所能接触到的一切,这"天下居",真就成了她的"天下"。

何况,她的心里还装着一个人,时时想起,一颗芳心就如急雨打平湖,泛起无数涟漪。

她的云天哥,也把对她的情深似海,尽数烧进那瓯窑之中。新河窑坊每每来给东家送新制窑品,总会多一份送至大小姐的盈动阁,在这窑品上,周云天会留下只有他与她二人才能看懂的"记号",真是笔锋皆相思,瓷韵含深情。

此时此刻,沉芗深吸了一口气,将思绪从瓷瓶移开。瓷宝也迅速变成了乖巧的小丫头。

在这个家里,在郑擎亭面前,谁也不敢造次。

"爹爹。"

"老爷。"

"沉芗,我不在的这段日子,你可安好?"郑擎亭柔声说道。

沉芗心中一惊——这可不是她所认知的父亲。父亲这个态度,是否意味着有大事发生?

但同时,又有一种根植于心灵深处的暖流,满满地涌了起来:在她人生最初的几年,她有一些模模糊糊的印象,那时候,她和父亲颠沛流离,父亲无论再苦再难,也始终带着她。

等她有确切的记忆起,父亲已经是时来运转,家慢慢地变大了,姨娘们越来越多,家丁越来越多,终于有了弟弟,妹妹也越来越多……渐渐地,父亲身上的暖意稀薄到让她无从察觉,她眼中的父亲,和外人眼中是一样的:大权独揽、手段通天、高深莫测。

所以,今日的郑擎亭,用一种父亲的姿态走进她的盈动阁,这让沉芗有些许感动,但更多的还是紧张,仿佛虚空中张开了一只无形的手,悬于空中,随时要向她抓过来。

"爹爹,我很好,感谢爹爹这几年来的教诲。"沉芗的回答中规中矩。

"可惜你不是男儿身,否则我这份家业,定然是要交到你手上的。"郑擎亭淡淡地说道,语气中有叹惋,也有真挚。

"纵然不是男儿身,我也能成为爹爹的飞鸿羽翼。"沉芗稳稳说道。

"你可知为父的志向?"郑擎亭像下了某种决心一般,语调也变得冷峻了起来。

"爹爹将书斋取名天下居,志向自然是商行天下。"

"当下这世道,以为父目前的手段,恐怕是无法达成了。"

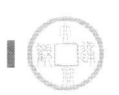

"如连爹爹都无法达成商行天下,那这天下便无人做到。爹爹无须介怀。"沉艻的心越跳越快,她已经察觉到父亲来此的目的。

"今日,出现了一个转机。若能抓住这个转机,我的愿望便有实现的可能。"郑擎亭说。

"请爹爹细说。"

话到了嘴边,郑擎亭却突然停了下来,他盯着沉艻的眼睛,重重说了一句:"你已到婚配的年纪,该许一户人家了。"

郑擎亭经商多年,自然有读人之术,他就想看沉艻对此事的反应如何。但还没等沉艻有所反应,这屋内却先响起了清脆的茶盏摔裂的声音。

"啪!"

摔破茶盏的是瓷宝,原本她正抹好了茶端上来,听郑擎亭讲出这么一句,一时心惊,就打碎了茶碗。

瓷宝连连道歉,收拾一地狼藉,沉艻也借这个当口,将悬着的心稍稍放平了一些。

假设这是一场对弈,那对方如今已出招了,自己首先不能慌乱,须先看清对方的进攻再做打算。——这是沉艻久在天下居所悟出的处世之道。

"爹爹想将我许配给谁?"

然而此刻,郑擎亭的心思已经变了。

郑擎亭原本觉得,以女儿对他的孝顺,以女儿的聪慧明理,八成是会认可爹爹为她择夫君的。但瓷宝刚刚的反应,已经让他意识到一点:"沉艻这丫头已有心上人了,而这件事瓷宝是知道的。"

如此一来,情势就复杂了起来。

"我郑擎亭的女儿,绝非逆来顺受的寻常女子;她若心中有情郎,此事就棘手了。"

此刻,当父女二人再次对望,气氛已与起初那"父慈女孝"完全不同,双方各有思量,各有对策,对弈架势拉开了。

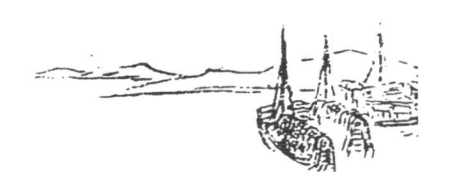

第八章
九枚铜钱订终身

若郑沉艿顺从，郑擎亭早说出了"李峤章"这个名字。

但此刻，郑擎亭必须要先知道郑沉艿心中的情郎是谁，才可以把控局面。

郑沉艿也是如此，她想知道郑擎亭要为她挑选的夫君是谁。在某个瞬间，她心生最圆满的念头：若是爹爹为我找的夫君，正好是周云天呢？

但，这可能吗？纵然周云天的瓯窑手艺冠绝东南，但爹爹走商多年，什么样的能工巧匠没接触过，能为郑家创造财富的匠坊遍布各地，新河窑坊和周云天根本算不得什么。

当然还有一种可能，周云天对他郑家来说意义不凡，除了小时候，爹爹只给她一个人讲过的那个破庙泥娃和大观通宝的故事，还有她与周云天重逢后经历的那桩事，可以说，周云天对郑家是有大恩的。但是，爹爹对外隐瞒了这两件事，这其中自然有爹爹的思量，但也可以视为爹爹有意不让她与周云天往来。

这些事情，郑沉艿早已思量过千百遍。这么多年了，她一直在寻找一个突破口。而这个突破口似乎也有端倪：周云天烧成的瓯窑珍品轰动临安，被上呈工部。如今，和周云天的铜钱之约日期已近，爹爹却已经找上门来了。因此，郑沉艿也必须知道，爹爹心中的夫婿人选究竟是谁，她才可以有所准备，有所对策。

"先不讲你婚配的事情了。沉艿，你若心有所属，你应当告诉爹爹，爹爹好为你筹谋。"

"爹爹请宽心,知女莫若父,我若有什么心思,爹爹定然会知道。"

"爹爹并不是想将你许配给谁,只是你年纪到了,也该考虑终身大事了。"

"我明白爹爹的心意,自古以来,婚约就是父母之命、媒妁之言,我相信爹爹为我选择的夫君,定然是最好的。"

"好!"郑擎亭将话头一收,"有你这句话,爹爹就放心了。"

"为父还有诸多事宜要处理,今日来此,有你这句话,就够了。"郑擎亭将这句话又重重重复了一遍。

"是,女儿恭送爹爹。"

郑擎亭点点头,踏出门去。

屋内,惊魂未定的瓷宝直到郑擎亭的背影不见,脚步声消失,才按着胸口喘着大气对沉芎说:"老爷这是怎么了?他真的想把你嫁出去吗?什么时候?嫁给谁?"

郑沉芎捂住她的嘴,却并不想作答,只是对瓷宝说了一句:"你晚点去找人打听,今日来见过我爹爹的,都有哪些人。"

郑擎亭走出盈动阁,吕水龙忙迎了过来,郑擎亭低声吩咐了一句:"你去找个与瓷宝熟识的丫头,让她去了解清楚,瓷宝这丫头一天到晚跑出去,是跑去哪里。"说完,又特定叮嘱了一句:"派个机灵点的,不要让瓷宝察觉异样。"

夜幕降临,西边的天空仿佛开了一道口子,将盘踞在宿觉码头的雾气尽数吸走,被一同吸走的还有那抹孱弱无力的残阳。

瓷宝望着天空,有点迷醉地说:"这天像是在滴血。一滴一滴,滴在了向麓城。"

郑沉芎也望着这天空出神,她不由地想起:"这会儿,云天哥哥是否也和我一样,抬头望着这轮夕阳。他是否也会记起,那日的傍晚,天色也是这般模样。"

想到云天哥哥,她的心中便涌起千般柔情。

今日,在这千般柔情之中,更有万般勇气。

郑沉芎紧紧捏住手中的大观通宝。——这是第九枚大观通宝。这枚大观通宝,她要亲手交给周云天。

那一日,她将第一枚铜钱塞进周云天的手中,并约定每年都会交给周云天一枚大观通宝,待交到第九枚时,她便到了十九岁桃李年华,她会亲手将最后一枚大观通宝交到周云天手中,此后他们便要厮守终生,永不分离。

这便是郑沉芗与周云天的铜钱之约。

如今,眼看就剩最后一年,眼看事情有了转机,为了她的云天哥哥,也为了她自己,纵然面对的是自己的爹爹,向麓城最精明最有手段的郑擎亭,她郑沉芗也要搏上一搏!

想到这里,郑沉芗将铜钱置于掌心,双手合十,心中祈愿道:"愿上苍垂怜我与云天哥,让我俩生生世世,永不分离。"

此刻,在城西的新河窑坊,窑匠们经历了一日的劳作,正坐于院中,饮着粗茶休憩。

尽管一大早就在宿觉码头,在众人的拥趸下露了好大一把脸,但是回到新河窑坊,周云天依旧还是那个醉心烧瓷的窑匠。

他从小就是个无根的人,破庙中的泥娃,连自己都不知道当年是如何活下来的。直到那年来到了新河窑坊。这里便成为茫茫天地间,他唯一的归宿。

他坐在那儿,望着如血残阳。他的师兄弟们都在说:"真乃绝景啊!阿天你可得烧个瓷器,把这一幕天赐的胜景留在咱们新河窑坊的器物上!"

周云天边饮茶,边看天,在脑海中思量如何练泥、拉坯、画坯、施釉……突然,一阵暖意涌入心头,一瞬间,他想起来:这残阳与那日一模一样。

那一日,郑沉芗将第一枚"大观通宝"放入他手中,二人订下终身之约。

那时他们想着未来能一直在一起,开心得手舞足蹈,完全忘了二人伤痕累累,才刚死里逃生。

那一年,他十六岁,她十一岁。他一直记得她瓷器开片般的清脆笑声,还有那一句能让人间清朗、万物生长的——"云天哥哥"!

第九章
三里红绸踏风雷

那一年,向麓城出了件人人议论的大事:不知是谁,买下了万花塘陈阁老的旧宅。

按说,一处宅子的买卖,是惊动不了向麓人的。

向麓人什么没见过!

北方的战乱连连,这群山环抱、"七山二水一分田"的向麓城倒成了福地,以宿觉码头为代表的向麓港,成了天南地北、海内海外客商云集的福气之地。绍圣二年走马上任、为向麓定下"三十六坊"的知州杨蟠,曾留下这样的名篇:"一片繁华海上头,从来唤作小杭州。水如棋局分街陌,山似屏帏绕画楼。"

这等气象,成了向麓人的胸襟与底气。高宗赵构曾从东海青澳门溯瓯江而上,过乐清,泊龙湾,最后抵达江心屿,驻跸于江心普寂禅院,留下"清辉""浴光"墨宝。那次,高宗将普寂禅院更名为龙翔寺。这千年孤屿,真成了"龙翔"之地。

向麓人纷纷传说,江心屿的月夜"清辉",让帝王"浴光"后,便有润泽四海的能力。而后,高宗御笔一挥,向麓城便拥有了市舶司。从此,大贾、商船纷至沓来,大宋与海外最好的商品在此交汇斗艳。江心屿的灯塔之火彻夜不息,与月光一道,庇佑所有往来的各国宾朋。

万花塘宅子原主陈阁老何许人也?那可是向麓人引以为傲的"榜眼郎",官至刑部尚书、吏部尚书,最终位极人臣,以宰相之尊荣休。

从这样的人物手中买到宅子,这位新主人的财力无须多言。

此后的日子里,这宅子的主人尚未露面,就见梓人工匠来了一批又一批,慢慢地庭院初具规模,有好事者爬上墙头一看,眼前的景致又让向麓人咋舌:满眼的亭台楼阁、雕梁画栋,大开大合的湖光山色、细腻幽雅的曲径通幽。出去和人一说,便有懂行的人啧啧赞叹,说这宅子的品格,即便搬到姑苏,也属上上品。

就在人们为这宅子吵翻天的时候,宅子的主人终于现身了。

那是一个三伏天的午后,偌大的瓯江江面竟连一丝风都没有,宿觉码头热成了一块铁板。船工、脚夫都躲进船舱小憩,以避毒辣的日头。只有一辆载着伏茶的独轮车,一路吱吱嘎嘎,被慢慢推过江边码道。

热天,取清热解暑之百草,制成一桶伏茶,拉至码头,施予日头下干活的劳力者,是向麓城人积德行善的传统。推着伏茶前行的方老汉满心奉行善事的虔诚,纵然头顶烈阳,依然不辞辛苦。

方老汉忽觉江面上有动静,抬头一看,却吓了一跳:不知道什么时候,一团巨大的云气聚于宿觉码头上空,那云气之中隐约传出龙吟之声,而这云气的下方,一艘非同一般的大福船缓缓驶来。

这福船高大如楼,桅杆风帆都比一般海船要大上一倍,说是海上城寨都不为过。方老汉心想自己是否被晒昏了头,眼花了,他常年行走江边码头,却从未见过如此壮阔的福船。

正当方老汉眯着眼看得出神,突然一个山雷,在那云气中炸裂开来,炸得整个宿觉码头抖了一抖。

所有在船舱中休憩的人,全都被惊得探出头来,原本想看看天色,却看到这么个庞然大物。

很快,巨大福船荡起的水波,让周边的小船晃荡起来。又是几声炸雷过后,那团云便化作瓢泼大雨。

让人惊诧的是,那团云下的雨,几乎全部洒落在那艘巨大福船上,靠近福船的小船蹭了些清凉甘露,至于稍远的船和站在江边码道的方老汉,依旧头顶着烈日。

这如同神迹的一幕,看得方老汉目瞪口呆……

福船靠近码头,雨云也随之移动,丰沛的雨水瞬间拢了过来,将码头浇了个淋漓尽致,暑气全消。

更为凑巧的是,那船刚一靠岸,雨便慢慢小了。待船工放好了木爪石碇,在码头的桩子上套好了索,云团尽数散去,只留了一朵,正好挡住了日头。

在丝丝凉意与众人诧异的注视下,那船上跳下几位扛着红绸的精壮家丁,家丁迅速将红绸铺在地上,随即便有一大一小两个人,大的是一位神色威严、身形魁梧的官人,小的是约莫十岁的俏女娃。

大人牵着孩子,踏上了那红绸。

家丁们齐齐喝道:"擎亭公踏红归乡!"

不只如此,家丁手中的红绸有一匹长,那位"擎亭公"和女娃就踩着红绸朝前走,快走完一匹,家丁便又铺下一匹。

向麓人哪里见过这阵势,很快一传十十传百,码头闹哄哄地聚拢了越来越多的人,却没人敢上前,就这么隔着几步看着。

人们特别好奇,这红绸会铺到哪里,而这位"擎亭公"会走到哪里。

就这样,前头家丁铺着红绸,中间走着"擎亭公"与女娃,后面闹哄哄跟着一大群看热闹的人。

路人看到这一幕,全都吃了一惊,不知不觉也跟在了后面。

那红绸上的二人,就这么足足走了三里路,到了新河河口。

最后一匹红绸,铺进了一处简陋的窑坊。

"原来是新河窑坊啊!"

众人恍然大悟,又疑惑了:"为何排场这么大的官人,最终走入了这么个小窑坊。"

是啊,新河窑坊算个什么。大客商来向麓城订购瓷器,也必定会选"瓯窑三大家":城东之华盖窑坊、城西之红霞窑坊、城南之雁池窑坊。这新河窑坊不过是不入流的小作坊。

就在众人议论纷纷时,人群中终于有人说话了:"我认出来了,他是郑擎亭!藤桥人郑擎亭!"

人群中亦有几位年长的藤桥人,此刻都露出了惊讶无比的表情:"郑擎亭?他竟还活着?"

接下来的很长时间,向麓坊间都在传着这位"擎亭公"的各种事迹。什么"擎亭公携风雷而来""擎亭公踏三里红云"……还有"擎亭公烈火中重生",最后这个故事,由来自向麓城西边藤桥镇的乡民们断断续续拼凑而成,大致内容是:

十年前,郑擎亭是藤桥镇风光无两的经商才俊,他的名头传遍了戍浦江畔;可惜就在他想顺着戍浦江东进,去往向麓城大展拳脚之时,家中突遭大火,将郑擎亭的半生心血烧了个精光,就连郑擎亭本人也消失不见。

如今他回来了,气势盛大,买下万花塘陈阁老宅子的便是他,至于他和新河窑坊的关系,倒成了最不重要的事情;因为接下来的几天,这位擎亭公拜会了向麓城的各大官署、各大行当,邀请各地客商来他修葺一新的郑家大宅密谈,更与市舶司提举李峤章公开称兄道弟。

新河窑坊的司务黄世泽,依旧安分守己地埋头做着瓷器。

人们不会知道,新河窑坊里有位名不见经传的小窑匠,在三里红绸铺到新河窑坊的那一刻起,他的命运齿轮开始转动。而他的人生轨迹,将会为向麓城印下一道深重的历史刻痕。

第十章
金风玉露终相逢

那年,周云天十五岁。

对于泥土,周云天有着与生俱来的灵性,任何一块被人踩烂在脚底的泥巴,在他的手里,能化作山川江河、人间百态、虫鱼鸟兽。虽然自己的世界只有这个小小的窑坊,周云天也已经倍感满足。

从记事起,他就在窑坊的炉火边成长,脸被炉膛烘得红红的,心则冷静如瓷器。他原本觉得自己就应该这样守着新河窑坊,过一辈子安生日子——

直到那一天。

炎热的正午突然打了雷,以为要下雨,却只看到东边的江面有一团滂沱的云团。接着远处就闹哄哄起来,莫名其妙地跑过来几个家丁,一边吆喝着什么,一边将一块红绸,从新河窑坊的院门口一直铺进了院子里。

师父还在午睡,周云天和师兄师弟们目瞪口呆地看着这条红绸和那些古怪的家丁。不过很快,红绸那头就走来一大一小两个身影。小孩是个约莫十岁的小姑娘。那小姑娘看到新河窑坊的牌匾,就加快了脚步,一个人蹦蹦跳跳先进了院门。

周云天望着这个小姑娘,心中竟然"咯噔"了一下,那一瞬间,他只觉得一阵凉风拂面而来,这风吹过之处,百花竞相盛放,山山水水皆化成翠玉。

正当他还在惊诧于脑海中为何会冒出这样的幻象时,那小姑娘已经跑到他的面前,仔细端详了他一会儿,最后还握住他的双手,欣喜地喊了一声:

"云天哥哥!"

一旁的师兄师弟眼珠子都快瞪出来了:这么个一看就金贵的富家小姐,跑到臭烘烘的窑坊中来,拉着他们朝夕相处的同伴,还喊出如此亲切的称呼来。

周云天被那粉雕玉琢一般的小手握着,只觉得心中的亲切大过了吃惊。

就在此时,小姑娘后面跟着的那位身着锦衣华袍的官人也踏进院来。院子的另一头,则传来了黄世泽激动到变形的声音:

"郑大官人?郑大官人!您回来了?您可回来了!"

周云天从未见过平常如一尊陶像般不动如山的师父发出过这样的声音,但是"郑大官人"这个名号,他从小听过许多次了。

从小师父就和他说过:他是一位叫郑擎亭的大官人带到新河窑坊来的,郑大官人还给他取了"周云天"这样的大名,以纪念他的师公周劲风。

望着由远及近的脸,记忆里一些久远而模糊的画面在脑海中闪过。那位郑大官人已然来到跟前,上下打量着他。周云天却已经想不起来——

十年前,这位郑大官人,曾经那样潦倒地走入那个破庙,也曾这样上下打量那个满身泥泞的他。

眼前的郑大官人开口说道:"你长大了!"

说完,这位郑大官人快速在他手里塞了个东西。

周云天摊开掌心一看:是一枚最小的"大观通宝"。

正不明所以之时,身后的黄世泽已经走上前来,对着郑大官人深深行了个鞠躬礼。

一旁的师兄弟见师父如此模样,也跟着鞠躬。只有周云天一直被那小姑娘拉着,不知所措。

郑擎亭伸出手来,拍了拍周云天的肩膀:"你先带着沉芗去玩一会儿,我和你师父说会儿话。"黄世泽便带着郑擎亭去往内堂。

师兄弟们围了过来。

"你叫沉芗?"

"你从哪儿来?"

"你们家多有钱?铺得起这红绸?"

"你怎么会认识我们云天?"

"你父亲和我们师父什么关系?"

……

小沉芗被这么一群男子围着,却丝毫不惧,落落大方地回答着各种问题。只不过被问到"如何认识周云天"时,她便笑而不答。

冷不丁地,屋内的黄世泽吼了一声:"都别围着郑家小姐,干活儿去!"大家这才散去,只剩周云天和郑沉芗。

"爹爹跟我说,云天哥哥是我们家的恩人。"沉芗偷偷对周云天说,"这件事,以前只有我和爹爹知道,你是这个世界上知道的第三个人,是不能告诉其他人的。"

周云天用力点点头。

二人牵着手,沿着红绸走出新河窑坊,在门口大榕树的石桌前坐了下来。

沉芗开始给周云天讲郑擎亭当年如何在破庙遇见他,那枚折十"大观通宝"和花坦麦饼碎屑。说起浑身是泥的娃娃,沉芗就笑得合不拢嘴,周云天羞得满脸通红,心中却没有丝毫气恼。

这个故事在周云天听来,好像在听别人的故事;但脑海中也会有一些细小的碎片,发出羽毛振动般的声音,和这个故事中的场景对应起来。听着听着,生出了一个念头:原本以为自己在窑坊长大,有师父爱着,师兄弟陪着,没想到自己的身世如此离奇,父母是谁不知,如何降世不知,曾在那么小的年纪,像一只小兽,孤零零地在破庙中生活。

想到这儿,再低头看手心那枚小小的铜钱,周云天不禁流下泪来。

沉芗感应到他内心的波澜,真诚地说道:"爹爹曾说过,云天哥哥能活下来,能捏出那般的泥人,还能倾尽所有帮助一个大人。云天哥哥不是凡人。"

听到此话,周云天的心,也如炉火一般熊熊燃烧了起来。他跑到大榕树下,掏了一块新鲜的泥土,看了看沉芗,就开始捏了起来。

没一会儿,一个泥娃娃就从周云天的手中诞生了。那眉眼,那身段,像极了沉芗。周云天摘来了花瓣、叶片,给泥人小姑娘做了衣裳、簪花。最后,他洗净了双手,将那泥人小姑娘放在一片小芭蕉叶上,双手捧给了沉芗。

沉芗望着那个泥人,喜欢得不行。

周云天永远都不会忘记那一日重逢,那个炎热的午后,他们俩拉着手,他给她介绍窑坊的每一处,看他和师兄弟烧制的瓯窑瓷器,他们沿着弯弯绕绕的新河一路走着,经过一座又一座桥,一道又一道坊。她的脸如同瓷器般光洁可人,额头的汗水如同清晨的露珠般剔透。

"如果就这样一直走下去,走到天边,走到云上就好了。"周云天心中想着。

日头转瞬西沉,郑家的家丁抬来了精工轿,郑擎亭带着沉芗告辞。周云天跑到门口看着,轿子抬出去很远了,郑沉芗还是不停地从轿子中探出头来,向他挥手告别。

当晚,师兄师弟们围坐吃饭,热闹地谈着今日之事。周云天记着沉芗"不能外传"的约定,笑而不答。师兄师弟们一再逼问,倒是把黄世泽惊动了出来。

在弟子们的印象中,师父一直是一张老实人的脸,时常让他们觉得是一块木头,没有什么喜怒哀愁。但今日,师父的脸却比往常红了几分,眼中多了几分神采,他说:"我们新河窑坊的东家回来了,以后你们都要为东家打起精神来,不要砸了新河窑坊的招牌,更不能砸了擎亭公的招牌!"

看到师父这副模样,大家也有些激动。

黄世泽又对周云天说:"过两天擎亭公会邀请向麓城百工中的翘楚,去往郑家大宅共谋大事,你便和我一起去。"

周云天开始满心欢喜地等着那一天的到来。

但,后来那天发生的事情,竟如一匹脱缰的野马,把整个向麓城都掀了一掀!

第十一章
强寇大闹郑家宴

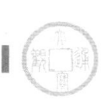

拿着名帖,站在郑家大宅前,黄世泽的心中充满了崇敬。

今日持着名帖来的,哪个不是能把名字喊得当当响的向麓各匠坊大司务。托东家的福,他终于可以和这些大司务们并肩而立了。

黄世泽深吸一口气,迈入门中。周云天紧跟其后,他心中的欢喜,可比他的师父还要翻上一番。

今日的郑家大宅,更像是各匠坊的技艺切磋集会。郑家大宅的院落内除了亭台楼阁、假山流水,更有众多来自临安、姑苏的珍品器物。司务们或独自细细揣摩,或与旁人探讨,人人的脸上都露出专注甚至痴迷的状态。

郑沉芗挤过人群跑了过来,一把就拉住了周云天的手。

周云天看了一眼师父,黄世泽欣慰地看着两个孩子,轻轻说了句:"去玩吧。护好小姐。"

二人牵着手,离开前院,把大人们的喧闹丢在脑后,直达郑沉芗住的小院。

周云天这才想起,自己带了礼物给沉芗。于是取下背了一路的包裹,露出里面的器物来。那东西由上下两层组成:下层是一个莲花台,上层是一个云团。

"这是,我为你做的香薰台。"周云天红着脸说。

沉芗开心地打开了小柜子,取出一块香来。将香薰台上下拆开来,在莲台上点上香,再将云团盖上,不一会儿,那丝丝缕缕的烟气,就从云团的细孔中冒了出来。

实在有趣,沉芗不由"哇"了一声。

"我给这个香薰台取了个名字。"周云天说,"就叫沉芗云天。"

沉芗又"哇"了一声:"原来如此!云天哥哥还在给我的礼物中,藏了暗码!"

周云天点点头:"往后,我做东西给你,把想说的话,都做成密码。"

二人点着香,吃着点心,坐着说话。沉芗讲这几年在外面随爹爹走南闯北的见闻,周云天就讲自己在窑坊的日常。正讲得热切,外面传来一串劈里啪啦的鞭炮声。

"是爹爹的百子炮!宴席要开始了!"沉芗拉着周云天走了出去。

郑家大院内,已经摆出了十几张大红桌,宾朋们欢坐一堂,这会儿已经开始研究桌上的瓷碗、瓷碟和精美的筷子了。

周云天在人群中看到了黄世泽,沉芗便说:"你去陪黄师傅坐着,我也要去招待客人,我们晚点再说。"

众人坐定,郑擎亭出现在院子中心假山的亭上,向各位行礼作揖。众星捧月之下,不禁感慨万千:"我郑某人此次归乡,一是为众父老乡亲而来,愿出一份绵薄之力,为向麓城增添荣光;二是为自己而来,将主营驻扎于向麓,以向麓城市舶司为起始,在各位官人、司务们的支持下,实现鄙人的商道。"

说罢,郑擎亭高举酒杯,颂道:"敬向麓城!"

众人也纷纷举杯,正铆着劲说祝酒词时,人群中突然传出一声爆喝:"郑员外心系向麓城百姓,却唯独没心系于我。我着实伤心得很哪!"

人们朝着声音看去,只见远远一张桌子上坐着一个穿着打扮与周围的司务们完全不同的人。只见他一身灰衣长袍,头戴铁戒箍,头发自铁戒箍两侧披散下来,乍一看像是个僧人,细看则满脸杀意,完全没有僧人的慈眉善目。

现场已经有人认出此人来,惊慌地说:"这莫不是莲花峰莲花寨的大王,翻江龙童超?"

郑擎亭不愧是江湖老手,只是客气冷静地说:"来的都是客,这位贵客请安坐,

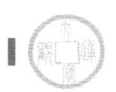

我郑府上下定然好生伺候。"

那翻江龙童超哈哈一笑,说:"伺候便不必了,我也不是为了这桌酒而来。"

郑擎亭拱手道:"请贵客明示。"

童超嬉皮笑脸地说:"我要你郑家一半产业,不过分吧?当然,你要全部家业都给我,我也能勉为其难地收下。"

郑擎亭脸色一变:"贵客说笑了。此事可从长计议。"

童超说:"好好好。郑员外真乃英雄气概。但可惜啊,我没有时间和郑员外从长计议了。"

还未等众人反应过来,童超突然举起了手。

突然有条劲装的身影,从人群中飞速奔向郑擎亭的家眷桌。

郑擎亭大喊一声:"糟了!护卫何在!"

郑家的护卫连忙从大院各角去拦。

但明眼人都看得出来,来不及了。

那桌上,郑擎亭的妾室和孩子,都吓得愣在当场。

只有一个女娃儿大喝了一声,这女娃便是郑沉芗,也不知道她哪里来那么大的力气,居然摇摇晃晃举起一把椅子丢向一个来者,又从怀里掏出一柄小刀,划向另一只伸过来的手。

同时,沉芗向身后喝了一声:"姨娘们护好弟弟妹妹!"

这时,郑擎亭的妾室们,才终于回过神来,一个个护住各自的娃儿,顺手捞起东西丢了出去。

那童超看得不禁皱起眉头,突然吹了下口哨。只见郑家大院的墙头,又跃下几个身影。这几个身影身手更为矫健,而且他们行动的目的更加明确:他们要抓的是郑擎亭唯一的儿子——郑纲。

离郑纲最近的郑沉芗快速冲上去,死死抱住跑在最前面的贼人,甚至毫不犹豫地张开嘴巴,咬住那人的手臂。

那人吃痛,也未曾想到,这十岁女娃居然有此等胆量和行为,一时甩不掉郑沉芎,颇为狼狈。

在这空当,护卫终于赶了过来,护住了郑纲。

那童超见势不妙,喊了一句:"一个就够,扯呼!"

此刻,一条黑影快速向前,快速掏出一个布袋,把还在贼人背上的沉芎塞了进去,二人快速跑到墙边,攀援而上,消失在墙外。

众护卫追之不及,纷纷义愤填膺地准备去围堵童超。却发现童超不知何时已跃身至门口。童超鞠躬说道:"虎父无犬女。我钦慕郑家大小姐的风范,请她上门做客。或做个压寨夫人,也未尝不可。郑家公,小婿先告辞了。希望您早送嫁妆上门。哈哈哈!"

说罢,只见一阵灰色的尘土刮过,那童超已然不见了身影。

家丁们纷纷冲出了门口。满院宾朋,有的目瞪口呆,有的捶胸顿足,痛斥那翻江龙童超,也有的已经跑出门去报官。

黄世泽发现自己拳头紧攥,牙都快咬碎了。他四下张望,试图做点什么,这时,他突然发现:自己的徒弟周云天不见了!

郑擎亭疾步从凉亭中下来,在众人的簇拥下,来到门口。

两边的道路都空空荡荡,不见贼人踪影。

"那贼人定然是驾着马车,掳走了咱家小姐。"家丁愤怒而悲伤地说。

"可到底哪条车辙,才是贼人的啊?"另一家丁瘫坐在地上。——是啊,今日郑家邀请那么多宾客,坐的马车,运送礼品的推车,地上辙印早已乱七八糟。

这时,地上有一道闪光,晃了一下郑擎亭的眼。

郑擎亭一看,那是一枚小小的铜钱。

折十的大观通宝。

郑擎亭的心怦怦跳了起来。

那枚大观通宝,就躺在两条车辙的中间。

"顺着这条追!"郑擎亭双目仿佛要喷出火来。

第十二章
危崖荆棘苦攀援

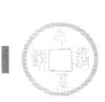

郑家的变故,迅速成为向麓城茶余饭后的大谈资。

"那郑家大小姐真是不寻常,十来岁的丫头,竟能挡住翻江龙大爷的手下。"

"那翻江龙也是古怪,都隐匿了快十年了吧,如今突然跑出来;一跑出来,还真就挑最大的一票干!"

"这回有好戏看了,我倒想看看那个郑擎亭有什么手段,能平息此事。"

"郑擎亭算是树大招风,行事如此高调,引来此事并不可怜。做人还是低调好!"

"这翻江龙十余年前在向麓城所向披靡,倒也算得一位侠盗;不知道这回踢到郑擎亭这块铁板,会不会翻了江,折了鳍。"

"这事蹊跷颇多,那翻江龙究竟是不是自己想做,还是背后有人指使?"

各种说法在坊间涌动,就像夹带着泥水奔流的瓯江。

向麓城市舶司提举李峤章听闻消息后勃然大怒,市舶司的职责之一就是保护行船贸易商人的利益,让向麓港的商业活动安全有序。这青天白日,消失十年的悍匪突然复出不说,居然找上了风头正劲的郑擎亭,这简直就是对向麓地方官府的挑衅。

李峤章立刻将此事上报向麓太守沈策。沈策果断派出一支精锐,为首的是名震向麓的捕头王横,并命李峤章全权负责此案的侦破,务必为郑擎亭讨个公道;如此大动干戈,也为了维持城中秩序,给因此事惶恐不安的向麓百姓吃颗定心丸。

捕头王横以雷厉风行著称,向麓城中,若有孩子夜哭,爹妈只要喊一句:"再哭!大胡子王捕头就来了!"孩子即刻停止啼哭,百试百灵。由此可以看出,王横对待作奸犯科之人的狠辣手段。

王横循着郑家家丁跟踪过的车辙,最终抵达水长岭,便断了痕迹。

十余年前,翻江龙童超神出鬼没之时,就无人得知他山寨的位置,有人说在罗山千家尖,有人说在西山莲花芯,亦有人说在水长岭的断天崖。如今到了这水长岭下,却真是无力追查。向麓城城外诸山之中,就这水长岭地形最为复杂,百条小径交错,处处密林断崖,飞禽走兽横行,砍柴人都不敢轻易上水长岭。

事到如今,王横只能派手下警巡与郑家家丁结成多组人员,他自己亲自坐镇,命人上山看探,却无任何消息。王横无奈回城。

李峤章皱着眉头听完禀报,突问王横:"警巡办案,是否只有捉拿贼寇一个法子?"

王横被李峤章这么一点拨,即刻回道:"自然不止,还要找案发相关人员问话!"

李峤章一拍大腿:"那就是了!"

说罢,李峤章便拿出他多方寻访到的那一日郑家大宅的百工座席。

王横一看,自然明白李峤章的意图:翻江龙童超及其现场的几位同党,是混在各坊司务中进郑家的,分散在不同的桌子上。去找同桌的其他人问话,说不定便能查到线索。

王横办案迅疾如火,他即刻派出警巡前往相关人等的匠坊,喊那日在场的人来衙门报道。

听得被捕头王横叫去问话,胆小的司务已经捶胸顿足,悔不该自己当初选那张桌子。

一时间,向麓城的匠坊间,变得人心惶惶,人人自危。

被王横带去问话的人中,就有新河窑坊的司务黄世泽。

黄世泽长着一张不会说谎的脸,王横没问几句,就断定他与此事无关。

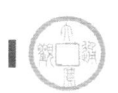

但黄世泽说的一句话,却让王横心中一动:

"王捕头,我徒儿周云天,在那一日也不见了,不知是否被贼寇一并掳走了!"

王横摸着他引以为傲的大胡子,太阳穴边鼓起了青筋:

"此事绝不寻常!这小子,莫非与那翻江龙童超是一伙儿的?"

向麓城的纷扰,衙门警巡的揣测,一点都传不到周云天的耳朵里。

因为此刻他正像只野兽,趴在水长岭断天崖的一处崖壁上,等待夜幕降临。

那一日,见沉芳被墙头跳下的贼人装入袋中,他急忙奔出离他最近的大门,就见贼人翻出的墙头之外,有一辆马车。周云天朝着马车狂奔而去,钻入车底,一个翻身,牢牢抓住了马车底部。

这十余年来和泥巴、炉火打交道,周云天的手掌早已如同铁钳一般,牢牢抠住几根木头不在话下。

刚抓牢,只觉车厢内跃入二人,接着传来沉芳被丢进车内的呼喊救命声,又有一人跃到马上。

周云天忽然想起郑擎亭那日给他的那枚大观通宝,他腾出一只手从衣襟内扯出那枚铜钱,丢在了车辙之间。

随后马车便绝尘而去,一路奔至一座大山脚下,这才停了下来。

周云天此时满头灰尘,双手麻木,虎口不知何时已渗出血来。

万幸的是,马车停驻之处,地上长满密草。周云天双手一松,往旁边一滚,滚入了一侧的草丛内。

他竖起耳朵,听听一贼人说道:"将车马检查一番,驾自他处销毁。"此后便是马车驾远的声音。他壮起胆子,扒开一条草缝望去,只见两条黑影,背着麻袋里挣扎不止的沉芳,走入一条山路。

周云天顾不得全身疼痛,远远地便跟了上去。

那大山小路异常复杂,周云天时常跟错了路,但往远处一看,又看到那两个黑影出没,周云天找不到路,便直接抓着山树、崖壁向上方攀援。

这山上猴子也颇多,见周云天这么攀爬,许多猴子都停下来,上蹿下跳看着这个古怪的人类。

正是因为猴子的庇护,贼人们才没有发现牢牢跟在后面的周云天。——站在低处向上望,但见猴群嬉戏打闹,谁能想到这猴影中间竟还藏着一个人!

终于快到山顶,日头也已偏西,一旦太阳下山,独自一人留在这茫茫黑山之中,定然凶险万分。周云天抬头望去,那两人一袋,到了山顶的一处崖壁,便消失不见了。

趁着日光隐没前的一刻,周云天终于爬到了崖壁之上。

他躺在崖壁上小声喘气,只怕惊动了贼人。他将两只手摆到眼前,手心手背已然是被那山石、藤刺划得血痕累累。

周云天四处观察地势,就见一条小径有人踏过的痕迹,那小径通往一处山洞。

夜幕终于降临,山洞中透出了微光。

这一定就是翻江龙童超的山寨!

第十三章
藤龙如何降鹰钩

周云天牢牢靠在一处崖缝中,他要等夜深再伺机行动。他又疼又困,迷迷糊糊竟睡着了,醒来时,才发现天空漫天繁星。

一阵风吹来,他往边上一摸,又是惊出一身冷汗,因为一侧便是万丈深渊。大约是睡梦之中,迷迷糊糊滚过来的。

他蹑手蹑脚落到小径上,头顶一弯淡淡的新月,小径上照不到月光,人贴着石壁,仿佛完全融入了黑暗。

朝着亮光悄无声息地走过去,那山洞便越来越大。

洞中人的说话声,也能听见些许。

只见一人说:"大哥,我们接下来要怎么办?要在这荒郊野岭待多久?"

"与你无关之事少问。主家自有安排。"这声音异常耳熟,周云天听过一次便忘不了,正是那翻江龙童超。

主家?周云天暗暗心惊,看来此事,是背后有人指使了。

屋内又传来童超的声音:"劳累这一天,我们先去睡了,阿三你好生看守。一个时辰后让阿四换你。"

黑暗之中,不知又过去多久。那负责看守的阿三一边唠叨着一边出洞门来,嘴里嘀嘀咕咕:"看守看守,看什么守,这黑灯瞎火谁能摸上山来。"说完便小解了起来。

他不知道的是,一条身影在他身后,悄无声息地潜进了山洞。

山洞内点着两盏昏黄的烛火,可以见到石桌木碗,但看起来已是许久没人用过。隐约看到洞内深处另有三座小洞。

周云天再次屏气凝神,他的耳力自小超于常人,此刻他正在努力分辨:两座小洞中传来男人的鼾声,只有一座小洞听上去悄无声息。

周云天伏低身形,朝那小洞过去。摸进小洞的瞬间,门口的阿三也走了回来。

阿三仿佛看到一条影子动了一下,烛火一晃,便又不见了。阿三揉了揉眼睛,摇摇头,坐到石桌前,一脸嫌弃地掏出一包酱牛肉,一小口一小口地吃了起来。

周云天进入洞中,那洞并不大,洞壁上有一道窄窄的缺口,一丝淡淡的月光自那缺口透出,洞壁一角也点了一根小蜡烛,让人勉强能看清洞内的情景。洞内垫了厚厚的草垫,一个小小的身影,正躺在草料上,身上盖着那个装她的麻袋。

周云天悄悄走过去,看到沉芗睡在草料堆上,睡得不踏实。烛光与月光映在她的脸上,瓷娃娃一般的脸上,如今红一道、灰一道,让他阵阵心疼。

周云天轻轻地握住她的手,心中想着:"不要怕。"

突然,沉芗睁开了眼睛。刚想喊叫,周云天急忙伸出手,捂住了她的嘴。

沉芗一双明眸在黑夜中发着惊喜的光,朝周云天点了点头。

这时,洞外却传来脚步声。沉芗扒开草垫,周云天懂她意思,钻入了草垫之中。

来人正是阿三,他见沉芗姿势不变,依旧盖着麻袋。看了一圈,也没发现异样,于是敲了敲自己的脑袋,回到了外面的大洞。

隔着草垫,沉芗在周云天耳边,用最小的声音问:"云天哥哥,你怎么来了?"

周云天也隔着草垫,就在她的耳畔,简单说了自己今日的经历。

此刻,二人都是满心欢喜。

即便身居如此粗陋的洞穴,即便面对着穷凶极恶的贼人,但两个人能待在一起,只觉得无比安心。

不知几时,疲惫的二人隔着稻草沉沉睡去。

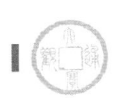

天刚蒙蒙亮，周云天就被沉芗轻轻摇醒。

"天马上亮了，云天哥哥在这里，一定会被贼人发现。你看那边有一道窄缝，你爬出去，看看外面是什么样子，再想法子从那里救我出去。"

周云天点点头，灵活地顺着洞壁，爬到了裂缝处，那裂缝正好能让十五岁的周云天钻出去，若是换个壮硕大人，定然会被卡住。

周云天刚钻出去，身下山洞便传来动静，沉芗连忙躺好。

只见那翻江龙童超走了进来。

周云天的心提到了嗓子眼，他的拳头也是攥紧的。此时此刻，如果童超对沉芗有什么不轨，他一定会不顾一切跳下来和他拼命。

但那童超只是走进来，放了一个油纸包，就像邻里说闲话一样，很寻常说了句："大小姐若是饿了，就吃点东西。"说完又迈了出去。

周云天松了口气，他转过身去，看周围的地形。

晨雾像一条白色巨龙，在水长岭的密林间游动，不时传来几声鸟兽的鸣啼，倒像是那巨龙的梦呓；东边的天空，是一些细碎的红色云雾，云雾之下，能看到向麓城的一个小角落。周云天从来没有在这样的角度看过向麓城，它看起来是如此小，就像一块随意落在地上瓷器碎片，却装满了满城百姓的欢喜哀愁。

周云天再细细看周围，不禁抽了口凉气。这窄缝之外，也不过是一小块稍显平整的崖壁，往周围三个方向走个七八步，四面都是能摔死人的峭壁。

周云天只能转过头来，向更高的地方望去。高处崖壁的四周，有山泉持续渗出，到处都是湿滑。若是攀爬，一个不小心滑出去，会直接坠入万丈深渊。

唯一奇特之处，在于一块向外凸出的巨岩，但距离头顶实在太远。若是能登上巨岩，说不定上面会有出路。

想到此处，周云天便在周围走动起来，他希望能找到个地方，或者几处能手握、落脚的坑洞。但寻了一圈无果，倒是发现了一行刻在石壁上的字：

"藤龙降鹰钩，入江理乱世。"

周云天只觉得这刻得虽然随意，韵也不通顺，但笔锋大开大合，让人印象深刻。

真不知道这是谁刻在这里的。也不知道刻的是什么意思。

想到这儿,他不禁摇了摇头:这都什么时候了,找出路才是最要紧的。想到出路,周云天便挂念起沉芗来。小心翼翼地靠近裂缝,慢慢向下看去——

沉芗正眼带笑意地看着他。

沉芗起身,拿起童超给的点心,掏出一个油饼,顺着石缝甩了上去;周云天一把接住,两个饥肠辘辘的人一上一下,一起心满意足地吃了起来。

这个夜晚格外黑。昨晚的那轮淡淡的月,今晚已被云团笼罩。真真就是月黑风高。

外面大洞今日似乎也格外热闹,听得出来几位贼人正在燃起大火,温酒烤肉。又过了几个时辰,外面鼾声大作。周云天这才从石缝中攀援而下,钻进草堆中。

周云天轻声将石缝外的情况,说与沉芗听。

"藤龙降鹰钩,入江理乱世。"沉芗坐在草堆上,用两只手托着腮帮,又问,"是哪个藤字?"

"树藤的藤。"

沉芗一拍脑袋,说:"那外面凸出的石头,是不是看上去像个鹰钩嘴?"

周云天点点头。

沉芗又说:"树藤可以作为桥,也可以成为路,那藤龙降鹰钩,是不是说,可以借树藤之力爬上那个鹰钩嘴的石头?"

周云天想了想,说:"可是那石上并无可供攀援的树藤。"

沉芗伸出手去,摸着周云天硬邦邦的头发,说:"云天哥哥,你说,如果树藤一直都在,那它会在哪里?"

周云天眼睛一亮:"在那鹰钩石的上面?"

沉芗笑盈盈地点点头。

"那!"周云天觉得脑子开窍了:"我们拿树藤做长绳,顶端绑上石头,用力丢到鹰钩石上,多试几次,说不定就能勾到上面的树藤,把上面树藤拉下来,就成了!"

再一次爬出石缝,周云天紧张万分,他手忙脚乱地扯下崖壁上的一根蔓藤,将

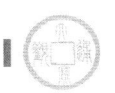

一块石头绑到蔓藤顶端,朝着那"鹰钩石"的上面丢去。

一次,挥空。

二次,挥空。

三次,挥空。

……

林间已现晨光,"再一次!"周云天深吸了一口气,又换了一个方位。这次他试探着拉了一下,石头居然真的钩住了一个东西。

周云天一拉,那东西就跟着被拉动;再拉,就看到一大团黑乎乎的东西从"鹰钩石"掉了下来。两人大喜,那团东西在空中落成了一根长长的藤梯!

沉芐跟着爬出石缝,抓住藤梯,和周云天一起,奋力一抓一蹬,便翻上了崖壁之上。

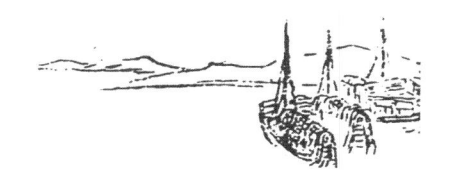

第十四章
翻江通天自有命

当捕头王横听到翻江龙童超重现向麓,并在大庭广众下干了一票大案后,凭着十几年的捕头经验,察觉此事有巨大漏洞:他曾看过童超的全部案卷,童超最为重义,爱惜名声,虽会打劫豪强,却从不伤及弱小。此等人物,对郑擎亭下手不奇怪,但绑走郑沉艿,绝非童超的风格。

"难不成那童超蛰伏十余年,性情大变?"

在听了市舶司提举李峤章的提议后,王横便叫来当日在场的相关人等问话。谁知道这一问,竟问出了惊天大案。

王横早练就一套识人之术,普通人家,只要唤来牢狱前,面对各色刑具,是否心中有鬼,王横一审便知。譬如新河窑坊的大司务黄世泽,王横一看便能得知此人头脑质朴,对此事一无所知。

但很快,有一人的态度,却让王横觉得有内情。此人便是红霞窑坊的代表:南自齐。

这红霞窑坊的老司务曹广猛曾是陶瓷界响当当的人物,他跺上一脚,向麓城所有运出运进的陶瓷都要抖上一抖。曹广猛人如其名,乃一"猛将",年轻时为了让红霞窑坊立足向麓城,与同行拼抢得厉害,猛了一辈子,斗了一辈子,最终还是拼不过光阴,上月刚刚逝世。

曹广猛与世长辞,红霞窑坊顿时陷入群龙无首之境,曹广猛的几个亲传弟子谁也不服谁,带着一帮徒子徒孙们斗得厉害。对于郑擎亭的邀约,谁都想去,但互相掣肘,谁也去不了。最后倒是让曹广猛最没势力、最软弱的小徒弟南自齐渔翁得利。

而对王横,南自齐很紧张,抖如筛糠。王横将自己狰狞的大胡子脸往南自齐脸上一凑,手中的刑具哗啦一响,南自齐屁滚尿流招出来的事情,倒把王横吓了一跳。

十年前,曹广猛得知向麓城内出现了一位叫郑擎亭的后生,欲要改变城内陶瓷业之格局,还暗中扶植新河窑坊与向麓城三大窑坊抢夺地盘。新河窑坊的司务周劲风,年轻时与曹广猛斗得最凶,最后败于曹,被打压得整日饮酒浇愁。曹广猛暗下决心,决不让周劲风翻身。

曹广猛便暗中邀约了城东华盖窑坊司务方平顶与城南雁池窑坊司务赵星汉,最终三家决定,由曹广猛牵头,寻来绿林盗匪出手教训郑擎亭,让其断了野心,这其中与盗匪的书信往来,便交给最软弱、也最让曹广猛信赖的南自齐操办。

然而,让曹广猛和南自齐都没想到的是,那寻来的绿林盗匪,竟然直接杀掉了周劲风,还一把火烧了郑擎亭位于藤桥的家,当时传回来的消息,是郑家没有活口。

此事弄得曹广猛措手不及,三家窑坊事后付出了极大代价,暗中疏通向麓、藤桥的官府、警巡,最终给周劲风定了个酒醉落河。至于藤桥一所宅子起火的原因,随便定了个油灯起火,此后无人再过问。

这也是南自齐手艺平平,却始终被曹广猛视为心腹的原因。

十年前这桩惨案,让曹广猛看到炉火便心惊肉跳;而南自齐这十余年来,一直梦见烧成黑炭之人向他索命。

知晓此事的另两位司务,华盖窑坊司务方平顶年事已高,于八年前离世;雁池窑坊司务赵星汉六年前将窑坊交于弟子后,去往雁荡山云过寺剃了度,据说从此云游四方,当了个行脚僧。

曹广猛临死前,单独留下南自齐,只说了一句:"以后要靠你一个人了。"

曹广猛死后,南自齐饱受众师兄弟排挤;另一边,又听闻郑擎亭回来了。这个名字,以及向麓城中热传的"擎亭公历火重生",把本就精神恍惚的南自齐推到了绝境。

趁师兄们为红霞窑坊争斗不息之际，他主动提出作为红霞代表，去郑家赴宴。

走入郑家大宅，看见素未谋面却作为心魔在心头萦绕了十年的郑擎亭，南自齐如堕十八层地狱。乃至于后来那"翻江龙童超"出现，做出掳走郑家大小姐的大案，他都未知未觉，如坠梦中。

直到他被王横叫到了警巡院的审罪狱。南自齐只有一个念头：

报应，终于来了！

王横听完南自齐的陈述，脑海中浮现出当年周劲风身死的事情来，那时他身为小警巡勘察案情时，便觉疑点重重，无奈当时的捕头不管不顾给判了个"酒醉落河"。王横更没想到，在隔着三重山、数重水之外的藤桥，发生的那场惨烈的灭门火灾，居然和周劲风案是同一个源头。

王横将此次案情说明，详细写了文书，呈报给了向麓太守沈策与市舶司提举李峤章。太守沈策看完震怒，下令对红霞、华盖、雁池三家窑坊进行彻查，如还有知情不报者，定不姑息。

一场豪门设宴掳人案，竟牵扯出十年前的两桩命案，向麓城顿时炸开了锅。

王横对于陈案的告破虽倍感欣慰，但眼下这起"翻江龙郑家掳人案"却依旧没有头绪。正当他准备开展下一步侦查时，手下却来报：

郑家大小姐回城了！

一同回来的，还有那日在宴会中同时消失的新河窑坊小窑匠周云天！

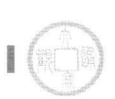

第十五章
落龙潭前天地誓

那一日，周云天与沉芗二人互相扶持，来到了通天缝的底部，发现通天缝底部，竟是一汪深潭！

二人不免惊叹：难怪从未有人在山脚发现通天缝，此缝藏于瀑布后方，距离水面尚有三丈远。即便有人在落龙潭中抬头发现通天缝，也只会觉得这是一道普通的石缝，无法攀爬上去，更无从知晓通天缝竟能通到这水长岭的崖顶。

周云天对沉芗说："别怕，看着高，跳下去没事的。夏日我与师兄们经常从高处跃入塘河。我先跳，在下面等着你。"

沉芗点点头，说："云天哥哥说什么我都相信。"

周云天握了握沉芗的手，深吸一口气，灵巧地跃入水中。很快便浮到水面来，招呼沉芗下来。沉芗学周云天，深吸一口气，跳了下去。还未察觉到潭水冰凉，便已经到了潭底，她好奇地睁开眼睛，发现四周都是晶晶亮亮，很是新奇，这时，她低头一看，脚边有一枚圆圆的东西，她便伸手一抓，将那东西握在手中。

这时，周云天已经潜下水来，抱起沉芗，二人一同朝水面浮去，游至潭边，劫后余生的两人心神放松了，互相泼水戏耍了一阵，最后才喘着气，坐在潭边休息。

沉芗摊开手，露出在潭底捡到的东西。二人眼前一亮：大观通宝。

普通的铜钱，在他们眼中却有非凡的意义。

水长岭下,落龙潭边,沉芗开口说:"等再长大些,云天哥哥来娶我,可好?"

周云天点点头,这一刻他找到了今生为人的信仰。

沉芗将那枚大观通宝塞到他的手里,郑重地说:"十年前,云天哥哥的一枚大观通宝,救了我与阿爹;今日,我将这潭底的大观通宝交与你,作为信物,往后每年,我都会给云天哥哥一枚大观通宝,到第九枚时,我便满十九岁了。那时,云天哥哥便来娶我!"

周云天听这话,有点像孩子的戏语,更多却是认真与庄重,不免感动万分。他将大观通宝接过来,紧紧地攥在手中,郑重地说:"我等到第九枚铜钱,便去娶你!"

沉芗转身,对着落龙潭通天缝跪下,祝祷道:

"谷则异室,死则同穴;谓予不信,有如皦日。"

周云天心头一热,紧紧握住沉芗的手。

几个时辰后,两位精疲力尽的少年终于走回了向麓城。

郑家人与警巡两路人马火速赶到,捕头王横亲自将沉芗与周云天送回郑家大宅,待二人洗漱更衣完毕;捕头王横便问起二人被掳一事。

周云天和沉芗便将这一路发生的事情一一告知王横。

凭借多年经验,王横虽觉得总有哪里不对劲。但转念一想,一个在向麓城长大的十四岁窑坊少年,一个知书达理的十岁富家小姐,且又是受害者,实在想不出有谎骗捕头的理由。

问话完毕,郑家便叫来黄世泽,将周云天领回去,自然少不了一些奖赏。

周云天走出郑家大门,已是日头偏西,回头,望见郑家大宅内的阁楼之上,沉芗正对着他招手。他心中的欢喜又忍不住涌出来,漫了整个身心。

沉芗望着周云天远去的样子,心中又是甜蜜,又是忧伤。

寻踪绝岭、洞中相处、解开谜题、逃离强敌、攀下巨缝、约定终身……虽然自小跟着爹爹东奔西走,经历过不少纷乱世事。但这两日发生之事,才是属于她的绮丽人生。

这时,家丁前来通报,让沉芗用过晚膳,便去往书房见擎亭公。

第十六章
处心积虑复仇心

沉芎走入爹爹的书房，抬头便看见爹爹新挂的匾额：天下居。

让她察觉有些怪异的是：爹爹脸上并没有对她平安归来的喜悦，而是一脸悲戚。沉芎对郑擎亭太过了解，爹爹的情绪变化很快，他总是让人捉摸不透。但今日脸上这份悲戚，看着却像是出自真心。——爹爹究竟在悲戚什么？

爹爹突然发话："朝着西边的方向，跪下！"

沉芎乖巧照做。

爹爹又说："磕三个响头。"

沉芎郑重地磕了三个响头。

郑擎亭突然诵念道："爹、娘、吾妻甄氏、我郑家一家老小，今日，你们总算可以瞑目了。"

沉芎听得心跳加速：爹爹呼唤的，是她的阿爷、阿奶，还有她的娘亲甄氏。这些人，当年都湮没在了那场大火之中。沉芎不由得悲从心起，眼泪也如串珠般落了下来。许久，她问道："阿爹，究竟发生了何事？"

郑擎亭说道："这两日的种种事由，你日后自然便知。阿爹只问你，你和那周云天究竟是如何逃出来的，不许对我有所隐瞒。"

沉芎这才将山中之事，一五一十告知郑擎亭。

听罢，郑擎亭突然"哼"了一声，沉芎只觉得父亲的脸瞬间如同极寒的冬日，脸上挂了一层厚厚的冰霜,冷冷看了她一眼,便摔门而去……前尘散去,只见烟尘滚滚,却无法回头,更无法抓住。

余晖落尽,瓷宝点起烛火,沉芗坐在盈动阁陷入沉思。

父亲并没有得知她与云天哥哥订下终身之约,为何忽然对她冷若冰霜?

父亲对待她的态度,一直让沉芗捉摸不透。

沉芗一直在寻找机会,搞清楚其中的原委。直到十六岁的某一日,她私下向上门议事的市舶司提举李峤章询问当年之事,原本以为会被拒绝,但那李峤章一听是沉芗有所求,喜笑颜开地便答应了,转天,当年的案件卷宗就被送到了盈动阁。

沉芗看过案卷,终于明了:当年知晓内幕的三大窑坊司务中,红霞窑坊曹广猛与华盖窑坊方平顶均已故去,唯独城南雁池窑坊司务赵星汉出家后做了行脚僧。——连赵星汉自己都想不到,自己行至姑苏城,因突降大雪,晕倒在一户人家门前。这户人家竟就是自己当年所犯错事的苦主——已经重新在姑苏发迹的郑擎亭!

他行脚苦修多年,此刻总算明白了何为"善恶终有报"。

赵星汉与爹爹的密见内容,爹爹以为天机不会泄露,但沉芗此刻已经了然爹爹从见到赵星汉的那一刻起就开始筹谋举家回向麓城。但她万万没有想到的是,为了复仇,爹爹居然不惜让女儿受难!这让沉芗不寒而栗!

原来当年回向麓城,爹爹把阵仗弄得那么大便是"敲山震虎";为了寻找仇人复仇,爹爹显然私下与市舶司提举李峤章有所密谋,李峤章一通旁敲侧击,让刚直不阿的捕头王横顺利挖出当年内幕。

爹爹的所有目的均已达到,甚至远超预期,这一通筹谋,闹得向麓城人尽皆知,红霞、华盖、雁池三大窑坊沦落到人人唾骂的地步,再无往日光彩;爹爹扶持的新河窑坊则一家独大;接下来的几年,郑家的生意顺风顺水,一飞冲天!

"爹爹……"沉芗将思绪收拢来。

她将最后一枚要亲手交给周云天的铜钱紧紧捏在掌心。

这时,院子里传来响动,一个黑影利落地越过院墙,轻手轻脚向盈动阁走来……

第十七章
乱流涌动添心忧

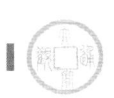

来人走到窗外,竖起耳朵听里面的动静。就听见瓷宝正在喋喋不休地抱怨:"这老爷今日莫名其妙来这么一出,他是真的替小姐找到如意郎君了?"

来人听到这个,内心兴奋,还想凑近点听,不想脑袋"咚"地撞在了窗上。

听这动静,沉芗捂嘴"扑哧"一笑,喊了句:"外头黑天了,可别等下撞了柱子!"

来人捂着脑袋出现在门口:可不就是那"向麓城第一奇女子",李峤章那位"大逆不道"的女儿李墨梅。

李墨梅一上来就凑近沉芗,瞪大眼睛说:"你爹给你找了人家了?"

沉芗摇摇头:"不知。"

"像姐姐这样的仙女,这向麓城有多少家公子配得上,只怕是要去临安,去天子脚下找。"说着,李墨梅就掰起了手指头,将向麓城有头有脸的达官贵人家的公子数了一遍,数到最后,李墨梅眼睛一亮,说:"哇!莫不是我家小叔叔!我家小叔叔还真的很配姐姐!你若是进了我李家的门,你便是我婶婶。"

说到这里,李墨梅恭恭敬敬地端起桌上的茶杯,故意恭顺且娇滴滴地唱了一句:"婶婶,您请吃茶!"

沉芗和瓷宝被她逗得大笑,三人笑作一团。

——若是他们知道,这位未来的夫君不是李去尘,而是李峤章;并不是"婶婶",

而是"母亲",定然无人能笑出来。

沉芗笑停了,说道:"如今只能走一步看一步了。"

李墨梅歪坐在凳子上,一边把玩茶碾,一边说:"若是郑伯伯给姐姐找的夫君不合姐姐的意,我便把姐姐救出来!我们女子的终身大事,一定要合自己的意愿的!"

这话说得荡气回肠,瓷宝都听愣了。过了会儿,瓷宝才讨好般地问了一句:"李家姐姐,你的爹爹可有帮你找夫君?"

李墨梅举起茶碾,在空中一挥,说:"他倒是敢,找来不顺我的意,还非要我嫁,那我就将那不知天高地厚的小子绑了,丢去水长岭的山崖上。"

瓷宝便顺着往下问:"不知道这向麓城内,有几家公子,能入李家姐姐的眼?"

此言一出,李墨梅突然安静了下来,就连坐姿都端正了不少。

沉芗一眼就看得出来:这妹妹定然是有心上人了。

沉芗不禁觉得好玩,轻轻地点了一下李墨梅,问道:"不知妹妹的心上人是谁?"

李墨梅望向桌子上那些瓷杯瓷碗,说:"并不是什么公子,也并非名门出身,可我就是喜欢他,喜欢他的眉眼,喜欢他的巧手。"

说完,李墨梅站起来,轻轻地望向沉芗房间摆着的瓷瓶,满眼欣喜地说:"我一眼就能看得出来,这些都是他做的。"

"什么?你心上人是周……?"瓷宝叫出了声。

沉芗快速朝瓷宝使了个眼色,瓷宝把后面的"哥哥"二字硬吞了下去,定了定神。

李墨梅看了主仆二人一眼,心中却只当是这二人瞧不起周云天。——毕竟周云天所在窑坊,是郑家的产业。这么算起来,周云天与郑家大院内的家丁、长工是没有什么区别的。

李墨梅望着沉芗房间里如此多周云天制作的瓷器,也没有往其他方面想,只是觉得,新河窑坊的瓷器出现在郑家,太过理所应当。

此刻,李墨梅完全没有留意到沉芗与瓷宝复杂不安的眼神,她已经完全沉浸在对周云天的爱意中了。

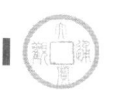

她说着他性情如何好,手艺如何厉害,为人又是如何温和宽厚。沉芗就这么看着另一个女子,说着她心上人的好。

听着听着,她甚至嫉妒了起来:嫉妒眼前这位妹妹,可以这样轰轰烈烈地生活,可以随时撒腿就跑到周云天的身边,与他一同开开心心做瓷器,一同热热闹闹闲谈。

终于,李墨梅说周云天,说到词穷了。她红着脸,对沉芗和瓷宝说道:"不说了不说了,姐姐可要替我保密。"

见瓷宝呆愣的样子,李墨梅也察觉到一丝不对劲,她拍了下瓷宝,说:"平时伶牙俐齿的,这会儿怎么话都不说了?"

瓷宝一个激灵,看了一眼李墨梅,又看了一眼沉芗,挤出了一句:"这周……窑匠,竟真的有这么好?"

沉芗和李墨梅同时伸出手,一个捏住了瓷宝的左手,一个捏住了瓷宝的右手。李墨梅说:"不许这么说我周大哥!"沉芗也脱口而出:"要慎言!"

"行啦!"瓷宝甩开二人,又觉得自己反应不妥,揶揄二人似的,恭敬说了句:"是,都听两位小姐的。"

李墨梅又坐了一会儿,沉芗满腹心事,也没什么心思搭话。李墨梅便起身告辞,说:"家人说亲,郑姐姐自会心乱,先好好休息,我过几日再来看你。如有用得到我的地方,一定要和我说,我自有办法解姐姐的心忧。"

李墨梅走出庭院,又想去翻墙,沉芗在后面喊了一句:"走正门就好啦!"李墨梅这才像一阵风一样,从大门卷出了盈动阁。

沉芗松了口气,瘫坐在了椅子上。

瓷宝赶紧端过点心茶水,抬眼把沉芗望了又望,最后低声说了句:"这可怎么办?"

沉芗一时脑子也是纷乱的,说了句:"她还说解我心忧,我如今又多了她这道天大的心忧。"

瓷宝:"你为何不挑明和她说了,你和周窑匠的情投意合,海誓山盟。"

沉芳被瓷宝这么一说,突然觉得,如今的自己,也像父亲一样,早已是心思缜密、满腹筹谋了。

她有些伤感,但转瞬又坚定了起来,只要能达成目的,她郑沉芳可以做的事情,还可以更多。

李墨梅坐在郑家的马车上,河边的晚风一直钻进她的脖颈,她的心情如江水,澎湃着,涌动着。

今日若不是沉芳姐姐被说亲,她也不会被触动身上的"爱恋"机关。这个机关被打开,加上满屋都是周云天的手笔,她就将自己的心中所思所念和盘托出了。

此刻,她突然想到,是否可以乘胜追击一下。

为了防止她的父亲李峤章也突然给她说亲,她决定主动出击。——周云天虽身份低微,但也算是向麓城最年轻有为的窑匠,在朝廷工部都已出了名,前途不可限量。

说不定父亲会同意的……想到这儿,李墨梅一颗心早已跳到了九霄云外,那脸红得亮过了路边的灯笼。

"就这么办!让父亲找他师父上门提亲!"

"顺便问问,父亲知不知道城里有人上郑家提亲了。万一是爹爹上门为小叔叔提的亲。那小叔叔与郑姐姐,我与云天哥,我们同一天摆宴席。那一定会是向麓城有史以来最隆重的喜宴!"

第十八章
我思君处君思谁

从马车上跳下来,李墨梅几个健步朝父亲的书房跑去。

父亲和小叔叔正在讲话,今日的父亲看起来比平常更欢喜些,烛火一照,更是红光满面。

李墨梅跳过去,说:"在说什么呢?我也要听!"

李峤章笑着打了她一下,说:"还是没个正形,什么时候能真的长大?"

李去尘也笑着说:"赶紧给找个婆家,哥哥和我管不动,让她夫君来管她。"

按照平常的李墨梅,定然是气呼呼地断然否认,但今日听到这个,却面露绯红,扭捏了起来。李去尘不禁含笑着对李峤章说:"大哥,您看这丫头,应该是情窦初开了。"

李峤章也哈哈一笑说:"能让我李峤章的女儿看中的男子,自然是不差的。"

李墨梅的脸羞得通红,只想找个由头让这话题先过去。突然她想到了,说道:"爹爹,你知道吗?今日有人去郑家,向擎亭伯伯提亲了!"

此话一出,纵使李墨梅这般大咧咧的姑娘,也瞬间感到,房间里的气氛变了。

先是叔叔李去尘,脸色瞬间失去光彩,本来就白皙的皮肤,如今更是白如素面;再看爹爹李峤章,居然脸色又红了一分,像个熟透了的大柿子。——此情此景倒是让李墨梅觉得有几分好笑。叔叔和爹爹这是怎么了?

李去尘带点结巴地说:"谁?谁去了郑家提亲?"

李去尘的反应让李墨梅很失望,显然小叔叔是不知道这件事的。正当她脑子还没转过来的时候,李峤章却咳嗽了一下,不自然地说:"是我。"

"什么?"李墨梅与李去尘同时脱口而出。

李峤章并未理会二人的失态,继续说道:"我独身太久了。如今四海清平,向麓安居,我也该为自己筹谋。让郑家大小姐来给你当嫂子,给你当娘亲,总没丢了你俩的脸。"

李去尘倒抽了一口凉气,一个没站稳,瘫坐在了椅子上。李墨梅一眼就看出来,原来小叔叔对沉芗,是有心思的,却不知藏了多久。但李峤章仿佛没看到这一幕,端起茶杯喝了一口,满面春风。

李墨梅此时脑子一片纷乱,事情和她想的很不一样,虽有些契合,似乎并不是坏事,但从内心深处,又生发出一丝不舒服的感觉。

失魂落魄的二人,丝毫没影响李峤章的心情,他兴致勃勃地问李墨梅:"你说吧,你的意中人是谁?"

李墨梅心一横,心想:事到如今,爹爹你说了意中人,那我也说,你要我乐意你娶沉芗,就定然要答应我嫁周云天。

"我的意中人是新河窑坊的周云天。爹爹可否让那司务黄世泽来家提亲?"她原本以为自己这句话是带着无限欢喜说的,此刻说出口,却是负气的语调。

李去尘已经没有什么心思了,他微怒地说了一句:"你就别捣乱了。"

李峤章倒是饶有兴趣地打量了一下李墨梅,认真地说了一句:"让黄世泽来提亲不是问题,但那周云天得问问自己的斤两,是否有资格,当我李峤章的女婿。"

第二天天刚亮,李墨梅便动身前往新河窑坊。

她要把自己的心意告诉周云天,她想告诉周云天,要好好炼窑,要功成名就,然后去娶她。

李墨梅来到新河窑坊时,新河窑坊的院门大开,远远就看见一个身影,在院内忙忙碌碌。

走入院中,眼前的景象让李墨梅眼前眼花缭乱。

只见那院中一圈,摆满了各式各样大大小小小器型的瓯窑陶瓷器:笔洗、杯子、大碗、小碗、斗笠碗;胆瓶、梅瓶、葫芦瓶、贯耳瓶、玉壶春瓶⋯⋯

周云天的脸色黑红黑红,像是被炉火映照了太久太久,他一刻不停地走动着,从窑坊内搬出陶瓷器摆在院子里。

李墨梅走近,细细地打量每一个瓷器,有些上面绘着山水,有些上面绘着树木,有些是船,有些人。人里面,有农夫、店家、船家,往来的百姓,还有各国客商,形象惟妙惟肖,甚至能看出他们是从哪个国家来。

"云天师哥,这些是什么?"李墨梅小心翼翼地问。

周云天并未回答,只是一刻不停地从里面搬出不同花纹,不同器型的陶瓷器。

若是往日,李墨梅一定会上前,拉住周云天先让他把话说完再干活儿。但今天的李墨梅,格外地安静稳重。她就这样看着周云天走来走去,搬来搬去。

搬完最后一个瓷器,周云天举起双手,抹了把脸,露出深深的笑涡。

李墨梅见周云天脸上灰黑白三色掺杂,不禁笑道:"云天师兄看起来像个泥娃娃。"

周云天点点头:"我一直都是个泥娃娃。来,你来看这几日我新炼的。"

李墨梅点点头:"看了一些,为何每一个的花纹都不一样?"

周云天挠挠头,想了一阵,又说:"你走远点看。"说完,他便向外走去,走到院门边回过头来看一眼,又摇摇头,左看右看,搬来一张梯子,顺着梯子爬上了院墙。

李墨梅一时玩心大起,也三两下爬了上去,与周云天并排坐在院墙上。

周云天指着院内,说:"看。"

李墨梅定睛一看,一时被震撼得说不出话来。

只见所有摆放于院中的陶瓷,形成了一幅山河人间图:那远山,那码头,那江水,那江中的孤屿⋯⋯

"这是向麓港!那是江心屿!那是翠微山!"

高高低低、大大小小的器具，不同器具上不同的纹饰，居然能组合出这般宏大盛景，这份气魄，这份心力，能想到、能做到的，世间又有几人？

"这套瓷器叫什么？"

"江山胜览。"

"江山胜览？"李墨梅反复念诵着这四个字，眼睛无法从这套瓷器中挪开。

周云天坐在墙头，伸出大手撑住下巴，他没日没夜地忙着，如今也算大功告成。

看着眼前的一切，周云天心中只有一个念头：

"江山万里，只揽一人之胜。沉芗，我定可凭这套瓯窑名扬天下，达成你我百年好合的心愿。"

想到这儿，他只觉得内心充盈无比，随之而来的，是极度的疲倦。为了这江山胜览，他已没日没夜忙了许久。

李墨梅看着，看着，只觉得那风景入了眼，入了心，会化作泪，不知不觉涌上眼眶。此刻她的心也澎湃成了这江山，她忍不住挨着周云天说："云天哥哥，我心中有你……"

说出这几个字，她已是羞红了脸。不敢偏过头去看周云天。但周云天却一点反应都没有。她转头一看，周云天居然面带笑容地睡着了！

李墨梅生出一股没来由的气恼，举起拳头，捅了周云天一下。周云天动了一动，口齿不清地说："哈，得去睡一觉了。"说罢，像条泥鳅一样，从墙头顺着梯子到了院中，穿过他的"江山胜览"，摇摇晃晃地走回自己的小屋。

李墨梅跟了进来，坐在床边，一时不知如何是好：此刻究竟该走，还是该等他醒来，把刚才他没听到的话再讲一遍。

心中纷乱之际，李墨梅不禁抬头打量起了这间小屋。

小屋收拾得干净整洁，各处都摆放着周云天的得意之作，其中桌子上就有李墨梅头上插着的琉璃簪花。

李墨梅拿起琉璃簪花赏玩了一番，又站起身来，看其他的作品。

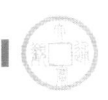

看着看着,她的心里莫名"咯噔"了一下。

虽然这个房间她来过很多次,但是一种不知从何而来的熟悉感涌上了心头。

——突然,一个景象闯入了她的脑海:那是,郑沉芎的闺房?!

昨日她在郑沉芎的闺房,表达了对周云天的爱慕,那时她细细打量过沉芎房中出自周云天之手的陶瓷,那时只觉得,新河窑坊是郑家的产业,这些器具出现在那里是理所应当的。

此刻她才察觉不对,因为,周云天房中摆着的器具,和沉芎房里的一模一样。

同样的位置,同样的器具。

李墨梅揉了揉眼睛,又掐了自己一把,确定不是在做梦。

沉芎房间,这些瓷器、陶器摆放的位置,在脑海中渐渐清晰了起来。她又按照记忆对了一遍,没错,真的是一模一样。

"难不成……"一个让她极度不安的想法在脑海中翻涌开来,想止都止不住。

偏偏就在这时,睡得正深的周云天,在梦里嘟哝了一句:"沉芎……"

仿佛一个惊雷在李墨梅头顶炸开,她勉强站起身,一脸羞愤地朝门外走去。

此时新河窑坊的其他工匠也来上工,众人看到李墨梅,像往常一样和她打招呼。

她无心搭理,她走过院中,感觉像是踩入了泥沼,她穿过院中的"江山胜览",听到自己的心,传来瓷器碎裂一地的声音。

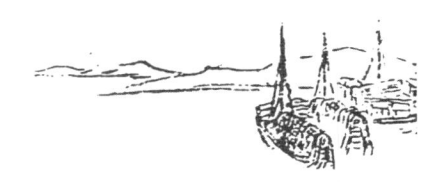

第十九章
扬帆远航两挂牵

距离爹爹上门说婚嫁一事,已经过去了两月有余。

两个月来,郑沉芗一直在郑家之中,搜集着各处的资料。

她已然知道那日上门提亲之人,是市舶司提举李峤章,但却无法知晓,李峤章是为谁来提亲。她本想托李去尘或李墨梅问问,但奇怪的是,这两位家中的常客,却许久不露面了。

父亲那边带来的,全部都是好消息:新河窑坊那边,周云天做了一套名为"江山胜览"的瓷器,看过的人都惊叹不已。沉芗让瓷宝前去看过,瓷宝回来,将那套"江山胜览"如何如何,围观人的反应如何如何,说了个天花乱坠,沉芗边听边笑,内心宽慰。

这两个月,周云天托人送来了两件瓷器。

一件是一个方形的大鱼缸,鱼缸底部,绘着的正是"江山胜览"的微缩图。在图景的另一侧,绘着一个凝望的背影。那日沉芗给鱼缸倒上水,水光潋滟之间。原本写着"江山胜览"四个字的一侧,出现了另外四个字"只为一人"。沉芗见了,自然是喜不自胜。

另一件是个瓶子,上面画着一朵红色的大牡丹,背面是唐朝著名女诗人"文妖"薛涛的牡丹诗,诗曰:"去春零落暮春时,泪湿红笺怨别离。常恐便同巫峡散,因何重有武陵期。传情每向馨香得,不语还应彼此知。只欲栏边安枕席,夜深闲共说相思。"

旁边又题了四字：花期可待。

一切都是如此顺利。顺利得让沉芎莫名心慌。

——难道那些可能发生的阻碍，都是错觉？

时间飞逝，很快便到了那一日。

宿觉码头上，郑擎亭与李峤章站于风帆渐起的"郑利号"前，频频向前来相送的人拱手。

新河窑坊全部窑匠全体出动，将一箩筐一箩筐的"江山胜览"运送上船。

新河窑坊出品的所有瓷器，采用了郑家独有的"发苗法"进行包装，将瓷器分门别类摆好，在每个瓷器与瓷器之间撒上稻谷，而后用稻草捆扎结实，再一摞摞地放入竹筐之中。接下来几日，便定期在箩筐上浇水。那些稻谷壳便能发出芽儿来。这些芽儿会将瓷器之间的间隙塞满。

有人曾试过，将这样的"瓷器稻草捆"丢出去直接落地，里面的瓷器竟完好无损。郑擎亭为其取名"发苗法"，亦是讨个"日日高升，财源广进"的彩头。

择一良辰吉日，将"江山胜览"装船远航，首批自然是去往临安，面呈工部。获得工部肯定后，便可在临安郑家经营的店铺中进行展玩、售卖。

手下搬来太师椅，李峤章站了上去，大声说道："良辰吉日，这江山胜览出海，是郑家擎亭公的大事，是瓯窑行当的大事，更是我向麓城的大事。本官定当竭力为民，上书工部，竭力推荐。让我向麓城的江山胜览，成为我大宋的江山胜览！"

众人的喝彩欢呼，在埋头搬竹筐的周云天听来，变幻成了对他与沉芎喜结连理的祝贺。

"江山胜览定成！我与沉芎之事也定成！"他被喜悦推动着，有使不完的力气。

接下来的日子，各人的生活照旧。但还是有些许不同寻常之处。

"江山胜览"正式开炉炼制期间，李墨梅总是会来新河窑坊帮忙，但自从"江山胜览"装船发出之后，李墨梅便没有再来过新河窑坊。

对此，周云天并未察觉有何不对。他的心中，除了沉芗与瓯窑，装不下其他事物其他人。

沉芗在郑家大宅中，每日也是忙得不可开交。但有一事让她觉得很奇怪，若是按照以前，像"江山胜览"进临安城呈于工部这种大事，父亲他一定会亲自主持，亲身前往。但这一次，"江山胜览"在宿觉码头演了一场热热闹闹的出航礼后，郑擎亭并未跟船出发，甚至事后都不再提起过问。

有时候，没有消息便是最好的消息，有时候则蕴藏巨大危机。沉芗深知这一点，可惜她只能深居闺中，她只能频频派瓷宝出去，却打探不到任何消息。

等吧……等吧……等到"郑利号"归来，一切终将有个结果。

第二十章
首航破碎铭耻辱

宿觉码头近几日有点清闲。

清闲的原因,是每一条船上负责观天象的火长,都在云气涌动中,推测出了海上的乱象。近日虽无狂风,却有乱流。在茫茫大海之上,于乱流中行船,无异于摸黑赶路。因此家家都暂时按兵不动,至于那些此刻已经在海上的,就只能自求多福了。

瓯江江面上,远远地出现一个黑点。各守船火长们远远望去,不禁在心底叫了个好。

这是两个月前去往日本国的"德和号"。正常十日抵达,在日本国休整一个月返航。显然,在回来的途中,受困于东海乱流。但毕竟还是平安归来了,这定归功于"德和号"纲首冯老大与火长卫浪闻名遐迩的掌船技术!

冯老大站在船头,望着宿觉码头,布满血丝的眼睛,也遮挡不了终于安全归航的宽心。他回头看了一眼卫浪,这小子沉稳又灵活,如同茫茫海上的矫健海燕。

这时,在"德和号"一侧,出现了另一艘船影,卫浪喊了一声:"是'郑利号'。"

冯老大不禁抚掌大笑:"伙计们,与'郑利号'同时归航。今日,我们也能蹭一蹭擎亭公的红毯了!"

话虽如此,冯老大却立刻察觉到,气氛有些不对。

距离宿觉码头越来越近,按正常情况来说,郑家的百子炮已经放起来了,宿觉码头也已经是一片红色了。——但没有,宿觉码头只是站着一群人,远远望去,像是落满鸦群的枝头。

再靠近些,冯老大仿佛听到群鸦发出萧瑟的"呱呱"声。

"德和号"缓缓泊入船位,冯老大抬起手臂,这是告诉船员:先按兵不动。静静看会儿热闹。

"郑利号"终于靠岸了。"郑利号"纲手李老大抬眼看到冯老大,隔着船面无表情地拱了拱手,算是打招呼。而后做了个手势,船上的伙计们就开始一筐一筐地往下搬瓷器。

若是换作往常,这个过程定然是兴高采烈的,运送了那么多货物,行了那么久的船,如今终于靠岸,所有人都会拼尽全力。仿佛不拼这最后一下,就对不起动辄月余的海上颠簸。

但今日的"郑利号",每个人都是沉默的,更有脸上带着愤恨的。

这太不寻常了。即便见多识广的冯老大,一时也想不出到底发生了什么。

"难道郑家的擎亭公出什么事了?"

码头之上,冯老大认出了一批人:那是新河窑坊的窑匠们。

第一筐货物刚落地,新河窑坊的大司务黄世泽冲到筐前,伸出大手,去撕开绑着的稻绳。那稻绳扎得严实,但黄世泽不管不顾地用一双大手去扯它们。冯老大看着都不自觉皱起了眉头,他都能看到黄世泽掌心已经勒破,渗出血来。

"郑利号"纲手李老大迈下船来,递给黄世泽一把刀,黄世泽执拗地没接。倒是他身边的徒弟周云天接了过来,切开了稻绳。

里面的瓷器露了出来。

更准确地说:是碎裂了出来。

那原本捆得结结实实,应当完好无损的瓷器,此刻就像瀑布一样,顺着竹筐的破口"流"了出来,碎裂了一地。里面还有没碎裂的,但也能看到处处破口。

黄世泽仰天长叹,指着一边的周云天大喊道:"你是罪人!你让新河窑坊丢脸!

让郑家丢脸！让我向麓城所有的瓯窑窑匠丢脸！"

冯老大突然想起数月前,也是在此发生的那一幕:黄世泽激动地对周云天说:"你真是瓯窑古往今来第一人。"

彼时此时,天上地下。

那周云天呆呆地站在原地,木然看着一筐又一筐瓷器被丢下船。

这时,不远处马车嘶叫,是市舶司提举李峤章来了。

李大人的脸色,前所未有地阴沉。

"千不该！万不该！实在不该！"李峤章指着那一捆捆丢在码头的瓷器,喊道:"昨日才收到工部的信,每一句都是训诫！居然将这样的东西送过去！"

旁人见李峤章来了,赶紧围了过来,一脸震惊问道:"李大人,新河窑坊的江山胜览怎么了？"

李峤章手中高举工部寄来的信件,说:"工部厉文栋大人与我是莫逆之交,这才私下写信告知我,此事到他这儿为止,没有对向麓工匠行当的名誉造成损害。"

说完,李峤章喘了口气,打开信件说:"工部训诫:此套瓷器过分追求瓷面油润,却让瓷片易裂易碎,求奇而失本心,非匠之正道。望向麓各坊引以为戒,恪守匠心。"

看客们把伸长的耳朵和脖子缩了回来,窃窃私语了起来。众人看黄世泽与周云天的眼神,也从疑惑不解,到不屑鄙夷。

"德和号"上,冯老大皱起了眉头;卫浪那平静如海天一色的脸,也泛起了波澜。二人同时低声奇道:"不应该啊！"

李峤章盯紧黄世泽,逼问道:"这套什么胜览,你们打算怎么处理？"

黄世泽显然受了巨大打击,双眼无神地看向周云天,愤怒且虚弱地说:"你炼的,你自己决定！"

李峤章靠近周云天,谁也没听清他在周云天耳朵边说了什么。就见周云天愣了许久,终于,还是一句话都没说,然后他开始将一捆一捆的"江山胜览"割开,然后,他开始将一套套瓷器砸碎,直接砸在了宿觉码头的江岸边。

所有人都惊呆了,没人上前帮忙,也没人上前阻止。就眼睁睁看着周云天拆掉一捆,砸一捆;拆一捆,又砸一捆……宿觉码头的江岸边,很快便布满了一圈瓷器碎片,望去如同雪落黑山,白浪卷堤,谁也认不出这曾经是精妙绝伦的"江山胜览"。

最后一捆瓷器终于摔完,周云天的脸色也变得与那瓷器一样,惨白如灰,他还是一句话都没说,眼睛空如墨夜。

李峤章拱拱手说:"希望诸位记住这次耻辱,也希望各位明白擎亭公的信誉与决心:若郑家货品有缺憾,宁可砸碎,也不会流入民间!"

众人望向江岸的碎片,纷纷叫好了起来:"擎亭公真是我向麓城商人楷模!"

第二十一章
有情皆孽话缘由

今晚的宿觉码头比以往的任何一天都要明亮。

月光照着一地的瓷片,让停泊的船工,即便在梦里,都觉得自己踩在碎裂的冰面之上。——一地漆白,仿佛传来脆裂之声。

黑夜中,码头上出现两条身影,默默看着眼前的瓷片带。

二人就那么一动不动地站着,偶尔有提着灯笼经过的脚夫、打更人,都会忍不住抬起灯火来看两眼。

认识他们的,都很纳闷:为何是这两人？人们总觉得,这件事是郑家的生意,新河窑坊的耻辱,有来"面瓷思过"的,定然是他们的人。不想,这两条静默凝望着的身影,竟然是李家的！——市舶司提举李峤章李大人的两位家人:李去尘、李墨梅。

良久,二人像是下了某种决心,分道而行,二人朝两个不同的方向走去,渐渐隐没在各自的黑暗中。

李墨梅一路朝西,往新河窑坊而去。

此刻的新河窑坊炉火未熄,火光照亮了新河河畔,把周围映得更加黑暗。

走入院中,只见周云天一个人,头戴巾子,身穿一件白色皂衫,还在坊中劳作。

汗水浸透了他的皂衫,月光与炉火映照在衫上,时而像粗陶,时而像精瓷。周云天的脸色忽明忽暗,没有任何表情,却让人感觉如此沉重。

李墨梅不由心中一阵裂痛,她走上前去,说:"云天师兄,咱们歇歇吧。"

周云天却仿佛没有听到她在说什么,只是埋头苦干,利落地完成一个个动作。

李墨梅实在无法忍受眼前这压抑诡异的氛围,她疯了一样奋力上前,夺下周云天手中的一个泥胚,不想那泥胚很重,她拿不住,"啪!"的一声巨响,泥胚碎了一地。

听到碎裂的声音,周云天才仿佛醒了,他伸出手将碎的泥胚收拢过来,转头又去做新的。

李墨梅跟上去,说:"云天师兄,这只是一次失利,没关系的。日子还长着。"

周云天手中的动作没停,只说了一句:"没时间了。"

李墨梅说:"你若是怕名声毁了,也不打紧,我去和爹爹说一声,我爹爹那么厉害,他一定有办法。"

周云天还是好像什么都没听到,掏出笔来,给一个泥胚上作画。——画的是一个临江眺望的女子背影。

李墨梅揉了揉眼睛,立刻就看出了:那发髻,那腰身,是郑家小姐沉芗的背影!李墨梅瞬间一阵酸楚涌上心头,她在周云天耳边大声说:"云天师兄,你让黄司务去我家提亲吧,做了我李家的女婿,你的炼瓷宏愿,我一定能帮你实现的!"

周云天终于把那泥胚画完,喃喃自语:"江山胜览,只为一人。"——完全没理会李墨梅说什么。

李墨梅气得涕泪交加,抬起脚用力地跺了好几脚地面。望着木架子上烧好的瓷、没烧好的胚,她怒气冲冲地走上前去,伸出手去想将它们推倒泄愤。

手触摸到木架子的一刻,她却还是忍住了,她回过头来,深情而绝望地喊了一声:"云天师兄,你照顾好自己。"

说完,跑出了院门。

李去尘沿着江岸,一路向东,他穿过灯火摇曳的条条巷弄,来到了万花塘郑家大宅前。

通报过后,他迈入院子,径直朝盈动阁走去。

盈动阁今日的灯火摇曳非常。瓷宝上前迎接李去尘,她的眼睛哭得肿肿的。

郑沉芗坐在桌上,手中握着一个瓷瓶,她眉头紧蹙,眼中盈盈有泪光。

见李去尘前来,沉芗欠了欠身,喊了声:"李家小叔叔。"

李去尘抬头望去,沉芗房中,周云天的心血之作铺陈开来,让他忍不住想把玩赞叹,又觉得内心酸楚。

李去尘咳嗽了两声,干哑地说:"趁夜前来……"

沉芗接口说道:"定是来和我说,今日在宿觉码头之事。"

说罢,沉芗便对瓷宝说:"你先出去。不许偷听。"

李去尘不禁心惊了一惊:"你对此事,知道多少?"

沉芗吸了一口气,语带苦楚地说道:"这定然是一个局,一个针对新河窑坊,针对周云天的局。我相信周匠师不会为了瓷面润泽,而制出易碎裂的瓷片。他视炼瓷如命,他的生命只有炼窑,如何会犯这种错误。"

李去尘叹了口气,说道:"是啊,周匠师不会犯这种错误。但有一点你说错了,周匠师的生命不只有炼窑。"

沉芗望向李去尘。李去尘有点不敢看沉芗的眼睛,他转过身去,将后面的话说了出来:"他的生命中还有你。"

见沉芗整个人僵住了,李去尘继续说道:"这就是他被人设局的原因。"

"此事的源头,便是那一日,我的哥哥上门来提亲。此事让我怅然许久,因为我多么希望,他是来为我,来你家提亲。"李去尘握紧扇子的手,在微微颤抖。

沉芗的表情有所触动,但很快便平静了下来。此刻,她的心中已有此事的大概轮廓。

"我哥哥竟是为自己提亲而来。他想娶你过门。我不知道你父亲郑擎亭是如何思量的。但后面发生的事,是我完全无法想到的。——那一日,我在哥哥的书房翻找到一本旧书,被书中所载之事吸引,就在书架角落读了起来,读到如坠梦中,等醒转过来,听见书房外,有二人讲话之声,那便是你爹爹郑擎亭和我的哥哥。

"你爹爹便说,女儿已心有所属,李大人若是想达成好事,定要有所行动。我哥哥听说你心上人是周云天后,也甚是吃惊。你爹爹说,向麓遍地窑坊,他想扶持谁就扶持谁,他早已做好周密布局,让我哥哥放宽心,只管对那周云天动手便是。"

沉芗只觉得呼吸困难,整个人忍不住颤抖起来:"那李大人,究竟是如何动的手?今日我让瓷宝出去,找新河窑坊的人打听,这几个月来,新河窑坊一切如常,并未有外人进出,也无不同寻常之事发生。"

李去尘一时有些难以启齿,但最终,他仿佛下了极大的决心,说道:"你的心上人周云天,也是我侄女墨梅的心上人,墨梅性格率真,但情窦初开,爱慕之心一时难以自控。我哥哥察觉到此事后,便对墨梅说,如往常一样去新河窑坊帮忙,但是需在制胚的泥中,偷偷加入一味瞬银砂。"

"瞬银砂!"沉芗一时怒起,拍了一下桌子。

郑擎亭在姑苏时,曾有一名天竺商人携此物而来,欲作贸易。但郑擎亭在试过之后,发现此物虽能使瓷器更光洁,却会让瓷器更易脆裂,失去该有的筋骨。当年爹爹还以此事作为教训,教导子女莫要"追逐光鲜,失去风骨"。如今,爹爹却偷偷用它陷害一名视炼瓷如命的匠人。

沉芗的思绪一下飘出去好远,她不明白,为什么至亲突然换了一副嘴脸。

"我那墨梅侄女,不知那瞬银砂究竟为何物。或许只是觉得可以帮到周云天,好让周云天对她产生好感,便偷偷做下了这桩事,酿成了大祸。"

听到这里,沉芗起身,对李去尘深深行了个万福礼,问道:"李家小叔叔,今日又是为何来此与我说这些?"

李去尘回了个礼,神色悲戚地答道:"一为良心,二为倾慕。若不是这些是是非非,我对郑大小姐的情深,不会比他人少。事到如今,我已知道我的心愿绝无可能达成。这些消息若能助郑小姐达成所愿,吾愿足矣。"

"此事细想,不过'有情皆孽'四字。想我李家,我一直引以为傲的哥哥与侄女,各自为一个情字,做下这等蠢事来。我今日来此见你,与你说这些,亦是有孽于家人。天可怜见,我愿替李家承担所有的报应!"

说罢,李去尘再次行了个礼,毅然转身离去。

第二十二章
瓯窑瓷缎远名扬

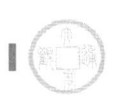

沉苎望着李去尘隐没于黑暗的影子,再一次深深行礼。

她喊了声:"瓷宝!"

瓷宝走了进来,却是一脸惊恐,她哭着说道:"小姐,之前有人说起新河窑坊周家哥哥的手艺如何了得,我一时得意,便说我常与那周家哥哥会面。会不会因此老爷才知晓小姐的心上人是周家哥哥,这才……"

沉苎不禁又长叹了口气:"该来的总会来,我和云天哥哥这一关,也是早晚要过的。瓷宝,接下来的事情,你务必听仔细,按照我说的去做。"

瓷宝用力点点头:"天地为证!我一定都听小姐的!"

沉苎说:"你立刻去新河窑坊,找到云天哥哥,跟他说三句话。第一句:土中有瞬银砂,近来炼成的瓷器不可用,全部丢去宿觉码头;第二句:此事不是你的错,你只管做好自己的事;第三句:小姐安排好一切,马上会来找你,你一定要等她。"

第三句话一出,瓷宝不禁瞪大了眼睛,说:"小姐,你要去?"

沉苎伸出两个指头,抵住瓷宝的嘴,说道:"记住,莫多言,莫多事。"

瓷宝点点头,跑了出去。

"天下居"内,郑擎亭正安坐其间,听着家丁的密报,家丁从李去尘来访,到沉苎派瓷宝去新河窑坊,都说了个遍。

郑擎亭阴沉着脸,摸着连鬓胡思索。他原本想,沉芗知晓这些,定然会来找他论个明白。他在脑海中演练了所有沉芗可能会说的话,以及自己的驳斥之言。

但他等到夜深也不见沉芗的影子。

第二日,沉芗对他,也是态度如常。郑擎亭心中生出挥之不去的不安。

来回踱步良久,郑擎亭喊来家丁:"接下来的日子,只管看紧大小姐,也看紧她的丫头瓷宝。只要在郑家大宅内,大小姐和瓷宝的行动可以照旧。没有我的命令切不可让她二人私自出门去。尤其是大小姐,如有出门的举动,无论如何都要拦下!瓷宝若有外出,必须派两个家丁贴身跟着!"

第二日,家住宿觉码头附近的人,一早又听到了瓷器砸地之声。

守船的船工被声音吵醒,迷迷糊糊起床,看见的是新河窑坊的周云天,又拉了一车瓷器,砸在江岸上。

不仅拉来瓷器,周云天还拉来黑乎乎的瓷土,都倒在了江岸边。

接下来的几天,亦是如此。

有好事人想上前打听是怎么回事。但周云天对任何问题都不作回答。好事者就跟着周云天回新河窑坊看看怎么回事。到了新河窑坊一看,才发现经过周云天连日蚂蚁搬家一样的劳作,原本堆满整个窑坊的瓷器几乎被清空。清空的不只是各种烧制完成的瓷器、陶器,还有院中大土坑中的瓷土。

周云天砸瓷倾土的行为,很快又成为向麓城坊间每日的谈资。

"这周瓷匠是否得了失心疯?"

"几个月前还被人捧上天,如今落了这么个下场,人哪,登高必跌重。"

"还好没有拖累向麓城其他的匠坊,多亏了李峤章李大人。"

"你们说,此事会不会有蹊跷,会不会遭人陷害?"

"这可是擎亭公的买卖,擎亭公是什么人?上有太守公和李大人的照拂,下有那么大一份家业,这向麓城谁敢陷害他?"

周云天从一开始的沉默不语,到后面开始逐渐展露奇怪的笑容,好像有使不完的力气,又像是一种苦行僧般的修行。

向麓城的人对周云天的态度,从冷漠围观,到挖苦嘲讽,最后心生敬佩。

终于有一天,宿觉码头没了周云天的身影,只剩下密密麻麻的瓷片,从江上远远望过来,像是为了向麓城披上了一条透亮的缎带。

那些从日本国、南洋诸国来到向麓城的客商,靠近宿觉码头时,纷纷被此情景震撼。

"向麓城的宿觉码头有一条巨大瓷片缎带"的消息,随着商船的行进传播,很快便传遍了大宋十七路。

渐渐地,便有人专门为看这条瓷片缎带而前来向麓城。面对此种状况,市舶司提举李峤章起初是惊慌的,眼看丑事遮不住,还要传遍大宋乃至海外诸国,李峤章为了向麓城的名声,焦急得嘴上长出了大泡。但很快,一个消息不胫而走,算解了李大人的燃眉之急——

这条瓷器带,是以新河窑坊为代表的瓯窑行当,献给前来向麓城的诸贵商的一份礼物,同时表明了瓯窑在那位千年一遇瓯窑奇才周云天的带领下,超越过往,与龙泉之青瓷、景德镇之青白瓷分庭抗礼的决心。

虽然不知道是谁把这消息传播出去,但这个说法,显然是向麓城上至官府,下至民间都喜闻乐见的。太守沈策听完也十分感动,准备将这个功绩,写入自己亲自修订的《向麓府记》中。

——于是,不明就里的人们纷纷涌向新河窑坊,他们都想看一看,那位"千年一遇瓯窑奇才周云天"究竟长什么样。

然而,每个前往新河窑坊的人都失望而归。

因为新河窑坊已经拒绝任何人进入了。

整个向麓城,各大港口、各条商船,都在传播一个消息:瓯窑奇才周云天,正独自一人,在新河窑坊内,做一套旷古烁今的瓯窑珍品!珍品出世那日,便是向麓城的瓯窑真正光耀神州、扬名四海的日子!

第二十三章
瓷片化信巧布局

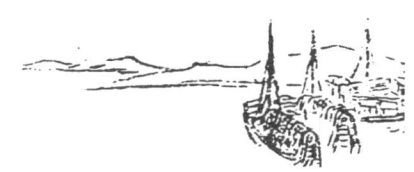

郑擎亭命人将"天下居"里里外外都点上烛火。

秋风渐起,他突然觉得自己比往年更怕冷了起来,尤其是夜晚到来时。

城里围绕宿觉码头"瓷器缎带"的火热讨论,也为他带来了丰厚的好处。因为人人都知道,新河窑坊是郑家的产业,那些慕名而来、见不到周云天的客商,全部都涌到了郑家大宅来。

郑擎亭做了大半辈子的生意,也做了许多的局。但这次的局,他知道并不是他做的,而且这个结果,也并不是他想看到的。

所以这样的热闹,让郑擎亭喜忧参半。他隐隐猜测此事与沉芎有关,但沉芎整日安居闺中,又是如何做到的?

突然,郑擎亭觉得所有灯火都摇动了起来。一人稳步走入了天下居。

是沉芎!

她总算主动来了!

郑擎亭突然觉得自己呼吸有点乱了。

"见过爹爹。"沉芎行礼。

"何事?"郑擎亭如往常一样摆出冷若冰霜的严父姿态。

"我今日走入天下居,只有一事想与爹爹说:我今晚便要走出郑家大宅,去往新河窑坊,找我的云天哥哥。"

"你敢!"一股怒气直冲郑擎亭的天灵盖,他气得脸上蹦出了青筋。

"爹爹,你总是教导我们,二人对弈,谁先动怒,谁便输了。"沉芗稳稳地说道。

"好!好得很!若我不依你,你当如何?"

沉芗叹了口气,说道:"我已知你与李峤章的谋划。李家小叔叔来与我说完那些事,留了一句话,我最近一直在悟这句话。"

"什么话?"郑擎亭来不及想李去尘是怎么知道他和李峤章的密谋的。

"李家小叔叔说,有情皆孽。他还说,李峤章对我,李墨梅对云天哥哥,包括他背弃如父长兄,来与我道出缘由,也皆是对我的情深之孽。"

"那又如何?"郑擎亭从鼻子间发出重重的"哼"。

"爹爹,娘亲……"说到"娘亲"二字时,沉芗哽咽了一下,"娘亲香消玉殒于火海,爹爹心中的仇与孽,忍了十年,最终还是回到向麓城,一笔笔清算了。这又何尝不是一种孽?"

郑擎亭不由一阵心悸。他突然想到一个问题:过去了十八年,甄氏的面容,他还记得几分?

想到这里,他抬头望向十九岁的女儿,一阵恍惚,甄氏的面容与女儿逐渐合而为一。

沉芗看着父亲迷离的样子,突然重重说道:"我对云天哥哥的情,自然也是有孽的;这份情孽让我布下这些局,与爹爹你比一比。今夜,我更要忤逆爹爹!"

此话一出,倒是把郑擎亭的战意给勾了出来。这么多年商海浮沉,论比心计,耍手段,他自认为凌驾于滚滚诸商之上。今日居然被自己的女儿逼到了墙角,这可太有趣了!

郑擎亭定了定神,说道:"来吧,既然是比手段,就让我看看,我千宠万爱养大的女儿,到底布了怎样的局。"

"大部分的局,父亲已经看到了。"沉芗慢慢说道,"第一步,就是先将不利于己的,变成有利于己的。也要感谢李峤章暗示云天哥哥,把那些被偷偷掺了瞬银砂的瓷器,直接砸碎在码头。我这才想到,那瞬银砂制成的瓷器,本身就光泽明亮不少。索性把新河窑坊现有瓷器全部砸掉,一来防止还有漏网之器,二来便可以造一个陶瓷缎带的传说。"

"是你让周云天这么做的?那些故事是你编的?"郑擎亭略显吃惊。

"即便我不说,云天哥哥也一定会将新河窑坊内的陶瓷器与瓷土全部处理掉。我只是为他找了个处理的地方。"沉芗喝了一口茶,说道,"至于那些传说、故事,我这么个整日在闺中读书的女子,自然能编得很好。"

"雕虫小技!"郑擎亭还想保持自己的威严。

"大技小技,能得偿所愿便是良技。我这么做,正是先将云天哥哥的名声,从你们的手中,重新夺回来!不过,这也仅是第一步。"

"第二步,便是将新河窑坊封锁起来,不让外人进入,以防又有人暗中在瓷土中下手脚。"

"呵呵,你以为周云天把瓷器顺利做出来,他就能功成名就了吗?"郑擎亭不屑地笑了。

"爹爹,你想反了。我让黄世泽把新河窑坊封锁起来,其一自然是你说的,这其二其实更重要。"

"其二?"郑擎亭又觉心中一惊。

"其二便是,不让外人知道云天哥哥是否在里面。"

"哼,他周云天在不在里面又如何?难道他不在里面,我就怕他不成?"

"爹爹又何必说气话。"沉芗笑道,"他在外面,才可以抽出时间来,做只有我和他才知道的事情。"

"你整日身居家中,难不成还能与他私会不成?"

"我们之间互通消息,根本不须私会。我们只须将想传达之话,写在残破的瓷片上,丢过墙即可。一块路边小小的瓷片,在这向麓城中,即便有人看到,也不会觉得有什么古怪。瓷片上的只言片语,即便有人看到,也不知道写了什么内容。"说到这里,沉芗不禁莞尔一笑,"通过瓷器留下彼此的心意,自重逢那日起,我和云天哥哥便一直在这么做了。他给我的瓷片,我全部都丢在他为我打造的长鱼池中,爹爹大可让人去捞出看看,看到底能看懂几分。"

"你还做了什么?"

"没做什么,只是写了一些信;这些信,都是以郑家商号的名义,光明正大地让瓷宝委托门房寄出去的。即便门房会偷偷拆开,也不会看懂其中的奥妙。"

郑擎亭一句话都不说了,他在静静地听沉芗讲完。

"这些信,就是以爹爹的名义,邀请各地客商,来向麓城参观盛况。信中并未说这盛况是什么,如今大家都知道了,这盛况自然就是宿觉码头的瓷器缎带。"

"很好。不愧是我郑擎亭的女儿。"郑擎亭脸色冰冷如水,"接下来,你又将如何?"

"接下来,自然是今晚,去与云天哥哥相会。"

"放肆!这是姑娘家说出口的话吗?你想与他私奔?你想败坏郑家门庭不成!"郑擎亭终于难掩怒气!

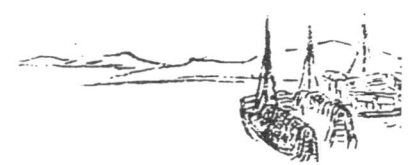

第二十四章
相见时难别亦难

"爹爹,"沉芎再次向郑擎亭行了个礼,"我是您擎亭公的长女,后面还有那么多弟弟妹妹,都在看着我,我怎么会做出私奔之事。我的心愿,唯有与云天哥哥在一起,并非败坏郑家名声。我今日去寻云天哥哥,无非是这个局的最后一部分,需要当面才能说明。"

"真是笑话!我不许你出门,你又能如何?"

"我之所以来明示爹爹,正是想告诉爹爹:我有一百种方法可以偷偷出门,但我就要征得你的同意光明正大出门。我与云天哥哥说完事宜,自会回来,绝无私奔的心思。"

"那你倒是说说看,我凭什么放你出门!"郑擎亭有点沉不住气了。

"我用瓷片传书,和云天哥哥约定了时间,让他来到盈动阁的墙外,收一个包裹。包裹里有几封信,如果今晚云天哥哥见不到我。他就会将这些信寄出去。"

"我此刻就将你封在房里,再派人去新河窑坊,扣下周云天,你又该如何?"

"爹爹,狡兔三窟的道理,我自然懂的。且不说今晚云天哥哥是否会在新河窑坊,你能否找到;像这样的信,我又怎么会只交给云天哥哥一人,说不定,瓷宝手中有一份;说不定,李家叔叔手里亦有一份;又或者是我认识,爹爹你却不认识的某个人。"

郑擎亭只觉得一阵发寒,问道:"信的内容是什么?"

"只是将爹爹和那李峤章所谋之事公之于众而已。"沉芗有点忧伤地说,"信会寄给向麓太守沈策、工部的诸位大人,以及爹爹你在临安、姑苏、泉州、明州、闽州的商人伙伴。"

郑擎亭看向沉芗,愤怒之中夹杂着一丝恐惧,他强作镇定:"就凭你说,他们就信?我自有办法让他们认为你在胡说八道。"

"爹爹,你怎么还是想不明白。"沉芗说道,"真相如何并不重要,即便爹爹没做这种事情,我让他们觉得爹爹做了,那爹爹就是做了。就像你们对云天哥哥的栽赃,云天哥哥辩解与否并不重要,你让大家认为是他做的,那他就是做了。"

郑擎亭竟被说得一时语塞,沉芗接着说道:"我并不是想让他们知道真相,只是为了抹黑你。而揭发你的,是你的亲生女儿,他们如何不信?"

"你到底想干什么?"郑擎亭坐到凳子上,声音有点嘶哑。

"我就是想晚上去见云天哥哥。爹爹,我说过,我讲完所有的话,自会回来。我会隐藏行踪,绝不会私奔。这一个晚上,爹爹你不会有任何折损。但如果不让我出去,后果我刚才也说了。爹爹做了这么多年生意,孰轻孰重,总能分清。若是为了晚上不让我出去,耽误了爹爹商行天下的宏愿,那可真是太不值当了。"

"啊!"郑擎亭狠狠地大叫一声,举起离手边最近的茶盏,狠狠摔在了地上,茶盏瞬间碎了一地。郑擎亭举起手来,又恨恨地收到了身后,他转过身去,唤吕水龙进来,低沉吩咐:

"你帮大小姐乔装一下,不要让其他人知道,亲自送她去想要去的地方。然后候着,大小姐什么时候回来,你就什么时候回来。"

吕水龙颇感意外,但还是陪着笑脸说道:"属下领命。"

吕水龙驾着车,正在盘算着要如何隐藏沉芗的身份,又要如何与黄世泽等人周旋,却发现原本热闹的新河窑坊门前无比安静。

窑坊的院门打开,马车就像一片阔叶,顺滑地飘进院中。沉芗在车中淡淡地说了一句:"请吕先生在院外候着,一个时辰后我定然会出来。"

院门关闭声起。沉芎走出马车,九年没有踏入这座院落,一切都没有变。

包括她的云天哥哥,此刻他就站在那儿,深情地看向她。

沉芎加快了脚步,周云天张开双臂。熊熊炉火,照亮了二人紧紧相拥的身影。

沉芎幸福地闭着眼,感受着周云天身上炉火般的炽热。她不敢睁开,怕眼前的一切只是梦,睁开就消失了。

沉芎柔弱无骨的小手,此刻被周云天的大手握着。她能感受到他手掌的粗粝,还能触碰到那些新添的伤口。沉芎不禁心疼起来,她将周云天的手举到眼前,仔细看着,眼泪就滚落下来:"云天哥哥最近受罪了。"

"做完这件事,便能与你在一起,谈何受罪。"周云天开心地说。

"一切都顺利吗?"沉芎关切地问。

"顺利的。我一个人,比旁边有人更顺利。"

这段时间以来,周云天一直在新河窑坊中,一个人完成"江山胜览",他的师父、师兄被禁止靠近窑坊,这自然是沉芎的安排。炼完江山胜览,就用稻草捆扎瓷器,都是周云天自己完成。

今晚沉芎便是来完成最后一个环节的布局的。

沉芎幽幽地说道:"云天哥哥,江山胜览定能够名震天下。但你要在向麓城躲过我爹爹与李大人作梗,亦是很难。我们必须寻得援手。我寻觅良久,终于寻到了。"

周云天静静听着,加以微笑点头。

"你只需将江山胜览运送至临安。我这里有封举荐信,你在临安府找到我郑家的瓷器店铺,将江山胜览摆出即可。店里人会以为是我爹爹的授意,一定会大肆吹捧,引无数人来看。等我爹爹知道此事之后,江山胜览早已达成使命。从此云天哥哥会成为大宋最好的瓷师,将瓯窑的名声传遍天下,我就在向麓城等你来娶我。"

说到这里,二人的心中都升腾起更为坚定的情感。

炉火烈烈，瓷器冷澈，四目相对间，眼中的彼此便化作永恒；暖风自脚底吹起，将二人环绕，摩梭过每一寸肌肤；口中的呢喃，化作万物盛放的万水千山，落入耳中，汇聚成开天辟地时的浩然声响。

在这简陋的窑坊之中，二人完成了生命的盛大乐章。

月至中天，两个人还是紧紧靠在一起，仿佛已融为一体。

沉芎用手指触摸着周云天脸的轮廓，万分不舍地说："云天哥哥，时辰到了。"

他们都知道，这一夜，还有很多事情要做。

周云天将沉芎的手从自己脸上轻轻提起，柔柔地握住，感觉自己积攒了全部灵魂的力量，化作一句："等我回来。"

沉芎摊开手掌，那是最后一枚"大观通宝"。

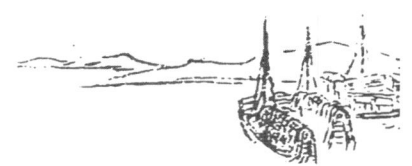

第二十五章
有缘重结来生愿

沉芗踏出郑家大宅的后一脚,郑擎亭也坐上轿子,前往李峤章的府邸。

二人深夜密会,郑擎亭开门见山地说:"那周云天闭门造车也有数日,我料他近日会偷偷将他的江山胜览运送出向麓城。"

李峤章冷冷一笑:"就凭他一人,运不出去的。我已与所有的船家都打过招呼,没人会接他的货。再说了,新河窑坊是你郑家的窑号,从那儿出来的货品,除了你的'郑利号',谁敢运送?"

郑擎亭不置可否,说:"万一有船家敢呢?"

李峤章横过眼来,上下打量了一番郑擎亭,说道:"万一有船家敢接,你我都在宿觉码头安插了人。运货登船的工夫,我们早已拍马赶到,将他拦下了。"

郑擎亭还是觉得哪里不对劲:"若他没在宿觉码头卸货呢?"

李峤章不耐烦地说:"向麓城哪个码头不在我李某人的掌心下?自新河窑坊那帮人开始神神秘秘起来,我就一直盯着他们!新河窑坊通往各个码头的路,我都派了人手盯牢了,你还有什么不放心的?"

郑擎亭在脑海中把这盘棋过了一遍,觉得李峤章说得有道理,沉芗再聪明,也不过是个孩子,哪里会有什么办法,从他们的眼皮底下,把东西运出向麓城。

"莫不是他们有手段?从临安请来朝廷大员,又或者请太守沈策出来,为周云天主持公道?"郑擎亭依旧无法放心。

"若说到官场,浮沉这许多年,我李某人不能说手眼通天,也可以算得眼观六路。但凡有点风吹草动,不可能我没收到半点消息。"

郑擎亭不禁暗暗自嘲:"果然是关心则乱,我这么浅显的道理都没想通。"

李峤章唤来家丁奉茶,二人言语交谈正酣,郑擎亭的家丁突然出现在门口说有事禀报。郑擎亭被吓了一跳,家丁道:"禀老爷,大小姐已回到郑家大宅。"

郑擎亭内心得意欢喜。沉芎既已回府,自己便赢了。于是又坐下来,与李峤章大谈"商行天下"之道。二人怀着各自的心思,却并不妨碍谈得妥帖融洽。

这时,李峤章的下属突然冲了进来。李峤章还未喊出"放肆",来人已经喊了出来:"李大人,有怪事发生!突然有船趁夜起航了!"

二人吓了一跳。李峤章忙问:"从哪里起航,不是说让你们看着每个码头吗?"

来人结结巴巴地说:"怪就怪在这里,那船并不是从码头出发的,而是好像凭空出现在江中,然后朝东海而去。"

"突然出现在江中?"郑擎亭只觉得头皮一阵发麻,"何以突然出现在江中?"

李峤章拍案而起:"速去码头看看!"

二人抵达宿觉码头,惊动了守船的各位船工。李峤章将众人聚集过来,开口便问:"刚才接到报告,有船突然出现于江中,是何道理?"

一位老火长禀报道:"回提举,这并不稀奇,那船舶于瓯江江心的中屿之北侧便可启航……"

李峤章和郑擎亭目瞪口呆,互看了一眼,又望向江心屿,忽觉今晚的夜特别黑,那江上的千年孤屿江心屿,都仿佛被这墨夜吞没了一般。

李峤章忙问:"是否有人看清了那船?"

那位老火长说道:"回提举,今晚本是月明之夜,偏偏在众人看到船影后,一大团云气涌来,挡住了月亮,谁也没看清。"

李峤章的小厮道:"禀大人,只需明日查看一下入港名册,再查看一下在港船只,就知道是谁家的船了。"

李峤章瞪了他一眼:"明日?明日知晓了还有何用!"

郑擎亭立刻说道:"当务之急是拦下那艘船。我愿出赏银,请各位驾上轻舟快船,将那船拦下!"

"哦!擎亭公的赏银,那定然是少不了的!"现场顿时一片躁动。

很快,江面便聚集了十几只小船,点起船灯来,敲锣打鼓地朝东驶去。

几个时辰前,与沉芗依依惜别后,周云天便从新河窑坊一个不起眼的侧门走了出去。穿过一片比人还高的蒿草丛,便走到了新河边。

新河之上,停泊着一艘船,船上是一捆捆扎好的瓷器。这便是周云天没日没夜,独自完成的"江山胜览"。在窑坊中捆扎完毕后,已于前一夜,通过这条僻静小路,运到这艘船上。

沉芗临别前叮嘱过他,今夜子时将近,会有大潮,江水满溢入新河,他便将这艘载满"江山胜览"的小船驶出新河,抵达瓯江,顺着江流绕行便可至江心屿北侧。

周云天在船上静静等着,突然他觉得,小船被托了起来。原本浅浅的新河,变成了可以行重船的大河。

月光之下,一艘满载这对有情人全部希望的小船,就这样驶出新河,抵达江中,月光之下的瓯江庄重静谧,江流就像一只巨手一般,推着小船,在江面上划出一道曲线,朝着江心屿的北侧而去。

绕过拐角,一艘大船早已等候多时。船上二人指着小船哈哈大笑:"来也来也!"

这船便是"德和号",纲首冯老大和火长卫浪,便是沉芗多方寻觅之后,确定下的人选。

冯老大和卫浪一直默默看着周云天所经历的一切,他们对周云天是敬佩的,也断不相信周云天会犯下"为求瓷面油润,炼制脆裂瓷器"的错误。

冯老大、卫浪与周云天虽是初次见面,却有一见如故之感。话不多说,自有默契在心间。"德和号"船工麻利地放下软梯,将小船上的"江山胜览"悉数装船,一刻钟也未曾耽误,便趁夜行船往东出发。

船行出不久,立于桅杆之上观方位的卫浪一回头,就见黑漆漆的瓯江之上,出现了十几个红点。

"追兵来了!"卫浪喊道。

"来得好!"冯老大吹响号角,"德和号"又升起了两道船帆。

卫浪睁大双眼凝视四周,在这样的无月之夜,在瓯江上开满帆航行,只能凭借火长的经验与感觉。

周云天立于船尾,望着那些红点越来越近,近得能听到锣鼓声响和那些追来的船工的威吓声。突然"德和号"又加速起来,将那些红点甩在身后。

周云天回过头去,看桅杆上的卫浪与举着号角,以号角之声号令全体船工的冯老大,心中只有敬佩。

英雄惜英雄,大概就是这种感觉!

江另一侧的红点渐渐隐没于黑暗,月光不知何时已经挣脱厚厚的云层。整个瓯江变得一览无遗,除了两边黑黝黝的江岸,便是一条通往广阔天地的雪白江河。

"要入海啦!"冯老大吼了一声,"德和号"全体船工跟着发出一阵"好"的吼声。

吼声过后,突然,海面上亦传来一阵吼声,原本平稳航行的船,也跟着震动了一下。

虽然在水面上常常能感受到颠簸,但是这次的震动很不寻常。

一阵诡异凌厉的江风吹来,周云天顺着风来的方向望去,见到了此生从未见过的场景——

水组成了"墙",从江面直直拉起,阔得占据了整个海面,高得几乎触碰到了月亮。

这道"水墙"快速向"德和号"逼近。

卫浪一声苦笑,对冯老大喊了一句:"是'垂天'啊! 总算是见到了!"

常年行船之人,都听说过一个传说:有一种浪,名为"垂天"!

顾名思义,与起伏山脉般的巨浪不同,垂天之浪就像一块直直拉起的布匹:这块布匹大到左右望不到边际,上高至朗朗青天。

之所以是传说,是因为见过"垂天"的人,没有活下来的。

垂天之浪,对于船员来说,就是地狱的大门;但也有一些掌船的纲首、火长,视"垂天"为"终极之愿":走船一世,若能得见"垂天",死也值了。

这样未知的挑战,才是让人驶向未知之海的根源动力。

在冯老大和卫浪的狂笑声中,垂天之浪终于落下……

巨大的力量仿佛一记巨锤,将"德和号"一下钉入海底!

无数碎裂的巨响在周云天身边炸开,他下意识地闭上了眼睛,再睁开时,他发现自己身陷一片白净的虚空之中。他用全部心血炼制的"江山胜览",一件件地飞过来,围着他的周身摇曳着,旋转着。最终,所有的瓷器化作了一条通往前方的白色道路,在道路的尽头,是他日思夜想的那个身影。

"沉芎!"周云天轻踏瓷器,灵动得像一缕烟尘,奔向沉芎的身影而去;触碰到的瞬间,沉芎的身影亦化作烟尘。两股烟尘彼此交缠着攀升,飘散着,在青空划下一道永恒的轨迹。

垂天之浪造成的冲击,掀起了巨大的浪潮,推翻了数艘跟在"德和号"后面的小船,气势汹汹地朝着向麓城而来。

每个码头的船都开始剧烈摇晃了起来。瓯江江水暴涨,狂风夹杂狂暴的江水,伸出宽大的"舌头",舔舐着江岸与木栈。

江水涌入了江边人家,人们纷纷躲着江水,跑上楼,爬上房顶。

随即,向麓城内每一条塘河的水都开始涨了起来,漫过街道,漫入人家,漫入郑家大宅屋前的万花塘……

沉芎在盈动阁中,听见外面声响,跑出去看时,水已涌入了庭院,水中还有一个亮闪闪的东西,走近一看,一眼便知那是周云天炼制的瓷器。

瓷器上面宛如一片虚空,却只有一行字:

若是前生未有缘,待重结、来生愿!

尾　声

那一日，沉芎迈出郑家大门。

她没有再和郑擎亭说任何话，她用空洞的眼神望向试图阻拦她的家丁，家丁见了，都忍不住倒吸一口凉气。这位郑家全体上下引以为傲的大小姐，就像一片孤魂野鬼，飘到了宿觉码头。

此刻，眼前的宿觉码头，仿佛被何种突然蹿上岸的原始巨兽狠狠啃了一口，泊于此处的船被击碎，木栈道消失不见，只剩下一个大坑，坑中露出来的，是周云天砸于此地的瓷器。如同裸露的森森白骨，触目惊心。

接到家丁报告的郑擎亭察觉到不对，立刻策马从身后赶来。

宿觉码头之上，李峤章携属下视察宿觉码头的损毁情况。李去尘和李墨梅亦在旁。

远远地，他们同时看到了站在江岸上的沉芎。

李去尘和李墨梅一眼望去，先是惊诧，随后同时感应到了沉芎想做什么。他们呼喊着沉芎的名字，朝沉芎站立的方向跑去。

郑擎亭也已经拍马赶到，连滚带爬地大声叫着女儿的名字。

沉芎握紧拳头，全身颤抖，手心那枚"大观通宝"嵌入肉中，渗出血来。

她将掌心之血，连同那枚"大观通宝"甩了出去，随后，果断地跃入江中。

入水的瞬间，她看见那滔滔江水，化作了周云天宽广的拥抱。

所有在场的人，都看见了两束光，从江心屿升起，在瓯江之上升腾、交缠，一同飞向了无人抵达的云边……

斗转星移，白云苍狗。

一个春日，一群青年文士走过宿觉码头。

已过百年，郑沉芗与周云天的故事，依旧在城中口口相传。

"我不明白，这堂堂的郑家大小姐，何以为了一个小瓷匠殉情？"

"瓷匠哪里不好。古人都说了，易求无价宝，难得有情郎。"

"那'垂天之浪'是真的吗？还好发生在瓯江口，若是扑到向麓城来，半座城都没有了。"

"你快闭上你的乌鸦嘴吧。向麓城可不是凡城，有北斗七星护佑着呢！"

"你们有没有听人说，那郑家大小姐可厉害呢。说不定'垂天之浪'的故事是她编的，她跳江殉情，也只是耍了个把戏。"

"如果这个把戏是真的，那此时此刻，郑小姐和周瓷匠，乘着那'德和号'，去往了一座海外仙山，过着鸳鸯眷侣般的日子。"

一位青年文士捡起地上一块瓷片，打趣道："说不定这就是那江山胜览的碎片，好好收着吧，说不定也能遇见贵过无价宝的有情人。"

众人都心照不宣地哄笑了起来。

另一位青年文士望向波澜的江水，远处的江心屿裹着云雾，好像一袭白裳的说书老翁。

"海外仙山，鸳鸯眷侣。"

他不知有朝一日，那别样的"江山胜览"会在他的画笔下，再一次横空出世！

此刻，他把手伸入怀中，紧紧握住了一枚似乎是上天赐予的偶遇的铜钱，那枚小小的铜钱上，镌刻着四个天骨道美、屈铁断金的字——"大观通宝"！

这枚小小铜钱的温热触感抵达全身，顿时，他只觉心中悲欣交集，转头已是热泪盈眶……

中篇
微笑高棉的绮梦

引　子

　　元贞元年(1295)，华夏东南，千年古城向麓。

　　古老的宿觉码头，夜已清冷，两三盏渔灯，四五家烛火。

　　码头前，夜色下，宽阔的瓯江里，波涛裹挟着江中的泥沙和苇草滚滚东流。似乎总有那么几朵调皮的浪花，顽童似的边走边玩，开着小差，不断猛拍码头的防洪堤岸和栈桥。忽地一声巨响，一袭高昂的巨浪，裹挟着一枚小小铜钱，"啪"地砸在了宿觉码头最大的浮桥上。铜钱咕噜噜向前滚去，最后滚到了一个年轻男子的脚下，嵌入了甲板的缝隙中，直立着不动了……

　　年轻男子弯腰捡起了这枚从天而降的铜钱，高高举起，仔细审视。

　　月夜下，男子惊呼一声："大观通宝！"

　　这枚印刻着宋徽宗用瘦金体亲笔题写的铜钱，在深而无边的暗夜里，仅凭几点星光，便能散发出穿透时空的光芒！

　　男子举着那枚非同寻常的铜钱，环顾四周，高声喊道："谁的铜钱？谁的铜钱？谁的呀？"

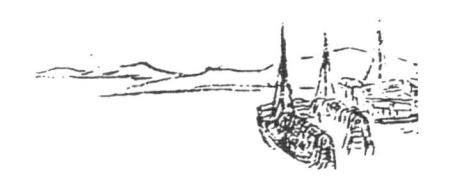

第一章
朗俊双生共绮梦

几个时辰之前，向麓城北靠古港宿觉码头的街巷——朔门街中，有一户周姓人家，正一副张灯结彩、喜气洋洋的模样。在周家不大的宅子内，宾客早已散去。喝得酩酊大醉的一家之主周胜海躺在院子的榻上，意犹未尽地自言自语："我儿启观，终于出息了！"

另一张榻上靠着的是今夜宴席的主角——向麓港最有本事的船老大周海胜的独子周启观。

年轻的周启观满脸通红，眼前的一切虽因酒劲上头有点迷糊，但他却将父亲的话听得分明："你从小好读书，却不求功名。最喜整日和码头各色人等混在一起，口中谈的皆是外邦胡语、虚妄之言。为父我一直觉得你玩世不恭。没想到啊没想到，如今你竟能被朝廷看中，以'钦使随员'的身份，奉命随朝廷使团出访真腊，这真真是老天眷顾我们周家。你小子居然也有光耀我周家门楣的时候！啊哈哈哈！"

周启观随口搭了一句："父亲，您忘了吗？您儿子我可是那创世大鹏鸟转世啊！"

周胜海哈哈大笑："你三叔当年吹的这个牛，我哪里当过真，想不到你小子居然一直都记得。"

一说到三叔那个梦，周启观迷离的眼神瞬间清晰，他的目光越过院墙，没入黑暗中："这怎么会忘！我三叔每见我一次，便会跟我说一次他做的那个神奇大梦。"

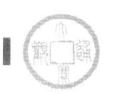

周胜海接过话茬:"对对,你三叔说啊,梦见你小子变成了一只大鹏鸟,在一望无际的大海上飞啊飞啊,飞到了一个佛光四射的地方,不知那是不是西方极乐世界。"

说罢,周胜海忍不住拍了一下大腿:"这下!我儿真的要飞起来了!"他扭过身子一脸慈祥对儿子说,"明日一早,你将远航,早些歇息吧!"

父亲心满意足带着酒劲儿沉沉睡去,周启观为他披上一件长衫,跨出家门,抬头一看,皓月当空。

朗月下,周启观径直向古港码头大步走去。他要去赴一个约。

穿过宿觉码头那座长长的木栈桥,一个颀长的身影,一袭白袍映照着月光。虽不胜酒力,但只要一看见那个风度翩翩的身影,周启观立马神清气爽!

对方一见他,也是满眼欢喜:"你可来了!"

这位年纪与周启观相仿的年轻人姓王,名展羽,是周启观的邻居,虽然打小两人性格迥异:一个开朗豪放,一个含蓄内敛,但不妨碍两个少年成为最好的朋友。与周启观在诗文山水方面的喜好不同,王展羽从小就是个丹青天才。经他一眼,美景便转为画纸上的锦绣江山。更多时候,他喜欢听到处游玩的周启观"探险"回来,将他未曾抵达的人间,滔滔不绝讲述给他听,他便能将周启观嘴里的所见所闻栩栩如生复原出来,让周启观直呼神奇!就这样,一个玩乐、一个静练,一个讲述、一个作画,经年累月,二人早已视对方为高山流水的绝世知己。

当得知好友被朝廷选中,作为御史随从,将从脚下的宿觉码头扬帆远航的消息后,王展羽心中泛起了别样的滋味,不知是喜是忧。他不知该如何表达,唯有通过画作展露心中所思所想。于是,在这个星光漫天的夜晚,他们相约在宿觉码头的古栈桥上,作一场告别。

在等候周启观的时间里,他倚着木栈桥尽头那根粗壮的木柱,盘腿坐了下来,目光望向深深的长夜,渐渐走入了一个迷幻的梦境。

此刻年轻的王展羽没有想到,就是这么一场绮丽大梦,让他在一缕画魂的引导下,将与一幅神画共生共灭,几世轮回,千转而绝伦……

"展羽兄,我来了……"

王展羽从迷蒙的梦境中被周启观唤醒,即刻起身。在他欢喜回应了自己最好的朋友后,便再无他言,而是当着他的面,缓缓打开了自己手中长长的画卷!

那一瞬,周启观只觉得一道亮光直冲自己的双眼!

他使劲揉了揉眼睛,定睛一看,忍不住惊叹,眼前那是怎样一幅惊天长卷啊……

当那幅名叫《江山胜览图》的十米长卷被缓缓打开时,向麓城宿觉码头顿时红光辉煌,江水化作红焰,那耀眼的光芒,照得银盘的月亮似乎也成了一轮红日。这一刻,两个玉树临风的年轻人没有料想到的是,这一道红光,亦照亮了往后近700年中国书画的漫漫长河!

周启观目不转睛,紧紧盯住了画面!他的目光一分一毫地在画面上移动——

只见眼前层峦叠嶂、树木丛生,瀑布、溪水倾泻而下;湖泊宽广,水面上云雾蒸腾,有寂静空灵之美。画中线条极细,山势苍莽,山石横直交错,秀灵而坚实。笔墨清腴,恣肆洒脱!

除了自然山水,海船、江船和渔港、海运码头也跃然纸上!

长卷湖泊中部有一孤屿,孤屿中有双塔屹立,水面波涛涌起,十余船只顺流而下,远处水天一色,近处山水楼台围绕,山石危耸,树木茂盛。

如果仅仅是一幅山水图,倒也罢了。但在这非同寻常的线条中,周启观悟出了挚友所要表达却从未表达过的旷世烟火!

于是,周启观指着画作,问王展羽:"展羽兄,这里画的可是农历四月初八浴佛节那一天?"

王展羽笑而不语,只是用手指牵引着周启观的目光在画作上行走:那一日,人们抬佛像、洗拂尘,年轻男女持花而过。当然,王展羽没有向挚友细细叙述,其实他这幅巨作里,竟有1607个人物、494幢房屋建筑、68艘船只、14辆车轿、108头牲畜、87只鸟,以及若干塔、桥,等等。画中农夫、车夫、轿夫、砍柴人、商贩、乞丐、马夫、僧道、善男信女、文人雅士、士兵、郎中、官员、杂耍人,来来往往的人们寓于画中,妙趣横生！

捕鱼船在江面上摇摇晃晃等待撒网；庙会上搭台唱戏引得人群层层围观；隐藏在白云深处的人家升腾起袅袅炊烟……

周启观呆住了！

望着画面上那远洋大船行于海面，3根桅杆张起风帆，在码头上摸爬滚打成长起来的周启观知道，那隐约可见竖着4根桅杆的大船，正满载着包括陶瓷、料器（玻璃器具）等，从迷人的宿觉码头缓缓驶出，驶向的远方叫高丽、日本、暹罗等，乃至世界的尽头……

但是周启观不知道，他和挚友的家乡，由于偏居东南一隅，远离中原，非兵家必争之地，历来成为不少人战乱时的避难地。不久后，在这里将诞生中国的百戏之祖——南戏。

看着呆立在画作前久久不语的周启观，王展羽浅笑一声："周兄远行，心有不舍。但不知拿什么作别，我别无长物，只会作画，便为周兄绘制了这幅长卷。赠此物是希望你在异国他乡，见画如面，看看上面所绘家乡的江山景物，便不会忘根忘本，愚弟在此盼兄早日回来！"

周启观不禁呆住："这？赠我？"

王展羽又是一笑，真诚而热烈："是！"

周启观望向他的挚友，顿觉羞愧，心中暗想："枉你整日与生意人打交道，满肚子虚情假意的往来规矩。对自家兄弟，倒是临别了什么都没有准备。"——边想着，边下意识地伸手掏向腰间的荷囊，指尖触到了一枚铜钱。

"这枚铜钱……"周启观想起来了，那一日他在宿觉码头的栈桥溜达，一个巨浪打来，将这枚铜钱推到了他的脚下。

周启观心中一动，将铜钱掏了出来，放在掌心，笑着说："前日月夜，我在这码头闲逛，突然就打来一个古怪大浪，像一只手掌般，将这枚铜钱托到了我的跟前……"

王展羽听得笑出声："临别之际好好讲话，莫说些神怪之事诓我。"

话虽如此，眼睛却忍不住还是望向那枚铜钱。这一望，却是满眼欣喜：

"大观通宝?"

"是!大观通宝。"周启观一脸得意。

望着铜钱上的"瘦金体",王展羽喃喃说道:"这可是前朝徽宗皇帝钦刻铜钱。也就徽宗皇帝能写出这样独步天下、烛照古今的字啊。你看这运笔,看这提顿,灵动快捷,笔迹瘦劲,至瘦而不失其肉……"

周启观看王展羽这般,心中便觉好笑,自己这位挚友向来如此,一遇到难得一见的书画、墨宝,轻则走不动道儿,重则沉迷其间,口中只顾喃喃自语,仿佛抵达神境,旁人喊他也不应。

周启观伸过手去,将铜钱捏住,用肘推了下王展羽。王展羽这才回过神来,不好意思地笑了。

周启观也笑了,他由衷说道:"展羽兄,这铜钱在你眼中是珍贵稀罕的前朝瘦金体;在我眼中,却只能想到俗气的招财进宝。不过,虽俗气,却也可以成为我的江山胜览。"

王展羽哈哈大笑:"甚好,甚好。一枚小小的铜钱,可以是我的心爱之物,也可以是你的好运之物。"

周启观说:"这枚铜钱就留给你,以你的天资,定能在这瘦金体中悟出你的大道;至于我,我就将这份好运留在你这儿,留在向麓城;留个念想,留个家乡的赐福吧。我若想你,想向麓了,便看看你的画;你若想我,就看看这枚铜钱。见物如见人!"

"如物,如见人……"王展羽喃喃道,他们并肩而立,一直到明月西沉……

第二章 不知天下有奇才

第二日,风吹船帆,发出猎猎之声,一支豪华船队从向麓城宿觉码头正式出发。这漫长的旅程,便在瓯江中荡开第一道浊波。周启观立于船尾,眼中是他此前以为自己一辈子都不会离开的向麓城。千年孤屿在他眼中,慢慢地变成一个小点,江心寺的钟声却随风破空而来,这是向麓百姓对于船队,对于他这向麓之子的祝福。

"我要绘出属于我的江山胜览!"

江风呼号,巨帆昂扬!

大船缓缓驶出千年古港码头,随着八百里瓯江进入东海。

当海上朝阳升起的时候,周启观已经随着航船进入了碧波万顷的东海之上。

此刻,师团的钦差大臣许成杰来到了甲板上。远远望去,见他亲自招募过来的年轻人已经早早起来,正对着朝阳练习他们家乡的南拳。

许大人颔首微笑,点了点头。

元贞元年,元朝廷决定派使团前往南洋招抚,最大的招抚对象便是真腊国。使团首领许成杰在各处港口物色人选。就在向麓宿觉码头,听闻了此处有一混世奇人——周启观,自小被乡里称为"神童",四岁启蒙,六岁便能吟诗作对。只可惜他越长大越喜欢打架斗殴,整日在宿觉码头与海外来的各国客商厮混,屡次被恨铁不成钢的老父赶出家门。周启观无处可去,便与码头的船工、苦力同吃同住同干活儿,甘之若饴。而更难得的是,这位年轻人居然能与宿觉码头上来自南洋各邦的远方商人流利对话,好多本地的商家都是靠他的翻译,才顺利做成一笔又一笔大生意,他简直就是一个语言天才!

于是,许成杰找来周启观问话,几番对答,许成杰便打定主意:这便是他要找的人!许成杰亮出朝廷颁发之金牌,表明来意。不想这周启观面对此等殊荣,依旧是平常态度。许成杰不气恼,只是给周启观派了一项任务,让他先去向麓城物色一些货品:漆器、瓷器、茶叶、丝绸、书籍、文具。

周启观整日在码头与各色人等打交道,做起这些来自然得心应手。一番作为下来,周启观便与许成杰拉近了距离。在周启观的眼中,许成杰内敛、沉稳、言而有信;在许成杰眼中,周启观虽然点子和路子都有点花哨,但总是能够把事情做到最好。二人就在这一次又一次的往来之间,达成了默契。终于,周启观心悦诚服地接受了许大人的邀请,当上了让周家老父及整个家族引以为傲的"御史随从"!

那一日将货物装船之时,许成杰便让周启观一同清点欲运往南洋的货品。终于将所有货品清点确认后,天色已暗。忽然,一个卷轴滚了出来。许成杰掌灯对周启观说:"哦,这是一幅画作,上头吩咐说,这挺重要!你若有兴趣,打开看看吧!"

周启观打开一看,是一幅画名叫《维摩不二图》!

许大人说:"你不会觉得我是一介武夫吧?实则我喜欢书画。特别是见到能入我的眼的字画,不管对方是否有名,只要画作好,我便收藏。你看这幅画作,应该是临摹之作,作者署名展羽,名不见经传,但是他摹的是金代画师马云卿的画作,画中绘维摩居士与文殊菩萨论说佛论道,人物衣纹笔法飘逸灵动,面容神情刻画入微,是一幅不可多得的精品佳作。"

"展羽!"周启观心头一震。他对许大人说:"大人,您等等!"急步回船舱,取了展羽兄赠他的《江山胜览图》出来。

许大人目光如炬,紧紧盯住了此画!

只见画作之中,先是层层叠叠的远山,树木恣意生长着,拥着山间的茅屋、楼

阁,一条明亮的溪流自云雾间流出,穿过崖间危桥、嶙峋山石。一片半山水田露了出来,农人于其间插秧劳作,飞鸟掠过空中,一派生机。一道横亘的险峻山岭过后,一条大江突然涌入画中,渔人在江上行舟张网。那位于江心的孤屿,石与树、塔与阁,精巧得触手可及。

"江心屿!这是你们向麓城的江心屿!"

一股热流瞬间在周启观和许成杰心中翻滚。画面继续展开,这分明就是他们熟悉的宿觉码头和朔门商埠。身着宋衫的汉人,头戴席斗帽的蒙人,海外各国贸易经商的人们,耳畔仿佛响起人头攒动、呼来喝去之声:嫁娶的,唱戏的,蹴鞠的,还有耍着戏法,吸引旁人打赏的。

看看这幅长卷,再看看许大人的《维摩不二图》,周启观只觉得心中一股强有力的气来回游走:

原来,在我游戏人间之时,我的挚友早已俯瞰万物,一笔一笔,画下这些旷古烁今的画作。这不正是我游荡多年的灵魂,一直找寻未果的栖息之地吗?原来他就是我身边的一颗巨星,只是被俗世的尘埃蒙蔽着,还没有散发出万丈的光芒。

身边的许大人也万分激动:"从笔法看来,这两幅画出于同一人之手。等我们钦使任务完成后,我一定随你,亲自登门拜访你的这位挚友!"

第三章
蒙昧未开天生境

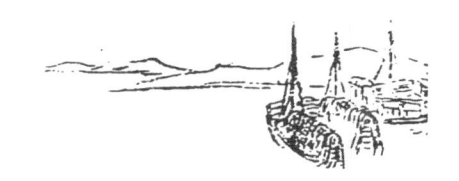

在海上航行,年轻的周启观忽然觉得有点困惑,脑海中常常只剩下对日升月落的感觉,而淡忘了远近的感觉。离家越来越远了?好像并没有,仿佛一个掉头,就能看到江心屿的灯塔。离目标越来越近?好像也并没有。那个传说中的遥远国度似乎遥不可及,因为四处都是苍翠的海天一色,只有路过的飞鸟与跃出水面的鱼群,让人觉得这并不是一场深陷汪洋的迷梦。

每当迷茫的时候,周启观便会打开展羽赠予他的那一幅长卷,在茫茫波涛间,思念海那边的小城。

渐渐地,在周启观的眼里,大海也展开成了一幅画卷,最初是卷轴初端的空白,船过七洲洋后,越来越多的异邦港口铺陈开来。周启观一一记录下他们的名字:占城、真蒲、查南。每个地方的港口都一样:远远望去,只能看到郁郁葱葱的树木,巨大的藤蔓缠绕其间,好不容易有空旷处,也被大片大片的芦苇覆盖,再有就是黄色的沙滩。这些情景让他想到:"哪怕在人类未踏足的上古时期,这些地方大约也就是此种模样。"

终于,船入浅滩,只能停泊于岸边,众人换成小船,深入血管一样纵横的河流。河流两旁的景观时而如蒙昧未开的原始之境,让人心生畏惧,时而能觅得人迹。对于过路船只,有些人毕恭毕敬,但也有人横眉冷对。更不要提夜半时分,睡梦中也能听见百兽啸叫,加之水波荡漾,睡得并不安稳。即便靠岸生火,也需要数十人看火,时刻警戒。种种艰难,与在向麓城繁华安逸的生活比起来,真是天差地别。

一行人又在河流中深入十几天,路过半路村、佛村、渡淡洋,终于,远远望见巍峨的城墙与宫殿。许成杰在领头船只上高举象征元廷皇权的苏勒德大旗,高呼一声:"真腊国已到!"

在海河之上漂泊太久,双脚踏上坚实的土地,终究是有几分恍惚,甚至某个瞬间,周启观觉得自己又回到了向麓城。

可不是吗?所有的港口都有相似之处:充斥着各种混合的香料味;不同国家的人吆喝着各自的语言,与港口接应的人打招呼,催促各自的船工卸货;港口边的打尖店铺老板,看来人面容,便知道用什么语言待客;更有一群替人在本地联络客商销货的捎客,游走在客商之间,卖力地推销——在向麓城,周启观只要兴致高,也会扮演这种捎客的角色。

但很快,周启观就发现了这里的码头有非同寻常的地方。其一,这里的人称来自大元的客商为"唐人";其二,在真腊的码头,捎客是一道别样的"风景",因为这里的捎客居然清一色是女性!

真腊的寻常男性,看起来是黑白色的,因为皮肤黝黑,衣着打扮却是灰白。但女性不同,她们会用药水将手足染成红色,穿由印花的布匹所制成的衣裳,头上依个人喜好,戴着颜色各异的花朵。

对于这些情况,周启观早在向麓城听海商们说起过。在真腊,如果是男人,只有皇家、高官才可有此等打扮;平民中,只有女人可享此优待。如今眼前一幕验证了传闻,倒是有趣。

一边正思忖着,一边耳边环绕着女人们的聒噪:

"尊贵的唐人,请停下脚步听我说。"

"我能帮您解决在吴哥的所有事宜。"

"没有人比我更懂如何将货物销售出去。"

"我已经侍奉过超过十名唐人商人。"

……

这些以捎客为职业的真腊女人散发出的老练气质，超乎周启观的想象。来之前，他以为此地蒙昧初开，民众定然简单淳朴。看这架势，虽然场面与向麓城的宿觉码头没法比，但对于如何经商，如何接待海外客商，这些女捎客们显然已经十分成熟。

周启观面露笑容，朝这些真腊女人脸上望去，正思虑选哪一位时，突然在队伍的末尾，望到了一张让他心念一动的脸：那个微笑，让整张脸显得格外灵动又温暖！

那是一个身材高挑的女孩，她并没有像其他捎客女人一样，眼神笃定地望向客商，而是带着八分好奇、两分慌张，小心翼翼地四下张望着，她的脸也不像其他人一样浓妆艳抹。若是放在普通街巷，这一张素脸并不会引起关注，但往这么一堆艳丽的脸孔中一塞，顿有拨开大片山花，望见一条银练白瀑挂于平整山崖的感觉。

周启观走上前去，站在女孩面前，仔细看了看她。

女孩显然被他望得有些羞涩，眼神飘忽，但微笑依旧挂在脸上。许久，女孩才清清嗓子，说："您是要选我？"

周启观反问："你和她们一样，什么都会吗？"

女孩又羞涩地笑了笑，认真地说："可以说，什么都不会，可我会好好学。"

哈！新手！这不免让周启观想起自己少年时第一次站在码头上，准备拉上一个客商，意欲淘得自己第一桶金的场景。

"你叫什么？"

"帕花黛薇。"

"帕花黛薇？有什么寓意吗？"

"是花之神的意思。"

花之神！周启观会心一笑。

正在盘算着要如何与她签订商业契约时，一阵阵巨响滚滚而来，大地随即震动不止，惊慌和恐惧瞬间写在了码头每一个本地人的脸上……

第四章
智勇谋略胆过人

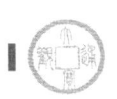

远处烟尘滚滚,风中还传来了兵器敲击之声,一支彪悍的马队转瞬已经来到跟前。

"野人!啊!是野人!"

码头上的真腊女人一边尖叫着,一边试图抚慰骚动的客商:"大家先不要动!先不动啊!野人来了!"

周启观也学着像木头一样杵在原地,一动也不敢动。

空气似乎瞬间凝固了!

在一片安静之中,忽然,不知道是哪艘船上的一名高大水手,仗着天生神力,举起一柄巨大船桨,向着对面的人冲了上去。

只是一瞬间,马队后方传来破空之声,一支标枪射出,力道之大,居然让标枪贯穿了水手的肩膀,将他钉在了木柱之上。

"找死。"领头的野人吐了一口唾沫在地上,面无表情地说。

一刻钟前还人声鼎沸的码头,此刻鸦雀无声。只有野人们晃动手中刀剑的声音划破空气,令人恐惧。

正在众人愕然之间,忽然传出一个女人的声音:

"首领,请先听我说几句:这些是来自天朝的唐人,来与我国国主议事的,你们不能对他们刀剑相向!"

周启观回过头去，望见说这话的人，那是真腊女掮客队伍中排在最前面的，果然是见过不少场面，有点胆色。

"呼"的一声，野人手中的鞭子挥出，鞭子的末梢在说话的女掮客脸上，划出一条细细的血痕。

"哼。不是天朝来的唐人，我们还不来呢。贵客嘛，自然有贵重之物。说吧，是你们双手奉上，还是要找死反抗？无所谓，野人从不惧死。但你们要是死在这儿，那可就是离家万里的孤魂野鬼了。"野人首领阴恻恻地笑着。

使团首领许成杰做了个手势，手下的护卫兵早已将手按在兵器上。

双方瞬间剑拔弩张！

周启观见身旁的帕花黛薇被吓得颤颤巍巍、浑身发抖，转身对她轻声说了一句："别怕。"

周启观转过身来，对着野人首领，高举双手。

"这位首领，我想，您一定是来做买卖的。"周启观朗声说道。

"啥？做买卖？好吧，就当是做买卖吧！"野人首领拔出腰间的小佩刀，用刀背在自己手上蹭来蹭去。

"我有一些天朝好货，愿献给首领，当作你我双方买卖的见面礼。不知首领可愿接受。"

"那就……拿来看看吧。"首领将小刀插回刀鞘。

不过下一个瞬间，他突然整个人在马上立起身来。

因为周启观猛地一下拔出了佩刀。

周围的人，无论唐人、真腊人、野人，全都惊了一下。

但周启观神色自若，他只是用佩刀砍断了一大箱货物上的绑绳。

只见他手下的短刀左晃右劈，倏倏两下，便将一捆货物的绑绳熟练地解开，揭开表面覆着的油纸，阳光下，一道亮光从那堆货物中射出了强光："哇，天朝瓷！"

人群里发出了羡慕的惊呼！

首领一看，再一次在马上立起身来，贪婪的双目，直勾勾盯住了那闪闪发亮的瓷器!

周启观慢腾腾地将那捆货物上的油纸一点点掀开,只见闪闪发亮的瓷器的中间,还密密实实地塞满了茶叶。女捐客们一看,相互嘀咕:"看呐,这些中原商人真是太聪明了:将茶叶作为垫料,瓷器在漫长的海运中就不会碰撞磨损了。到达港口后,再将瓷器与茶叶分作两种货物进行售卖。佩服啊,不愧是天朝的商人!"

周启观取下其中一捆瓷盘,说:"这是我的家乡向麓城最新烧制的瓯窑。上面的纹路,是邀请大食国工匠精心绘制的,将这批瓯窑称为国宝并不过分。另外,此瓯窑中的茶料,为我大元位于武夷山的皇家茶园所制茶叶,太上皇钦赐茶名——大红袍。此乃至高无上之茶品。我们向麓城的瓯窑与武夷山的大红袍,乃是我使团献于真腊皇家之物,只有两箱,我愿将其献给首领。"

"哈哈哈……"野人首领发出一阵狂笑,"你倒识相。"

周启观示意船工将瓷盘与茶叶分别装于不同的箱子,每个瓷盘中,还有一片用竹篾制成的盘垫。周启观毫不在意地往身后一旁丢去,一边丢,一边用余光去查探野人首领的反应。

野人首领看周启观重复这个动作,突然举起刀来:"你那丢到一旁的,是什么?"

"啊?那只是竹制垫片,无用之物。"

野人首领冷笑了一下,继续用刀指着周启观:"呈上来。"

周启观摇了摇头,一脸无奈,只得将竹片呈上。

野人首领将竹片放在手中观察了一阵,突然想起什么似的,往鼻尖一放,用力闻了闻,嘴角露出一阵不易察觉的笑:"你这个唐人,不老实。"

在众人惊诧的眼光中,周启观一拍大腿,颤声喊道:"首领,瓯窑、大红袍已是上等极品。这竹片真的不值什么钱!"

野人首领突然拔刀,架在周启观脖子上,一个字一个字地说:"龙涎香片。"

四个字一出,整个港口的真腊人都在惊呼,周启观长叹一口气,闭上眼睛,说了一句:"就这一箱有,全部拿走吧。"

野人再一次哈哈大笑:"连同这龙涎香片,这些茶叶、瓷器,我都要!都要!"

首领正叫嚣着,忽然,他们的一个哨兵飞奔而来:"快走,官兵来了!"

混乱之中,野人快速将"龙涎香片"悉数打包,骑马嚣叫而去。

吴哥码头的掮客和贩夫走卒们,一个个呆若木鸡,半天缓不过神来。

等到姗姗来迟的官兵赶到时,野人早已不知去向。

周启观面露难色,他转身走到皱着眉头的许成杰身边,拱手说:"许大人,事已至此,也别无他法,如今官兵已来,我们将其他货物先行卸下,运入驿馆,再作打算吧。"

许成杰只是说了半句:"我有些不明白……"

这时,他望见了周启观眼中,有一抹不易察觉的亮光,他这时觉得,自己也许明白了。

驿馆内,等所有事宜安顿完毕,许成杰与周启观终于可以坐下对谈今日之事。

"龙涎香片是怎么回事?"许成杰迫不及待地询问。

第五章
风云际会龙虎斗

月光洒进了异国他乡的驿馆。

许大人坐立不安:"你还有心赏月!你倒是快说啊——那龙涎香片?"

"大人,"周启观转过身,"半月前,大船停泊于洋面,我们换小船进入真腊国时,我便差人轻舟快艇抵达真腊港口。他只有一个任务,来暗中散播一个消息。"

"什么消息?"

"元廷使团所带的器物中,最名贵的就是龙涎香片。这是天朝近年来最名贵的香料,皇家御用,国之珍宝。"

"你就是为了防今日发生之事?"许成杰还是有点不信。

"我未必料事如神,只不过多留一手总是没错。即便无人来抢,对我们也没有损失。"周启观胸有成竹。

"那你拿出来的龙涎香片究竟是何物?"

"我今天当众说过了,就是我老家向麓城的竹篾师傅做的家常用品——竹篾盘垫。"

"不对,"许成杰若有所思,"盘垫为何会有龙涎香的味道。那么大的味道,如果你一开始就放在瓷盘、茶叶间,那茶叶定然也满是龙涎香的味道。但我一路走来,包括昨日打开包裹时,并未闻到。"

周启观眼前一亮,对许成杰拱手一拜:"大人果然明察秋毫!那野人首领闻到的竹箧盘垫上的龙涎香气,并不是一开始就有,而是经我手之后才有的。"说完,周启观举起双手,放到许成杰眼前,许成杰果然闻到一股龙涎香的气味。

"我在袖中藏了一个油纸包,油纸包里面是龙涎香泡过的油泥,我涂抹一些在手上,再趁机涂抹到竹箧盘垫上,递给野人首领。"

"原来如此!"许成杰一拍脑袋,"哈哈哈,我果真没看错人!今日折腾下来,茶都没喝一口,口干舌燥的,来人,上茶!"

"不急,大人!"周启观突然转头对屏风外的人说,"你出来吧。给大人泡个茶。"

帕花黛薇走了出来,一张笑脸,带着几分羞涩,眉宇间仿佛有光,连房间都被照亮了几分。

许成杰的眉头又皱了起来:"这是白天那位女掮客?"

"正是。"

"为何你我密谋之事,要被她听到?"

周启观笑了,他转头对帕花黛薇说:"你来说说,为何要让你听到龙涎香片一事?"

帕花黛薇认真地思考了一阵,慢慢地说:"回大人,那定然是无论我是否知晓,是否泄露,你都已想好应对之策。"

周启观鼓掌大笑:"我没看走眼,你果然很聪明。"

周启观接着说道:"那野人首领,得手而归后,或许也会发现龙涎香片不对劲。那既然如此,不如让人将龙涎香片为假的消息,主动透露给他。"

许成杰脱口而出:"这又为何?缓兵之计用完了,便不再用了吗?"

周启观认真地说:"不,再用手段,让他再次怀疑,龙涎香片是真的。"周启观望向帕花黛薇,问:"如果是你,你会怎么做?"

帕花黛薇又认真思考了一会儿,慢慢地说:"回大人,我会想办法让真腊国派出官兵,不,还不够,让国主派出皇家护卫队,去追查这批龙涎香片。"

许成杰思索了一阵,终于说了一句:"厉害!虚虚实实。让人捉摸不透。"

周启观对许成杰一拜:"许大人,我虽为使团成员,但归根结底还是个商人。在真腊国的这段时日,我亦想完成商人使命。请大人准我聘请帕花黛薇为捎客,好在真腊国有一番作为。"

许成杰望着二人,赞许地点点头。

周启观又对帕花黛薇拱手一拜:"鄙人周启观,大元向麓人氏,以商达天下为己任,真腊国是我重要的用武之地。我愿与你订立盟约,精诚合作,齐心协力,荣辱与共。不知你是否愿意?"

帕花黛薇双手合十,以真腊礼仪深深一拜:"我帕花黛薇,愿辅佐大人,完成您的志愿,荣……"她一下子说不出"荣辱与共"这个词,"荣辱"二字就像一条滑动的鱼,在舌边跳上跳下,于是她的脸又发红起来,甚是可爱。

周启观和许成杰都笑了,许成杰大手一挥:"没事,慢慢学!"

周启观急切而坚定地说:"眼下就有一件要紧的事,需要你的帮助!"

帕花黛薇点点头:"大人请讲。"

周启观说:"我方使团很快便将进入皇宫,拜见真腊国主。但真腊与我大元的关系一直不善。如今换了国主,稍有缓和,才有此次出使之行。但个中细节缘由,我还尚未弄清。你把你知道的与国主相关的事,与我讲讲。"

帕花黛薇思考了片刻,说道:"先王阇耶跋摩八世,是一位武功盖世的国王,他就像威风凛凛的天神一样;一直在征讨背叛我国的泰族人。他去年归天了,因为宠爱自己的女儿,就把王位传给了女婿,就是现在的国王因陀罗跋摩三世。如今的国王信奉湿婆,十分威严,但对待子民很好,人人称颂。"

周启观看了一眼许成杰,二人略微点了点头。周启观又问:"真腊国的强敌,都有哪些?"

帕花黛薇道:"泰族人的泰克素国;缅甸人的蒲甘国。他们以前都附属于我吴哥王朝,现在都成了叛族。"

周启观深深吸了口气,又握了握拳头。帕花黛薇只觉得他这个动作异常有趣,便又莞尔一笑。周启观对帕花黛薇说:"你先退下休息吧。对了,还没问你家住何处,是否要在这驿站附近为你寻一住处?"

帕花黛薇说:"大人,请允许我先回家一趟,来回脚程要五日,我和家人说明情况后会回到这里,一切听从大人安排。"

周启观点点头。眼下他最先要面对的事情,就是以大元使者的身份,面见真腊国主因陀罗跋摩三世。说服国主归顺大元,便是使团此行的最大任务。

这个任务,不得不说风险极大。帕花黛薇口中的上任国主,那位天神一样的阇耶跋摩八世,在位以来一直与大元强势对抗。此前的大元使者,被遣返、囚禁,甚至人间蒸发的,大有人在。新国主将会是如何,一切都仍在迷雾之中。

杂事繁多的一日终于结束了,夜幕降临,周启观推开窗户。白天的暑热已经消散,空气中满是草木露水之味,街上并无几盏灯,影影绰绰,如鬼火一般。然而四周并不静谧,整个港口被巨大的雨林包裹。夜深人静之时,依稀传来雨林中百兽啸叫,此起彼伏。

这与他的家乡向麓城,完全是两个世界。

安静下来后,周启观脑海中便浮现出家乡宿觉码头的样貌:江心屿的双塔在明月下变成两道蓝色的影子,塔顶彻夜长明的灯火,为游子指引着家乡的方向。瓯江上渔火如繁星落于江面,那是勤劳的渔家在捕子鲚鱼。城内万家灯火,如果静心去听,可听见邻人絮语,更漏声迢递,打更人的吆喝与敲梆声,有南戏独特的韵致。

向麓城的夜色,在周启观的脑海中,如一团薄雾浮动起来,睡意朦胧间,他似乎坠入一个似曾相识的仙境,而他变成一缕画魂,在其中茫然地浮游着。

忽然,响彻天地的巨大啸声破空而来。那啸声由三股声音缠绕在一起,掀起巨大的气浪,远远望去,一白、一金、一黑三团云气正在激烈碰撞。

他忍着魂魄碎裂的威压感,定睛望去,只见那三团缠斗的云气中,赫然出现了三个巨大的身影:

那是一龙,一虎,一豹!

第六章
巧设虚实引"主"目

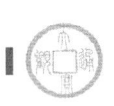

次日一早,使团便整装启程。为防野人再度来袭,使团雇了许多当地兵丁,配以大元刀剑护卫。

一路巨木蔽空,老藤缠树,还不时有野象、犀牛之类的大型动物,缓缓地迈步而过,让人提心吊胆。傍晚时分,都城的轮廓终于浮现。

巨大的石头城墙,看起来巍峨雄奇,坚不可摧。派人通报过后,便可从城门桥通过,桥的两边站着石塑的神像,粗粗一数,有四五十座之多,每一具都面目狰狞;桥的栏杆是一条有许多颗头的大蛇,每一尊神像都死死握住这条大蛇,看起来诡异非常。

走到城门下,抬头便可望见五个大佛头,中间的佛头以金装饰,真腊人路过,必跪拜祈福。

走过城门,真腊国主居住之地吴哥宫殿便尽现眼前。国都中间是一座金塔,围绕金塔,周围分布着几十座石塔,几百间石屋。

看见金塔,周启观便想起向麓江心屿的两尊塔来:

"若是我向麓江心双塔也用金子做成,那岂不是举世闻名。"

这个想法让他觉得好笑,又觉得兴奋。随队继续前行,更多的金狮子、金佛像、铜象、铜牛、铜马展露眼前。相比起真腊民间的朴素画风,皇家宫苑极尽奢华。

金塔之北,就是国主因陀罗跋摩三世主持朝政的主宫殿——自在天。走入宫殿，最醒目的就是绘满佛像的黄色立柱、大殿的金制窗棂。

还有一个奇怪的景象：大殿的柱子上贴着许多镜子。无论从哪个角度看，镜子都互相映照着宫殿中的景和人，此情此景，用"光怪陆离"来形容最贴切不过了。

使团人员坐定，身边却先响起了层层叠叠的娇笑声。只见大量宫女自殿外涌了进来，坐在了大殿两侧的窗户下，还有一些进不来的，都围在了大殿外面，透过窗户，喜笑颜开地看着使团成员，用各种声调嬉笑着、议论着，让金碧辉煌的大殿多了几分明媚、轻浮之色。

许成杰显然对眼前这一幕不适，皱起了眉头；周启观倒是觉得好玩，他甚至想加入她们，听听她们到底在聊什么。

"啊哈，元人！"一阵威喝从大殿之上传来，所有的声音瞬间停住，仿佛有一只大手，幻化成无数的小手，同时扼住了所有人的喉咙一样。

国主因陀罗跋摩三世从王座上缓缓走下，神色威严。但周启观的眼睛，却只注意到了国主的装扮，从样式上与其他真腊人并无异：他们所有人，上至王公大臣，下至平民百姓，都是将头发束成椎髻，腰间缠着一块大布，自肩到腰再搭一块大布。而这国主与其他人不一样的点在于所搭之布有着十分精美的金饰与花饰。国主还戴着一个纯金的王冠，这顶王冠周启观并不陌生，与城门上那尊最醒目的佛像头上所戴的冠，是同一种样式。

国主因陀罗跋摩三世的眼神，冷冷地扫过使团的人，满座都是恭敬、惧怕之色，但突然扫到周启观热情又好奇的眼神，倒是让国主心生诧异。

"微臣许成杰，大元海运千户，奉我大元成宗皇帝之命，前来会见真腊国主。愿国主千秋万代，江山永固。"

"我千秋万代，江山永固。与你大元有何干系？"

"我大元历代皇帝，凭借天助神援的武功，成就帝王大位，盛名威震天下，疆土辽阔，前无古人。国主又何必曲解我大元的美意。"

"他铁穆尔难道要派他的铁骑踏平这里吗？我的溪流，我的雨林，就是抵挡他千军万马的天赐屏障。"

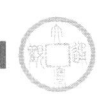

使团众人皆惊,不想这对谈一开始,就已如此剑拔弩张。

"噗嗤"——鸦雀无声的大殿之上,突然传出了一阵笑声。

所有人的目光,瞬间都盯到了周启观身上。

"不得放肆!""笑什么?"许成杰和因陀罗跋摩三世同时脱口而出。

"国主,不是我有意冒犯,只是我观您丰姿英伟,眉宇之间,竟与我昨夜梦见之物,有八分的相似。"

许成杰一时摸不着头脑,只能由周启观讲下去。

"说来听听。"因陀罗跋摩三世坐回到了王位上,命手下端上美酒。

"我梦见自己变成一缕魂魄,茫茫然游荡于天界。那天界广袤无比,山峰是巨大玉石,树木花草由黄金宝珠构成。我飘啊荡啊,突然听到巨大的猛兽啸声,抬头一看,三团如山一般巨大的云雾,正在对峙。再仔细看,那云雾之中,竟有三头神兽。"

所有人都竖着耳朵,一方面这个故事开头的确够奇丽,另一方面是猜不透周启观想说什么。

"那三头神兽,分一白、一金、一黑。白的为龙,金的为虎,黑的为豹。国主,我看您的样貌,正是与那梦中的金虎非常相似。那金虎似乎身体有点痒,不时会蹭一下身边的九色石柱,蹭得石柱上的玉石纷纷坠地。就在此时,黑豹突然扑了上来,与金虎缠斗在一起。大家说说,金虎与黑豹打斗,谁会赢?"

周围的宫女顿时骚动起来,纷纷说:"自然金虎会赢。"

周启观微微一笑,指着上面说:"金虎固然强大,震慑天地;但黑豹动作灵敏,韧劲十足。这场恶仗,不知道要打多久。而决胜的关键,就是那天上的白龙。"

"啊?"众人不由自主地抬头张望,仿佛那里真盘踞着一条白龙。

"白龙帮谁,谁就能赢。这个梦,就是这么简单。吴哥国主,你说白龙要帮谁好呢?"

"自然帮金虎啊!"周围的宫女又开始骚动起来。

"哈哈哈哈!"因陀罗跋摩三世突然笑了起来,笑声在大殿中回荡。笑毕,因陀罗跋摩三世说了一句:"你这个人真有意思。你叫什么名字?"

"回禀国主,我叫周启观,无官无职,是许成杰大人的随从。"

"你不怕顶撞我,我会杀了你?"

"我说过了,我只是一缕游魂,游魂即便碰到了金虎的胡须;金虎也只会一笑了之。金虎若是想灭掉游魂,轻轻吹口气便是,根本不会在乎游魂是不是顶撞了它。"说到这里,周启观突然正色说道,"金虎的问题,对外,是强敌黑豹;对己,是疥癣之疾。那么现在,请国主再看一眼天上的白龙。"

因陀罗跋摩三世深吸一口气,转过身去,面对王座,一言不发。

殿上也无人说话,只等国主发话。

"国主,我有一私人物品,是非凡之物,想呈于座前。"

因陀罗跋摩三世转身过来,眉宇间稍稍舒展了一些:

"还不呈上来!"

第七章
"江山胜览"定风波

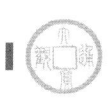

许成杰不解地看了一眼周启观,发现周启观也正望向他。

这眼神让许成杰心中一凛,那日面对野人劫掠,周启观也露出过这样的眼神。

许成杰定了定心神,做了一个手势,以表示自己对此事的支持。很快,《江山胜览图》便被呈了上来。

"一幅画卷,这有什么?"因陀罗跋摩三世转过身来,面露不解。

而当使团的人缓缓将图卷展开,从因陀罗跋摩三世,到这皇宫内外所有的真腊官员、贵族,眼睛全部都直了,他们的脸上的神情,从戏谑变成庄重。

"这不单是一幅画卷,还是江山,是百姓!"周启观说,"在我的家乡大元国向麓城,有一位奇童子,他自小便不喜欢说话,也不出去玩耍,只会拿着木棍在院子里戳戳划划。大人们看不懂他到底在比划什么,直到某天,一个淘气顽皮的娃娃爬到了树上,居高临下,才看清那孩童画的竟然是巨大的山川河流,气势非凡。奇童子的名声不胫而走,常有人来观赏奇童子在院中作画,也有诸多画师前来指点。奇童子就在这样的环境下长大了。"

"你说这画是一位童子所绘?!"宫殿之上又是一阵惊呼。

"当年是童子,如今与我年纪相仿。不瞒各位说,我就是那个爬到树上掏鸟窝的淘气娃。"周启观的话语,又引起一阵笑。"那奇童子名叫王展羽,他的江山胜览,自年幼一直画到如今,可谓历经年岁洗礼。诸位请看,上面画的是我家乡向麓城的风景。这就是一幅江山如画、安土息民的和谐场景。

"这处港口,便是向麓城的宿觉码头。此刻正是日正时,街市繁华,迎来送往,好不热闹。有人敬佛,有人接亲,有人唱戏,有人杂耍,有人蹴鞠……"周启观用崇敬的声调,一点点地描述着《江山胜览图》上所绘的向麓景致。皇宫之中,所有人都竖起耳朵,瞪大眼睛,望着这不可思议的宏大画作。

"国主,奇童子此画,让我懂得了一个道理,所谓盛世,不过八个字:居有所安、民有所乐。我亦愿真腊国江山永固,百姓长宁。彼时,在您的至伟统领之下,这吴哥城中的画师,也能绘就成这样一幅属于吴哥王朝的江山胜览!"

因陀罗跋摩三世哈哈大笑,声音在皇宫中回荡,满是豪情:"来人,设国宴。招待大元来的尊贵使者。"

许成杰、周启观与众使团成员行跪拜礼,高颂:"愿大元与真腊国永世交好。从此礼尚往来,通使殷勤。千里同风,神明可鉴。"

之后,双方官员正式订立真腊国对大元的朝贡盟约,国主因陀罗跋摩三世下令饮宴三日,并在吴哥国都中,为使团成员安排了新的驿站。离开皇宫返回驿站途中,许成杰不免与同车的周启观聊起他在殿前讲的那个故事。

"白龙、金虎、黑豹的故事,我听明白了。白龙指大元,金虎指真腊,黑豹指暹罗。如今暹罗脱离了真腊,泰人屡次袭扰真腊。真腊想永享太平,只能与我大元建交,让大元向暹罗施压。这就是你说的对外,但你说的对内疥癣之疾,指的是什么?"

周启观微微一笑:"大人,你可记得,那日帕花黛薇说起因陀罗跋摩三世,特别提了一句话。"

许成杰想了半天,也没想起来帕花黛薇有说过什么特别的话。

"她说了一句:国主信奉湿婆。我当时听着很奇怪,不知道她为什么要说这句。后来经多方打听才明白,信奉湿婆教是因陀罗跋摩三世担任国主后才开始的,此前的历代国主,都是崇奉佛教的。从港口到吴哥国都,一路上我都在留心观察,发现

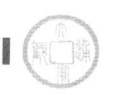

的确有许多佛堂庙宇,被改成了湿婆神殿。而且一看就是新改的,甚至有许多尚未完成。"

许成杰还是不明白:"那这为何又是疥癣之疾?"

"这可不是小事,这是改国教!"周启观神情严肃起来,"我说疥癣之疾,是故意减轻这件事的影响。实际上,因陀罗跋摩三世一定是承受了巨大的压力。一众老臣,遍地国民,国教哪里是说改就能改的。真腊国因为改国教带来的内忧,一点都不会比暹罗带来的外患少。"

许成杰长舒了一口气,点了点头:"国运天定,对你我而言,不辱使命就好,其他的事,走一步看一步吧。"

不知不觉,二人已到新的驿站,帕花黛薇在门口站着,笑盈盈地等待着使团的到来。

她的脸蛋红扑扑的,额头还挂着汗珠:"恭贺大人凯旋!"

"这次,你帮了大忙!"周启观由衷地说。

帕花黛薇笑得更灿烂了。

"我还要在真腊待很久,明天开始,要承蒙姑娘照顾了。"

帕花黛薇用力地点了点头,说了一句:"我会好好学!"

周启观望着帕花黛薇,他的内心突然涌现出一个模糊的想法。

这个想法是去了皇宫之后才有的——此前周启观只见过两种真腊女性:一种是码头边的女捐客,她们聪慧干练,大方得体;另一种是寻常人家的女性,朴实粗陋,吃苦耐劳。但这次觐见国主,他看到了第三种,那就是聚集在宫殿两侧或者宫殿之外,像蝴蝶一样灵动游走的那些官眷、宫女们。

显然帕花黛薇与她们更像同类。

想到这儿,周启观望着帕花黛薇,笑容中就多带了几分意味深长。如果她是皇宫中派来的,那目的是什么?如果是有某种目的,又为何派这么一位看起来毫无心机的?

被他这么一盯,帕花黛薇的脸,又红了几分。

此时此刻,周启观却已不想深究帕花黛薇的身份问题。此次出使真腊,最大使命已成。接下来,使团要在真腊逗留许久,他还有很多的时间可以挖掘帕花黛薇身上的秘密。这之后,许成杰大人便需要带领使团其余人,前往真腊各地,建立大元联络驿站。

尘埃落定,周启观不免想起向麓城中的王展羽,他多想将《江山胜览图》在吴哥国主面前大展神威,促成两国交好的事情告诉挚友。

此时此刻,王展羽在做什么呢?他是否又对着一张白纸神游太虚,把毛笔含在口中,直到唇齿皆黑。

想到这儿,周启观不免笑了,他又想到,自己有一段时间可以按照自己的心意,在这吴哥城中大展拳脚,顿时兴奋了起来。

一阵风吹起,风中带着吴哥城独有的百花之香。

"欲买桂花同载酒,终不似,少年游。展羽弟,待为兄在这吴哥城拼出一番天地,再与你来同游吧。"

第八章
精卫填海得旺铺

吴哥的中心大道上,一片热闹繁华。

"今天我们干吗?"帕花黛薇按捺不住兴奋之情。

"当然是先找店铺门脸了。开一家属于自己的店,要考虑的东西很多,位置,人流,周围其他店铺……最重要的是租金,通常一分钱一分货,越好的店铺,就越贵。"周启观为帕花黛薇讲解着,也是为自己理一下思路。

"那有没有又便宜又好的店铺呢?"帕花黛薇问。

"基本上没有,有也未必轮得到自己。而且如果遇到了,也要小心。要多方打听,因为有可能会有一些外表看不出来的缺陷。又或者,店铺本身就是一个陷阱。"

"那就自己找块空地盖一个店铺。那不就没有陷阱、没有缺陷了? 还不用花钱。"帕花黛薇有点得意洋洋地说。

周启观哈哈大笑:"哪有那么简单,商人云集的地方,都是国家的钱袋子。国家要管好钱袋子,就得管好赚钱的人们。要有规矩、有秩序,不能乱来。在我大元,约束商人行为的叫行商司。你们真腊国定然也有。"

帕花黛薇点点头,但眼神里似乎还有些不甘。这份不服气,倒是给周启观提了个醒:"这里会不会真的有那种没有缺陷,也不要钱的地方?"

在大街上走着看着,周启观的眼睛,开始观察起一些边角之地来。

吴哥城的中心大街,向两侧辐射出去,形成一个又一个圈。最中心的,是各种店铺;往外的第二个圈,通常是商人们的住所;再往外一圈,是苦力、走卒的住所;再往外已经是丛林边缘,是无家可归之人与在真腊地位最为低贱的野人的居住之所。

每个圈也有各色人等混杂的区域,就是各种大大小小的庙宇。有敬拜佛像的,也有敬拜湿婆的,也会有类似于中原地区道教的组织,他们摆着看不懂的神像,贴着看不懂的符咒。有一些庙宇富丽堂皇,满堂神佛;也有一些庙宇简陋破败,里面只供奉了一块木头。

看了一圈,不经意间,一个角落落入周启观的眼中。

在一个破败的无名庙旁,有一块大洼地,洼地中是泥沼。因为无用,所以空置在那里,更成为生活垃圾堆积之地。

转了几圈,周启观的眼中就只剩下这个大洼地。二人兜兜转转,还是走了回来。

周启观指着洼地:"你觉得,这里像不像你说的,没有陷阱,也不要钱的地方。"

帕花黛薇轻轻皱起眉头,认真看了一会儿,说:"但是缺点也很明显。"

周启观说:"先不说缺点,先说优点。位置是不是不错?人气是不是很旺?"

帕花黛薇哈哈大笑:"大家都来这里丢垃圾,人气能不旺吗?"

周启观:"所以,我们只需要解决这里的缺点就好了。"

帕花黛薇说:"解决?把这个大沼泽填平吗?那可要花很长的时间、很大的力气。"

周启观陷入了思考。

泥沼边来了一群衣服破烂的小孩,嘻嘻哈哈地朝沼泽里丢石头。帕花黛薇觉得好玩,也捡起一颗石头,丢进了沼泽,石头慢慢地沉了下去。

周启观心中一动,想起了一个典故:"帕花黛薇,中原有一本上古奇书,里面有一个精卫填海的故事。"

"填海?大海?那精卫是什么?顶天立地的人吗?"帕花黛薇瞪大了眼睛。

"不是,精卫只是一个普通的小女孩。是中原上古一位帝王的女儿,她溺死在海里,变成了一只鸟。她痛恨大海,所以日夜不停地衔起石头、树枝,要把大海填平。"

帕花黛薇笑得合不拢嘴："那她什么时候才能把大海填平。"

周启观也在思考："对啊,她到底能不能把大海填平。"

这时候,帕花黛薇很不经意地说了一句："除非,有很多很多很多的精卫。"

周启观的脑子,突然像被一束光照亮了。

他激动地抓起帕花黛薇的手,说："我想到办法了!"

帕花黛薇一脸错愕地看着他。

周启观很快就找到了吴哥城管理商人活动的衙门。

衙门的大人一听周启观对那块沼泽感兴趣,心里也乐开了花,毕竟这个地方藏污纳垢,实在有损王城形象,也曾被周围的居民所诟病。但若找人填平,那所耗时间和人力,是这个小小衙门承担不起的。加上周启观的大方让人咋舌,以一套名贵的龙泉瓷、两匹泉州绸缎当作见面礼,在吴哥,这是只有上等人家才可拥有的珍品。

衙门很快下达命令:授予大元使者周启观无名破庙与沼泽的经营权。

周启观一出门,给帕花黛薇派了任务,让她找个小乞丐,给他两块糖饼,让他到处去喊:有个大元使者包下了破庙沼泽!

很快,中心大街震动。所有人都在嘲笑这位初来乍到的大元使者。

大家都说："这位使者,要么是被人骗了,要么是脑子不好。"

因为这笔账谁都能算得出来:要想填平这个沼泽,耗费的人力物力,可以在吴哥城最繁华街巷最旺的街角,盘下三个铺子。经商的道理,可不就这么简单——不要命的生意有人做,赔钱的生意可没人做。

几日后的一个早晨,人们发现,破庙沼泽的周围,插上了竹竿,拉起了绳子,挂上了一些红红绿绿的布条。有几分杂耍团租地演出的意思。

沼泽面朝城市中心的方向,立起了一道简单的牌坊,牌坊搭了几个棚子,棚子里面有人忙活着。很快,一种香甜的气味飘散起来,让人垂涎三尺。

很快大家就知道了,这种食品是大元向麓城的美食,名叫"猪油膏"。

很快大家又知道了,这里的猪油膏不卖,但可以通过玩游戏获得,而且这个游戏,只对孩童开放。

走过牌坊,进入沼泽边缘,就能明白这个游戏是什么了:

沼泽地上,竖起了许多旗杆,旗杆上挂着一个个粗麻绳编成的绳圈。孩子们只需站在沼泽边,用巴掌大小的碎瓦片、石头丢向绳圈,丢进绳圈者,便能获得竹片制成的筹子,再凭筹子去门口的摊位换猪油膏吃。

起初,前来的孩子们都畏畏缩缩,心生怀疑,但随着有人丢进绳圈,获得筹子,换得美食,越来越多的孩子涌了进去。

第三日开始,门口棚子的摊位又多了几个,筹子除了能换猪油膏,更能换一些机巧玩具。

一时间,全城的孩子都在搜集石头、瓦片,奔赴破庙沼泽。不出半月,周边村镇的好事村民也备好了石头,带上孩子来玩游戏。

一个月临近,沼泽入口的一排摊位,已然变成一个小小市集。除了吃的、玩的,甚至有人在此售卖趁手的石头。

很快,人们又发现了两件事。

第一,旁边的破庙被拾掇一新,中间主殿,周边厢房,庭前院落,一应俱全。

第二,沼泽已然被填满了!

现在,吴哥城的商人们,又替周启观算了一笔账:

制作猪油膏的原料是糯米、蔗糖、油。在真腊气候条件下,这些是盛产之物,价格低廉。但此种做法,吴哥从未有过,又加上"大元名城向麓美食"的名号,自然诱人非常。

摆猪油膏摊位的,是周启观雇的一户人家,这家人本身经营着一个极小的摊位,收入仅供糊口。周启观提供原料,雇佣其一家摆摊制作,自己没出什么大钱,却也足够让这家人实现富足。

更不要说那些孩子们的玩具、用具,是周启观在吴哥城各大仓库间搜罗来的残次品。这些残次品如果正常售卖,定然无人问津,但用筹子去换,人家亦不计较,如

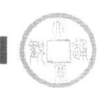

果得到品相较好的,还会欣喜不已。

"总而言之,这位大元使者使用了诸多看似无用之物,让吴哥城的孩子们寻来石块,亲自动手,帮他填平了沼泽。真是妙哉。"

"不仅填平了沼泽,还替那人人避之不及的沼泽之地,积累了非常可观的人气呢。"

"原来生意可以这样做!"

"这大元来的商人,真了不得!"

外面对周启观的评价,周启观顾不上听。此刻他正与帕花黛薇站在破庙修葺一新的正殿前。

"你说,这庙宇正殿供着的,是什么神明呢?"

"我也不知。"帕花黛薇望着周启观笑,她想起这一个月来的种种经历,想起此处一个月前还是那样污秽混乱的沼泽之地,就觉得一切如坠梦中。

"此处原有神明,我们也立起一个神明吧。无论是什么。你来想一个。"周启观面色庄重地说。

"这几日来,看着孩子们把石头投向沼泽,我就时时想起你说过的精卫填海的故事。炎帝的女儿精卫娘娘,是中原的上古神明,又有那样战天斗地的大志向;要不,我们就供奉精卫娘娘!"

说完此句,帕花黛薇又正色说了一句:"精卫娘娘是大人家国的神明,我希望这吴哥城有此一处,能让大人觉得他乡亦是吾乡。"

听得此话,周启观心中一阵感动。帕花黛薇那些不加修饰的天真想法,总能拨开他心中最后一层说不清道不明的雾。

"好!那就供奉精卫娘娘!"

这时,一个怯弱的声音,从二人身后传了过来:

"大人,我们想……"

周启观转头一看,眼前竟站着一群衣衫褴褛的小乞丐。

这些小乞丐,最年长的不过十二三岁,最小的甚至还不会走路,被大孩子绑在肩膀上。

帕花黛薇一眼认出了为首说话的那个小乞丐:

"是你!"

这小乞丐,正是一月前被帕花黛薇一把拉住,塞了两个糖饼,让他去散播"有个大元使者包下了破庙沼泽"的那个小乞丐。

"大人,我叫拉玛。"小乞丐战战兢兢地说,"这些是我的兄弟姐妹,不是真的兄弟姐妹,是在路边认来的兄弟姐妹。"

周启观不免心生怜悯,柔声问:"你们找我做什么?"

"人们都在传,您是神仙。您能从烂泥潭中挖到宝贝。"拉玛磕磕绊绊地说着,"我知道神仙做事情也需要人的帮助,就像我,我可以帮您传递消息,帮您捡石头、丢石头。这段时间,我丢了很多很多石头。因为那些猪油膏,现在我的兄弟姐妹更多了。"

这时一个被背在背上的孩子突然哭了,那群半大的孩子手忙脚乱地哄了一阵子,直到帕花黛薇将那孩子抱在怀中,孩子才安静了下来。

"可是现在,"拉玛有点难过地说,"猪油膏的摊子撤了。石头也不用丢了。我们不知道该怎么办。所以来找您,您是神仙,一定能给我们指一条活路。"

"原来如此!"周启观快速和帕花黛薇交换了一下眼神,"你们现在有住的地方吗?"

"我们住在丛林边上,尊贵的大人。"

"从现在起,你们可以住到这里来,但是不能进屋。你们可以在庭院的西边墙角,自己搭一些棚子住下。"周启观一边快速思考一边说着,"今晚,你们回去收拾东西。记住,每个人只能带一样自己最珍贵的东西过来,其他都要舍弃掉。"

帕花黛薇想了想,补了一句:"明天上午,去东面护城河,洗干净身子。"

一群小乞丐面面相觑,面露难色。

周启观心领神会地笑了一笑,宽慰说道:"明天上午,我们会去接你们过来。"

第九章
洗净肉身见神明

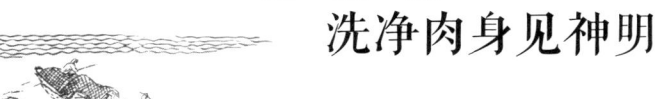

吴哥城的四面,是四条巨大的护城河,河面开阔,风景怡然。

因为真腊一年四季天气炎热的缘故,城里的人们都喜欢跳入护城河洗澡。有些人一天可以洗好几次。

但出于"身份"的缘故,乞丐是不能进入护城河与普通居民同洗的。虽然没有明令禁止,但也是人人心知肚明、约定俗成的事情了。

周启观明白帕花黛薇的意图,这是他们丢弃乞丐身份要迈出的第一步。

第二天,起个大早,周启观和帕花黛薇前往东面护城河。

小乞丐们早已在此等候,一眼就能看出,他们昨夜就在附近席地而睡。

周启观指了指马车,说:"我在车上给大家准备了新衣服,洗完澡过来排队领衣服,然后进马车,换好衣服出来。"

小乞丐们并没有像周启观想象的那样,欢呼着跃入河中,面对这样一条普通得不能再普通的河,他们居然畏手畏脚了。

周启观早已料到眼前这一幕,他挥一挥手,两个小厮便毕恭毕敬地从马车中捧出一个卷轴。

周启观朗声说:"这幅绘卷,正是我那日在皇宫中,对着吴哥国主与满朝贵族展示的《江山胜览图》。我那日将它带至皇宫,是想给位高权重者说明江山与民众的道理。而我今天将它带来此处,是想对你们说:你们亦是这真腊国万千子民之一,你们的未来,关系着这个国家的国运。这也是我今日来到此地,迎接你们的原因。"

小乞丐们听得似懂非懂,但周启观那种诚挚的样子,足以让人动容。

"我在家乡出发之前,看到《江山胜览图》的一瞬间,就明白了我心中的志愿,我也要用我的长处,绘制我自己的江山胜览。这其中的一部分,就是在真腊大展拳脚。你们,是我的绘卷中一个重要的图景。我希望你们也能找到自己人生的方向,绘制属于你们自己的江山胜览。而你们要迈出的第一步,就是像正常人一样,在这护城河里,洗去自己所有的过往。"

拉玛突然哭了,大滴大滴的眼泪从他的眼睛中涌出,他磕磕巴巴地说:"虽然我听得不是很明白。但是我相信神仙一样的大人,您所说的每一句话,都如神明的教导!我们今天就像正常人一样,洗澡!"

"像正常人一样,洗澡!"小乞丐们齐声喊道。

"啊哈!啊哈!"忽然,一个尖锐的声音却从一旁传了过来:"笑死人了,一群不洁的人,还妄想跳入这河。"

一群十几岁衣着华丽的贵族孩子走了过来。

"我看你们不是要洗净自身,而是要玷污这条河,触怒这里的神明!"

为首的贵族孩子,声音尖得就像猛兽的利爪。

"触怒神明"四个字一出,就连周启观也感到颇为棘手。

"这里的神明……不怕被触怒!"帕花黛薇倒是迎了上去,怒气冲冲对着那群贵族孩子。

"看这身装扮,是女掮客吧。为了金钱污损神明的家伙。不怕遭报应吗?"另一名贵族孩子喊道。

"你们……"帕花黛薇一时竟不知如何反驳。

周启观的脑子快速转动着,因为到了不得不开口的地步了。

"你们这群小屁孩,也配在这里说神明!"一个苍老的声音,从树丛中传出。

接着,树影晃动,一个挂着拐杖的身影,披着一身叶影光斑,站定在那里。

"一个不知天高地厚的老乞丐,是准备领着一群小乞丐,在唐人的撑腰下造反吗?"

"哈哈哈哈。"老乞丐笑了,震得他头顶的树叶都抖了起来。

老乞丐举起拐杖,朝那群贵族孩子挨个点了过去:

"我,认得你们。"

贵族孩子一愣,下意识地往后退了一退。

"怕什么,你们的祖上,可不像你们这帮人,跋扈又胆小。"老乞丐的声音中不带一丝的颤抖,"我从你们穿着的衣服纹饰中,就能猜出你们是谁家的孩子。那个满脸雀斑的,你一定是财政大臣霍曼家的;那个长手长脚的,你是丛林之豹范罕将军家的后代;还有那个身上印着钱币的,你居然还嘲笑女掮客,你不知道你的祖上康应是商人出身吗?还有……"

老乞丐收回了拐杖,转向那群小乞丐,叹了口气说:"你们听着,你们与他们的不同,仅仅是生在谁的家里,这个是不能掌控的。但你们可以掌控自己要走的路。"

"一个老乞丐知道这么多,一定是妖怪吧!"那个"丛林之豹范罕将军"的后代鼓起勇气喊了一句,但明显听出声音发虚。

"有趣极了。你可知道,范罕第一次见到我,也说了这么一句话:你知道这么多,一定是妖怪吧。哈哈哈。"老乞丐的眼中放出光来,"来来,听我给你们讲个故事。"

"很多很多年前,这吴哥城中的一群小乞丐聚集在护城河边,他们要做一件事:顶着所有人的咒骂,洗去自己的过往,成为了不起的人物。他们彼此许下诺言,结成生死相交的兄弟盟。后来他们辅佐王,成就功业,被封了各种官爵。"

语毕他又举起了拐杖:"这才有了你们。"

"你一定在胡说八道,我们家族历代高贵!"最胖的小子颤声喊着。

"历代高贵?"老人家对小胖子说,"是啊,后来他们老了,要给自己的后代编造美梦了。说起来,如今还活着的,知道这事的,除了我,还有你家的老祖拔里右。你如果胆子够大,去问问拔里右,就问他,是否还认得一个叫罗的人。"

贵族孩子面面相觑。

"快回去吧。"这名叫"罗"的老人说,"别张口闭口神明,你们祖上做的一切,你们做的一切,神明都看在眼里,给什么样的人什么样的命运,神明自有神明的道理。"

贵族孩子悻悻而去。

"好了,你们可以下河洗澡了。"老人脸上露出了温暖的笑容。

小乞丐们齐声欢呼了起来,奔向护城河。

周启观走到老人面前,深深鞠了一躬:"感谢罗爷。"

罗爷望了望周启观,开口便问:"你这唐人,今日让他们来这里,是什么目的?"

周启观说:"谈不上目的,我只是觉得,如果能够帮助他们成就一番功业,对这个国家,对往后的真腊人,都有莫大的益处。我是个商人,我看重利益,我需要实现我的抱负。"

罗爷笑道:"你这唐人,倒是让我想起另一位故人来。"说到此处,罗爷转向帕花黛薇,他的眼神中突然多了些许慈爱与温柔。"嘻!人老话多,今日说的话有点多了,还是不说了。"

周启观又毕恭毕敬地鞠了一躬,说:"罗爷,我有个请求。"

"你讲。"

"这群孩子,我会将他们带回我的居所,但我只能为他们提供最基本的衣食住行,他们还需要一位老师,望罗爷屈尊,做他们的老师。"

"屈什么尊。哈哈哈,老乞丐教小乞丐,天经地义!"

"感谢罗爷!"周启观又深深一拜,帕花黛薇也连忙跟着深深一拜,她想了想,又多拜了几拜。

日头又升高了些,小乞丐们已经洗净,换上了新衣服,彼此欢笑着,打量着。

帕花黛薇将罗爷扶上马车,周启观亲自驾车,一群穿着整齐的大大小小的孩子跟在后面。

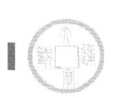

此情此景,周启观不禁迎风吟诵了起来:

"暮春者,春服既成,冠者五六人,童子六七人,浴乎沂,风乎舞雩,咏而归。"

帕花黛薇探出头来:"大人在说什么?"

周启观说:"这是我大元国中原经典《论语》中所记载的一个场景,圣人孔夫子问弟子,什么是你的志向。有个叫曾晳的弟子说,他的志向就是在三月穿上春衣,约上几个好友,带几个孩子,在水中沐浴,在坡上吹风,一起唱着歌走回去。"

"暮春者,春服既成。"帕花黛薇跟着念道。

"冠者五六人,童子六七人。"

"浴乎沂,风乎舞雩,咏而归。"

身后的孩子们,一个个跟着,虽口齿不清,但还是很努力,很认真地跟着念诵。

当晚,孩子们带上自己唯一的宝贝,进入那早已修葺一新,并供上了精卫娘娘神像的庙中;他们在院落一角住下。罗爷被周启观安排住进偏殿最好的房间中。

当晚,周启观对在院落中安顿好的孩子们说的第一句话是:"想要住进屋里,要凭各自的本事。"孩子们一阵欢呼,虽然只是住在庭院中搭成的草棚下,但在他们的眼中,这里仿佛透射着天堂的辉光。

至此,周启观与帕花黛薇每日开店经营,罗爷给孩子们传授知识,孩子们将周启观布置的各种任务一一完成。正当所有人都踌躇满志地迎向全新的未来时,却发生了意想不到的事情:

《江山胜览图》不见了!

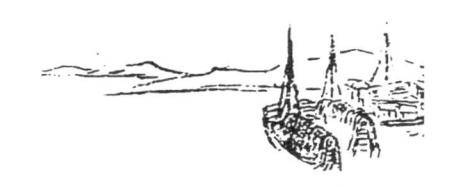

第十章
"宝画"首次出蹊跷

这只是一个普通的清晨，帕花黛薇还是第一个起床，她做的第一件事，是去给精卫娘娘上香。《江山胜览图》平日便摆在这供桌的最中间。

帕花黛薇恭敬叩拜完毕，便将线香插进了供桌香炉，无意间瞥见一只大鼠，爬上了装有《江山胜览图》的盒子。帕花黛薇下意识地挥手去赶，不想碰到了盒子，更让她没想到的是，她这轻轻一挥手，居然将原本固定在供桌上的盒子推开了。

帕花黛薇大感不妙，打开盒子机关的方法只有周启观知道。她急忙叫来周启观，周启观一抱起盒子便知晓，里面空空如也。

周启观面色惨白，连呼吸都急促了起来。

帕花黛薇见他这副模样，不禁说了一句："大人，切莫乱了心神。"

这时，殿外多了几个往里查看的脑袋，那是罗爷、拉玛与一众孩子。

罗爷迈入殿中："发生什么事了。"

帕花黛薇不说话，望向周启观。

周启观将盒子放回原位："罗爷，请与我前去厢房，我们边喝茶边谈。"

厢房内，帕花黛薇熟练地温杯、投茶、润茶、冲茶，茶香在厢房中弥漫开来。

周启观抿上一口，才说："罗爷，宝画不见了。"

罗爷皱起了眉头："是献于王座前，又在护城河边那一日拿出的那一幅？"

周启观点点头。

罗爷不解:"如此宝贵,你不秘密保管吗?"

周启观说:"没有秘密保管,是我考虑不周。尽管宝画被摆在供桌上,但如有人想把此画偷走,也绝非易事。"

"此话怎讲?"

"装宝画的盒子由白龙木制成,这种木料硬且重。不仅如此,我还在盒子的底部做了机关暗扣,让这盒子可以牢固地与供桌连为一体;那盒子开关处,也做了机关暗扣,打开的方法,只有我一个人知晓。"

"原来如此。"罗爷想了一下,"白日人们在院中来回走动,供桌前彻夜烛火通明,这宝画又与供桌连为一体,无法打开,因此也可谓万无一失。除非强抢。"

"是的,除非强抢。想暗中偷走,并非易事。"

罗爷沉吟半晌,突然转向帕花黛薇,说:"我想听听姑娘的想法。"

帕花黛薇也抿了一口茶,说:"我觉得当务之急,与其费劲思考如何被偷走,不如思考一下谁会来偷,宝画此刻又会在哪里。"

罗爷说:"这倒也是一个方向。那我们先探究第一个问题:谁会来偷。"

帕花黛薇说:"今日孩子们可有异样。又或者少了谁?"

"一切如常。"说到这里,罗爷突然一笑,"你们不怀疑是我偷的?"

周启观的眼神正在望向院子,他很顺嘴地说了一句:"不会是您,您是胸怀天下的人,这宝画再好,在您眼里,不过外物而已。"

这顺嘴的回答,倒是让罗爷的眼神亮了一亮。

帕花黛薇提醒说:"会不会是之前在码头遇到的野人?"

周启观端着茶杯不语。

罗爷敲了一下桌子:"可以排除掉这屋里屋外的人,但外面的那些人,谈论下去是没有底的。周先生如今在这吴哥城,也是响当当的人物。民间也都在传这宝画之事,任何人都有可能觊觎宝画。"

周启观沉稳地说:"罗爷说得是。"

帕花黛薇接话说道："那就讨论下一个问题：宝画在哪里。"

罗爷顺着周启观望向外面的视线，用茶笔轻蘸茶汤，在桌上画下一道水痕："这画如此之大，想运出城去并非易事。何况这画被国主看过，等下出门报官，全城都会严密搜查。这是第一张网。"

接着，罗爷又在桌上画下第二道水痕："官府有官府查案的门路，坊间有坊间打探的门路，我会带小崽子们细细密密地摸索吴哥城每一个阴暗的角落。这是第二张网。"罗爷的眼神突然变得严肃起来，"如果前两张网都查不到任何消息，那么我们就可以在这两张网都覆盖不到的地方，小心翼翼地撒网了。"

罗爷在茶桌上画了两个圈："这两张网撒不到的地方，在吴哥城有两处。"

帕花黛薇听得有点入神，此刻她望着那两个圈，喃喃道："哪两处？"

罗爷看了一眼帕花黛薇："一是皇宫。"又看了一眼周启观："二是唐人聚落。"

太阳渐渐落到了丛林的后面。

夜晚的吴哥城，除了皇宫中透出大片大片的光亮，坊间只有零星灯火。

拉玛带着小伙伴，垂头丧气地汇报今日的状况：毫无收获。

"看来，一切如罗爷所料。"周启观说。

"官府那边消息还没传来……"帕花黛薇用鼓励的语气说。

"官府那边不会有消息的。"周启观摸了摸下巴，"拉玛他们打探不出半点消息，这事儿就很反常。哪怕有一只大雁飞过，也会在地上留下影子。这宝画如今的状况，就像直接蒸发了一样。这只能说明，宝画被盗绝非是普通的图财。"

"那接下来只能去罗爷说的那两个地方了。先选哪个呢？"帕花黛薇问道。

周启观沉吟半响，说道："若宝画在皇宫中，我实在想不出来会是谁，又为何做这件事。且宫门深似海，我等与国主尚且只有几面之缘，更不要说里面那些错综复杂的关系。而那唐人聚落，打探消息的难度会比宫中小。"

"那明天我们就去唐人聚落！"帕花黛薇目光坚定地说。

"去唐人聚落没这么简单。"罗爷出现在门口。

第十一章
梦中画魂送异象

烛光映着罗爷的脸。

此刻,即便沉稳如罗爷,脸上也带着几分不安。

"罗爷请讲。"周启观的脸,也被烛火照得明明暗暗。

"唐人聚落,一直是吴哥城中最特殊的存在。即便皇室,都要忌惮它几分。"

"这是为何?"周启观不解。

"几百年前,一群身着华贵的唐人来到真腊,带来诸多从未见过之器物,且心胸博大,扶贫济困,贫苦的真腊人以为天神下凡,万般崇敬。因此,哪怕后来天朝改朝换代,从唐至宋至元,我们也一律称唐人。即便到如今那份崇敬,也刻在真腊人的灵魂上。这是其一。"

周启观和帕花黛薇听得入神。

"其二,"罗爷的神情突然严肃了起来,他望着眼前的周启观和帕花黛薇,眼神有点犹疑,但即刻便坚定了起来,"周大人、帕花黛薇,下面我说的话非同小可,你们即便听了,也不能对外声张。"

二人郑重点头。

罗爷说:"这几百年间,唐人在真腊,虽不再有天神之尊,但势力依然强大,甚至暗中用自己的力量,影响着真腊的王位更迭。每一任真腊国主上位的背后,都有唐人聚落的推动。这种可决定真腊国运的风云之手,真腊百姓不会知道。而最终成王的那个人,和唐人聚落达成了何种协定,估计只有国主知晓。"

周启观心中暗惊,他想到了一件事:"如若是这样,那此前的国主与我大元对立,当今国主因陀罗跋摩三世又与我大元交好,也有唐人聚落的策动?"

罗爷说:"据我观察,并非策动。因为如今唐人聚落的首领,名叫梁思宋。"

周启观默念这个名字:"思宋,思宋。"

罗爷叹口气,说道:"是的,梁思宋系大宋后人。传说当年蒙古灭宋,有一位姓梁的南宋将领,带领船队驻于海上,原本准备接应小皇帝。却不想收到了小皇帝身死、南宋灭国的消息。梁姓将领率部,一路航行至真腊,夺取了唐人聚落的首领权。改名思宋,以纪念故国。"

周启观沉默不语。罗爷重重地说了一句:"唐人聚落和梁思宋,对你等大元使团,尤其是大元使团中的汉人,定然是恨之入骨的。你们来到吴哥城,与国主订立盟约,不知道梁思宋会在背后策动什么事情。"

帕花黛薇突然像是很释怀地说了一句:"那此前那些国主,都是因为梁思宋的缘故才与大元对抗,而如今伟大的因陀罗跋摩三世与大元订立盟约,是否意味着他表明了自己对唐人聚落的态度。"

罗爷点点头:"因陀罗跋摩三世有着无以伦比的雄心,他想改变的东西有很多。信奉湿婆是第一步,恐怕脱离'思宋'等唐人钳制、削弱唐人聚落势力是第二步。"

帕花黛薇望着烛火,眼神中亮光摇曳:"这些与《江山胜览图》被盗,又有什么关系呢?"

此言一出,三人都沉默了。就目前这些零落的线索,谁也猜不出有何联系。

过了一会儿,周启观先笑了:"没事。无论如何,有方向总比没有好。我明天去趟唐人聚落,探探口风。"

罗爷问道:"你不怕吗?梁思宋有能力搅动国家大局,对付你只是抬手之间的事情。"

周启观依旧面带微笑:"那宝画对我意义非凡。有方向可以去追寻,总比无头苍蝇乱飞的要好。况且,今日是《江山胜览图》,明日还不知道是什么。那唐人聚落纵然是龙潭虎穴,该面对还是要面对的。"

火光映照着周启观的脸,帕花黛薇有点动情地说:"我跟你一起去,一起面对。"

这晚,周启观忽然做了一个"画魂"之梦,他梦见从王展羽赠予他的《江山胜览图》中飘出一缕画魂,这小画魂飘飘忽忽,诡异不定。

周启观被震动,抬眼一看,《江山胜览图》中的所绘之物竟然在一点一点地消失。

画中河流的中间,出现一个突兀的黑色圆洞,就像一颗黑色的月亮,那整条瓯江,发出刺耳的水流声,悉数流入黑色圆洞中。此后所有的山川开始崩解,大山碎成了小山,小山碎成了石头,石头碎成了沙砾,漫天的沙砾扬起,布满了整个画作,又是一阵让人痛苦的刺耳声,沙砾也悉数被吸入黑洞之中。

画作中向麓城的那些人,明显感觉到了这个世界的异动,所有的人物都抬头望向这颗吞噬一切的黑月,每个人的脸上没有任何表情,麻木得让人不寒而栗。

那些人脸上的神情,与其说是疑惑,更像是静待。——静待被黑月吞噬。

突然,黑月散发出如章鱼须般黑色的光带,不停抽动着,整个世界开始充斥着各种百姓吵嚷之声、兵戈相争之声。

黑月的背后,先是出现了七点印痕。最后那印痕越来越明显,最后赫然可见,黑点排成了北斗七星的模样。

这北斗七星,每一颗的状态又都不同。大部分都静静地闪烁着,只有头尾两颗异动非常。尾部的那颗四处游走,轨迹缭乱;头部的那颗,不停地放大,放大,再放大,似乎要以一己之力,将整幅画作染成彻底的黑色。

周启观挣扎着从这个梦中醒来,梦境里那种沉沦的黑色的绝望和无力感,重重地压在他的心上。

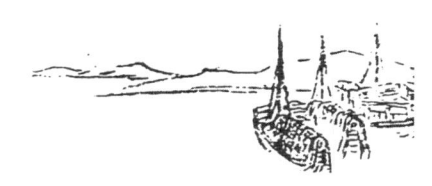

第十二章
吴哥东门遇"高僧"

吴哥城的东门,与其他三门最大的不同,是那尊雕像。

雕像并非端庄慈悲的佛陀,也不是狰狞怪奇的神将,看上去就是一个普通人:他头戴斗笠,背着一个大大的木箱,拄着木杖,穿着草鞋,仿佛从很远的地方过来,走了很长的路。

这样一尊看似凡人的雕像,却看不清面目,因为它戴着一个金色的面具。这金面具与雕像格格不入,却有一个妙处:每日初升的第一缕阳光落到东城门时,这个金色的面具会熠熠生辉,从各处望去,就如一轮小太阳。

从这尊雕像下走过,出东门,便进入了唐人聚落的地盘。

一路走来,并没有想象中的剑拔弩张、步步惊心,而是一派安居乐业的景象。

帕花黛薇见周启观面露迷蒙之色,不禁问:"大人您在想什么?是担心吗?"

周启观说:"不是,只是这里的风景,让我想起了我的家乡。假设把四周的雨林换成一条江、一座孤屿,这条街,几乎与我家乡的街道没有区别。"

帕花黛薇听他这般描述,突然觉得好玩:"会不会在下一个拐角,就遇见了大人家乡的人。"

虽是一句玩笑话,但周启观却被逗笑了。笑声之余,思乡之情也真切地漫了开来。这唐人聚落的街巷,来来往往的行人,同胞面孔多了许多,让人倍感亲切。

但周启观一想到梁思宋这个名字,始终如芒刺在背。

前方路口,围了一堆人。

奇怪的是,他们都在窃窃私语,仿佛怕吵着他们围观的人。

帕花黛薇好奇地挤了进去,只见人群中坐着一位僧人。

那僧人挂着一串颇大的佛珠,正在念诵经文。

他的身前,已经堆了不少民众的供奉之物。

"这位大师怎么了?"帕花黛薇问旁人。

旁人带着七分恭敬、三分恐惧说:"大师在这里已经端坐了三日,没有进食,只饮清水,但你看他面色红润,眼神清澈,声音洪亮,哪里像是三日没吃东西的人?"

帕花黛薇眼珠一转,悄悄转向周启观,两人交换了一下眼神。帕花黛薇偷偷说:"会不会是水的问题?"

周启观看了一会儿说:"不像,你看这大师所饮之水,各种瓶瓶罐罐都有,这说明,都是附近村民自发奉上的,而且在水中做手脚,很容易被人发现。"

帕花黛薇又看了一会儿,实在看不出什么门道。

此刻的周启观,却一直盯着僧人的胸口看,过一会儿,他面露微笑,上前低声说道:"大师不愧为高僧,这百八烦恼,已然消解去了十八。"

僧人面色一变,但还是强装镇定。缓慢起身。不待他有下一步动作,周启观也不说话,转身便走。

帕花黛薇快步跟上,问:"大人刚才是什么意思?"

周启观笑着说:"我只是数了数他胸前挂着的佛珠。你知道吗?佛珠一共有一百零八颗,称之为百八烦恼,代表人的一百零八种烦恼。"

帕花黛薇说:"那你说他消解了十八,又是什么意思?"

周启观说:"他那佛珠,有一部分定然是加了黑芝麻糊的面丸子,趁夜半无人之时,暗中吞下,一日吞上六颗,可保精气神无虞。这三日,他已经吞了十八颗。"

帕花黛薇瞪大了眼睛:"你刚才数过?"

周启观:"是啊,这并不难数,只不过大家都没注意到佛珠少了。"

帕花黛薇把眼睛瞪得更大了:"那你不揭穿他吗?"

周启观摇摇头,正想说话,却被前方的热闹吸引了过去。

此时,二人已经走到市集中心。

这里搭了一个披红挂绿的戏台子,但不见角儿登台唱戏。台上摆着一张巨大的桌子,桌子上摆着几只裹着名贵丝绸的盒子。

帕花黛薇被这不寻常的大桌子和华贵的盒子吸引。她下意识地凑到周启观耳边,轻声说了一句:"大人,您说宝画会不会藏在上面的盒子里。"

周启观虽觉得不至于如此凑巧,但还是忍不住多看了几眼。

四面的商户、民众已经聚集了过来。这时有三张太师椅被搬上了台。一名壮汉赤裸上身,举着一只大锣锤,敲向台边的巨锣。众人的喧闹声即刻停止,无数双眼睛盯紧台上。

一位打扮齐整的唐人上台,朗声说道:"鄙人受梁思宋大人所托,主持今年的商魁会,不胜荣幸。下面有请今年唐人聚落三位长老上台主持大局!"

说是"长老",上台的三位,只有一位须发皆白的老人,另一位是一名宽袍儒生装扮、手捧书卷的年轻人,第三位竟是手握金秤、妆容华美的女子。

这三人一登台,下面顿时骚动起来。周启观对旁人拱拱手,问道:"兄台,我初来吴哥,却不知这商魁会是什么?这几位长老又是谁?"

旁人也客气地拱拱手,说道:"这商魁会,是唐人聚落在每年七月廿二起举行的一次斗商会。"

"斗商?"帕花黛薇问。

"斗商就是商人间的斗智斗勇。分多场交锋,您看几次便知。这商魁会由三位长老进行见证、裁决,最终决出年度商魁。除了能获得价值不菲的奖品,在唐人聚落,能把'商魁'匾额挂到自家店里,那是无上的荣誉。慕名而来与之做生意的人,也会与日俱增。"

"那这几位长老的身份是?"周启观问。

那人扫了一眼周启观,有点得意地说:"你身为中原人士,走海经商到了真腊,就一定要认识这唐人聚落的长老们。没有他们的认可,纵然你有天大的本事,也难以在此地大展拳脚。看好了,那三位便是……"

这时,后面突然挤上来一个人,将那人挤到一边,大声说道:"我来给您说!"

周启观抬头望见对方面容,不禁愣了一愣。

帕花黛薇见周启观面色不对,也望向来人。她总觉得此人十分面熟,但又说不上来到底在哪里见过。那人却是毫不避讳,笑嘻嘻地一把扯开了自己盖在头上的头巾,露出一个光头来。

帕花黛薇几乎叫出声来:"你是刚才那骗人的和尚!"

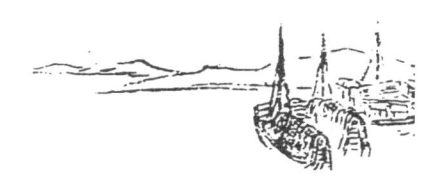

第十三章 毁于一旦"书法阵"

也不怪帕花黛薇认不出来,换去僧袍,戴上头巾,又是一副嬉皮笑脸的模样,谁能想到这是半个时辰前,在街边木然静坐的和尚。

和尚笑着说:"你这女捐客,讲话好难听,什么叫骗人。"

帕花黛薇说:"装不吃不喝,装高僧,还不是骗人?"

和尚一本正经地说:"只要没被识破,就不算骗人。如今被人识破,我原本想捞的好处也不想捞了,所以并没人被我骗到,因此就更不能算骗人了。"

"哼!油嘴滑舌!那些路人堆你前面的供奉,算不算好处?"

"那些蝇头小利,哪会是我这种人的志向。对吧,这位大人?"和尚从帕花黛薇的眼神攻击中逃脱开来,转身对着周启观说。

周启观倒是点了点头。

和尚又说:"大人,我有一事不明,还望赐教,为何您刚才不拆穿我。"

帕花黛薇这时反应过来:"对啊大人,为何不拆穿他!"

周启观笑了,反问帕花黛薇:"为何要拆穿?"

帕花黛薇倒是被问住了。

周启观说道:"每个人都有自己的生存之道,如果乔装打扮使一个障眼法也算骗术,那我们让吴哥城的孩子来填平烂泥坑那一桩事,算不算骗术?"

帕花黛薇说:"大人的远虑,可不是街头把戏。"

周启观笑着说:"街头把戏做得好,也可以倾国倾城。这位小兄弟的把戏做得不错,我也未曾察觉他有何不轨的企图,这把戏,看着也觉得甚是有趣。能看出门道来,算是我的运气。至于当街拆穿,没有必要。"

和尚的眼睛亮了一亮,行了个礼,恭敬说道:"鄙人姓庄,名之茶,庄之茶。"

周启观和帕花黛薇也报了自己的名号。

庄之茶突然又拱手相拜,而后压低声音说:"我想邀请二位与我一同,参加今年的商魁会。"

周启观摸了一下下巴,不置可否。

庄之茶继续说道:"这商魁会有一项规定,需三人参赛,其中至少有一人为真腊人;我观二位皆非常人,是否可与我一同,去夺这商魁的名号。"

帕花黛薇说道:"我们为何要帮你?"

庄之茶说:"帮我,说不定也是在帮你们自己。我观察二位已久,二位初到唐人聚落,但又不像来闲逛,定是有要事。如二位能帮我夺得这商魁之名,我定能为二位之事赴汤蹈火。"

周启观望向庄之茶的眼睛,虽有几分狡黠,但也算清澈坚定。便说了一句:"那我们继续刚才的话题,这台上的三位长老,都是什么人?"

庄之茶说:"说来话长,这唐人聚落大小事务的管理,吴哥官府是无力插手的,这边的一切由七人组成的长老会定夺。这七人,以北斗七星为号,那大名鼎鼎的梁思宋便是首领,即北斗之中的天枢星。这台上的三位,那老者名叫魏大通,北斗中的天玑星;书生模样的人叫苏十方,为天权星;那女子叫叶影娘,为玉衡星。"

帕花黛薇已经听得脑门发疼,望向周启观,眼神中充满了求助。

周启观明白她的心思,忙说:"这北斗七星,就是天上那最醒目的,连成一柄勺子的七颗星。我等唐人自古便称他们为:天枢、天璇、天玑、天权、玉衡、开阳、摇光。而这管理唐人聚落的七人,以北斗七星为号。那梁思宋便是首领天枢星,今日台上的,是另外的三星。总之,他们就是轻轻跺跺脚,唐人聚落便能抖一抖的人物。"

周启观朝着台上坐着的三人,以及三人身后那张巨桌上,用名贵丝绸裹住那大大小小的盒子,心念一动,对帕花黛薇说:"或许,参加这商魁会,真的能达成我们的目的。"

那庄之茶又笑嘻嘻地说:"不知二位有何目的,也可以和鄙人说说。"

周启观说道:"我等之事,此时此刻先不谈,我们先完成你的事情,去探探这商魁会的水究竟有多深。"

庄之茶不好意思地摸了下鼻子,说:"那就以我小号的名义,去报名参加角逐。"

帕花黛薇揶揄道:"你也有自己的商号?"

庄之茶故作淡定说:"出门在外行走江湖,总有个号,鄙人小号名叫水德楼。"

帕花黛薇想了一下,问:"什么意思?"

庄之茶说:"我叫茶,茶需要有水,故有水字。"

帕花黛薇接过话头:"缺什么取什么是吧？那你确实缺德,更缺楼。"

此言一出,周启观都笑了。

庄之茶说:"是啊,都缺,但现在不是遇到两位贵人了吗？只要在商魁会上崭露头角,水会有的,德会有的,楼也会有的!"

周启观点点头:"有志向、有目标总是好事！我们上！"

台上,书生模样的"天权星"苏十方起身,朗声说道:"感谢诸位总商与掌柜,唐人聚落今日之繁盛,我唐人在真腊国扎根之深远,全赖诸位的鼎力运筹。每年一次的商魁会,我们都会觅得良驹,赠以宝鞍。愿我真腊唐人马到功成,呈万马奔腾之势。"

台下掌声雷动。

苏十方继续说道:"今年之商魁会,由苏某来宣布第一关规则:台子左侧,挂着诸多墨宝,每幅墨宝上,都是一句宋诗宋词。这些诗词,代表一处与商有关的故国地名。每一商户限三人参与,须每人持一幅墨宝,并写下所指地名,方算过关。"

众人望向台子左侧,只见那里用各种竹竿构建出一片交错之境,一张张浓墨字幅,随风飞扬,远远望过去,如云层浩瀚,有神鸟之影穿越其间。

周启观、帕花黛薇、庄之茶进入其中,虽有人早已捷足先登,但面对那些诗词,大部分人还是面露难色。

庄之茶动作迅速,摘下一幅字。把周边众人吓了一跳,围过来一看,上书"海外珠犀常入市,人间鱼蟹不论钱"。见众人纷纷侧目来看,庄之茶炫耀般大声喊道:"这是王安石的诗,所写的乃是秀州华亭县青龙港!彼时,王安石受妹夫朱昌叔所邀,前往做客。那青龙港设有市舶司,乃海外商贾往来之所!"

众人恍然大悟,又纷纷散去钻研其他墨宝作品。帕花黛薇忍不住夸了庄之茶,庄之茶笑着说:"小人没有别的长处,就是好看书,好记性。"

帕花黛薇在纸条间转来转去,很快又拿来一幅字,问庄之茶:"虽然我认识的汉字不多。但我看这幅与那幅有字很像,你一定也能知道。"

周启观和庄之茶一看,那上面写着:"百货随潮船入市,千家沽酒户垂帘。"帕花黛薇开心地指着"入市"二字说:"它们一模一样!"

周围人声鼎沸,庄之茶闭上眼睛,捂住耳朵,思考了一会儿,说:"我想起来了,这是龙昌期的诗句,写的乃是泉州港。这龙昌期也是神人,八十岁还被召入京当大官儿,结果被欧阳修反对,追夺所赐遣归。龙大人一生所学极杂,咳咳,和我一样。而他被人非议,无非是说他排斥先儒。可惜了,龙昌期当时就该从泉州港坐船来真腊,像我一样建功立业!"

帕花黛薇笑得停不下来:"刚想夸你,你又吹上了。"

周启观听庄之茶眉飞色舞地说起前朝的人与事,如数家珍,倒是多了些几分恍惚。一方面是恍惚自己从小顽劣,游手好闲,读过几家圣人之言,却未曾博览群书。另一方面是恍惚这大洋彼岸的真腊国,却保留着如此一个"小小的大宋",这儿的中原人士,仿佛依旧生活在宋朝。

三人正在聊时,隐约中,突然听到一声清脆的铃铛声。

没人注意到这一声小小的铃铛声,但很快人们就注意到:会场闯进来一群人。

帕花黛薇一惊:"哪来的野人!"

周启观定睛一看,这群野人与他最初来到真腊,来抢货物的野人有所不同。如今他已然知道何为野人:在真腊,野人是指生活在丛林之中,未开化之人。野人在真腊的地位,与牲畜无异。如有唐人在城中与野人亲近,即便再贫贱之人,都会对其鄙夷不屑。但也有如前来抢夺"龙涎香片"的那类野人一样,他们集结成军,装配武器,在茫茫林海中神出鬼没,打家劫舍,手段残忍。

而冲入会场的野人,则是蒙昧未开化的野人。他们一入会场,居然开始抢夺那些墨宝,一抢到手,便将其扯烂。

庄之茶迅速反应过来:"不好!这是计谋!"

周启观快速扫过四周,许多人都在捶胸顿足。但另外一幕,让他惊诧不已:台上的三位长老,依旧稳如泰山地坐着,仿佛看不见眼前发生的一切。

帕花黛薇急得哇哇大叫:"没人管这些野人吗?都撕烂了还怎么比?"

庄之茶说:"这是计谋!定是有商号事先安排,待他们取得三幅墨宝的答案之后。即刻放出信号,让埋伏的野人进场破坏,撕烂所有墨宝,这样便无人能与他们竞争!"

帕花黛薇惊呼:"这是被允许的吗?"

周启观叹口气道:"看台上三位长老的反应,应该是被允许的。或许这就是唐人聚落所信奉的一种商魁之道——为达经营目的,可以不择手段。"

帕花黛薇快速看向四周,她想伺机从野人的手里夺下一幅完整的墨宝。

这时,又一声清脆的铃铛响起,野人齐刷刷停下动作,慌慌张张地四下逃窜。

一切都发生得太快了。

等众人回过神来,野人已经消失得无影无踪,所有未被取下的墨宝,如今全部变成了一堆混在一起的碎屑。

帕花黛薇捂着自己拿来的那张"百货随潮船入市,千家沽酒户垂帘",惊魂未定地看着庄之茶手中那张"海外珠犀常入市,人间鱼蟹不论钱",结结巴巴说了一句:"我们只有两张,是不是无法进入下一轮了?"

第十四章
假墨真宝巧过关

正当帕花黛薇懊恼不已,庄之茶抓耳挠腮时,周启观却向一旁走去。

几步开外,是一处卖字画的小摊。

摊主须发尽白,衣衫褴褛,守着一个看起来随时要被人掀掉的小摊。

周启观上前,恭恭敬敬行了个礼,奉上一个银锭,说:"老丈,我想求字一幅。"

摊主毫不客气接过银锭,只说一句:"写什么?"

"您帮我写:江城如在水晶宫,百粤三吴一苇通。"

老摊主苦瓜一般的脸突然荡开了阵阵柔波,他哈哈一笑,说:"好诗!"

帕花黛薇与庄之茶也凑了过来,伸长了脖子看老摊主写字。

老摊主取出一张纸,落笔如游龙,那字仿佛是在纸上快速生长出来一般。

周启观恭恭敬敬地取过墨宝,对帕花黛薇与庄之茶说道:"第三幅不是有了?"

帕花黛薇瞪大了眼睛,庄之茶笑得合不拢嘴。

周启观说:"人家有人家的计谋,我们也有我们的手段。"

帕花黛薇说:"这也可以吗?会不会被他们识破?"

周启观说:"我刚进场的时候就发现了。这场内的书法,与这卖字画老丈摊前挂着的,书风相同。明显就是老丈所写。"

庄之茶说:"他们把老丈叫上来一问,不就穿帮了?"

周启观说:"这老丈,书法造诣极高,却如此落魄。一看就是不懂经营、只一心

155

钻研书法的奇人。这样的奇人,自有奇怪的品性。这种品性,台上的三位长老定然知道,他们不会轻易将老丈带上台问话。另外,即便要找老丈当人证又如何,那我就要请他们抓住之前的野人,也来作个证。如果抓不到,或作不了证。这场商魁会就因不公正而失去民心。"

庄之茶双手一拍:"妙啊!"

三人赶到台前,前面已有两支参赛商号通过了第一道题。

乌泱泱百来人、几十支商号,被这么一闹,目前上台的居然只有两支。

设下野人破坏之计的,一定是这两支队伍中的一支。

特别是其中一位女性,她身上挂着大大小小的铃铛。联想到此前野人出现和离开时那独特的铃铛声,这简直是把"是我干的"四个字写在了脸上。

因此目前台上站着的两支队伍,呈现完全不同的气场:一队怒气冲冲,认为对手破坏了规矩;一队喜笑颜开,是计谋得逞的沾沾自喜。

周启观三人上台的时候,两队倒是狠狠愣了一愣。

大概连长老都没有想到,还有第三支队伍上来。

庄之茶上前,故意露出圆滑狡黠的神情,朝三位长老、两边对手行礼:

"小号水德楼,特来通关。"

铃铛声响,一个清脆的声音说道:"哟!居然还有高手。水德楼,没听过啊!"

庄之茶翻了个白眼:"现在不就听到了。"

庄之茶将三幅墨宝恭敬地递给三位长老,说:"这'海外珠犀常入市,人间鱼蟹不论钱'。乃是王安石大人写秀州华亭县青龙港;这'百货随潮船入市,千家沽酒户垂帘',乃是龙昌期大人所写,名满天下的泉州港。另外这幅……"

庄之茶递上了"江城如在水晶宫,百粤三吴一苇通"。

三位长老的神色显然变了。在周启观看来,是惊诧中带着一丝宽慰。

那"铃铛少妇"上前,看了一眼字,便说:"油墨未干,不会是自己写的吧。"

庄之茶神色自若,行礼问道:"您是哪位掌柜?"

一声铃铛响,答:"鸣铃乐。"

庄之茶点点头:"原来您就是鸣铃乐二当家白子铃。"庄之茶转向另两人,行礼道:"那这两位,定然是鸣铃乐的大当家展鸿鸣,与三当家丰乐。"

展鸿鸣身形高大,眼神犀利,他只是哼了一声,并不说话;那三当家丰乐是一位真腊人,他也仅是简单回礼,并不答话。

另一队的人也凑了过来,队中最年轻的小哥说道:"你们鸣铃乐对待客商就是如此态度?这如何做得生意?还是说今日在台上我等都是对手,是冤家?"

说完,小哥对着庄之茶,眼神却望向庄之茶身后的周启观:"我等小号名为云上云。我是小跟班,名叫孔浩然;这是我大哥司马青云,二哥郑器。"

庄之茶眼睛转了转说:"浩然正气,青云直上,原来就是今年风头正劲的云上云。"

孔浩然笑得嘴巴咧到了耳朵根上:"哎呀呀,没想到我们名气这么大了!感谢感谢!"说完,孔浩然将眼睛落到了那"江城如在水晶宫,百粤三吴一苇通"上,脸色突然一变,也说了一句:"不会是自己写的吧?"

庄之茶刚想说话,帕花黛薇突然跳了出来,拦住叮当作响的白子铃和变脸特别快的孔浩然,笑嘻嘻地说:"墨宝的事,你们管不着。"

此言一出,庄之茶突然醒悟过来,跟着笑嘻嘻地说:"对,你们管不着。"

周启观上前一步,完全不看鸣铃乐和云上云的人。对三位评委行礼,朗声说:"这'江城如在水晶宫,百粤三吴一苇通',说的便是向麓港。"

台上坐着的唐人聚落三位长老快速交换了一下眼神,那位须发尽白的老者——"天玑星"魏大通问道:"那麻烦这位掌柜,讲讲这句诗的故事。"

周启观恭敬说道:"我大元东南方的向麓城有一名臣:止斋先生陈傅良。其传世名作《八面锋》写治国方略,博观约取、言简意丰,孝宗皇帝看罢击节赞叹,并御赐书名。这墨宝中的诗句,写的正是他眼中向麓港的繁华绮丽与往来热闹。"

魏大通点点头,眼中盛满喜悦。他与另外两位长老苏十方与叶影娘互望一眼,朗声宣布:"水德楼获准进入下一关!"

铃铛声响,白子铃转过身去。那孔浩然却上前一步,大声说:

"三位长老,我有异议,他们这墨宝,恐怕是假的。"

听闻此言,"玉衡星"叶影娘抬起眼来,扫了一眼孔浩然。

叶影娘手上握着的那杆金秤,也动了起来。

叶影娘衣着雍容,妆容艳丽,眉宇之间,却给人不容置疑的威严感。

叶影娘举起金秤,似乎想说什么,却又停了下来,对周启观说:

"他说你这是假的,你怎么说?"

周启观说:"真假并不是他说了算,而是三位长老说了算。请问三位长老,是不是这么个道理?"

叶影娘点点头。

周启观又对三位长老行了个礼,说:"这幅墨宝,的确是在野人扰乱会场之后,会场边摆书画摊的老丈写的。"

此言一出,现场一片哗然。

周启观如此直白,别说台上的三位长老、鸣铃乐和云上云的众人,就连帕花黛薇和庄之茶都吓了一跳。

孔浩然按捺不住,直接喊了出来:"这是作弊!"

周启观不慌不忙地说:"我想请问三位长老,会场中的众多墨宝,是否是那老丈所写?"

叶影娘点头:"是。"

周启观又说:"那是否有规定老丈何时写的才算数?"

"并没有。"

周启观又说:"野人突袭后,老丈眼见纸张被撕毁,心急之下,疾写几张作为补充,算不算数?"

叶影娘冰冷的脸上突然挂出了一丝若有似无的微笑:"算。"

周启观举起那幅墨宝:"这就是补充的。"

一声铃铛响,白子铃尖锐地说:"怕不是你知道这二句的答案,让老丈写的。"

周启观脸色丝毫未变,说:"不,我入场时,便远远看到这句,因为我只看懂这句,故而印象深刻。这句写的是向麓港,我从小便在向麓城长大,在我父亲教我读的书中便有这句。我父亲甚至将我家书房都命名为水晶室,这正是受了止斋先生的影响。"

儒生打扮的长老"天权星"苏十方击节赞叹了起来:"有理有据,很难反驳。"

周启观转身,淡定自若地看向白子铃和孔浩然。

孔浩然的脸色变得极快,他立刻堆满笑容说:"我很佩服这位老兄的坦荡,比起某些人暗中找野人破坏现场,还不敢承认,要好得多。"

一个转瞬即逝的沉默之后,叶影娘把金秤收了回去,对苏十方点了下头。

苏十方一步踏前,对众人说道:

"此次商魁会,鸣铃乐、云上云、水德楼三家皆可进入下一轮。"

说完,苏十方潇洒一笑:"下面我宣布第二轮题目:算盘。"

"算盘"二字一出,鸣铃乐和云上云都露出一副志在必得的样子。

周启观倒是有点茫然,望了一眼庄之茶和帕花黛薇,庄之茶的眼神还是那么玩世不恭,但好像也并不是十分在意,倒是帕花黛薇脸有点发红,眼神有点躲闪。

"算盘我不会,从来没摸过,也从没想过当账房先生或者走街货郎。"周启观把二人拉到一边。

庄之茶拍拍胸口说:"放心,包在我身上。"

帕花黛薇不可思议地瞪着他:"这个你也会?"

庄之茶讳莫如深地说了一句:"不会也会。"

帕花黛薇撇了撇嘴。

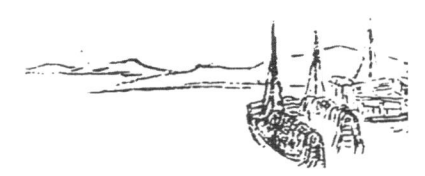

第十五章
心机巧算半炷香

三本账册,摆在了三支队伍面前。

一阵风起,吹开了那些账册。

一根长长的香已经点燃。

苏十方站在风中,风吹起宽大的袖摆,他很潇洒地说了句:"香烧完之前,要将账册演算清楚,各位请开始吧!"

鸣铃乐的三当家丰乐,云上云的二当家郑器,水德楼的庄之茶坐在了算盘前。

有趣的是,苏十方也坐了下来,翻开自己眼前的账册,拿起了算盘。

很快,现场只剩风声、账册翻动声、算盘拨弄声。

香烧过半时,庄之茶突然将账册一合,大声喊道:"算好了!"

所有人都吃了一惊,就连埋头苦算的苏十方都停下了动作,以手指抵住脑门,望向庄之茶。

展鸿鸣也瞪大眼睛望着庄之茶,喃喃自语道:"不可能算得这么快啊!"

庄之茶站起身来,准备在白纸上写下最终演算结果。突然一个厚重的声音响了起来:"三位长老,我有异议。"声音中有一种让人无法辩驳的威慑力。

"因为他在比的,根本就不是算盘。"

周启观望向来人,正是鸣铃乐那位一脸威严、从未发话的大当家展鸿鸣。

一个话少的人,突然开口,足以吸引所有人的耳朵。

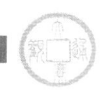

展鸿鸣的语调平稳得听不出任何情绪:"这位水德楼的兄弟,我佩服你过目不忘、快速心算的本领,但今日我们比的是算盘,而不是心算。"

庄之茶挺起腰杆,回了一句:"我就是靠算盘算的。"

展鸿鸣说:"从一开始,我就盯着你的算盘。你在乱拨珠子,与计算结果毫不相干,那只是你的障眼法。你大可以在三位长老面前展现你的算盘手艺,如若我说错了,老夫当着所有人的面,向你道歉。"

庄之茶举起算盘,又放下,悻悻无言,转头向周启观和帕花黛薇无奈地摆摆手。

此时,一个清脆的声音响了起来:"他不行,我来!"

帕花黛薇一把夺过庄之茶的算盘。

庄之茶眼珠子瞪得比算珠还大:"你行?你就是再行,只剩半炷香的工夫了,如何来得及?"

帕花黛薇并不答话,只是坐了下来,开始翻账册,打算盘。

她一出手,算珠发出的声音,听上去便与其他二人不同。这一声声脆响,让庄之茶瞬间也认真了起来,他伸手握住账册,快速地在帕花黛薇前翻了开来。

帕花黛薇的算珠在飞快地撞击着,在周启观听来,竟有了白居易笔下那"嘈嘈切切错杂弹,大珠小珠落玉盘"之意境。这种独特的算珠声,让台上三位长老都忍不住侧目来看,旁边还在苦算的丰乐与郑器,更是受到了不小的干扰。

香烧到了尽头,鸣铃乐的丰乐第一个完成,在白纸上写下了演算结果。紧随其后的是云上云的郑器。就在香灰落尽的瞬间,帕花黛薇也将答案写到了白纸上。

此刻鸦雀无声,人们的焦点全在帕花黛薇身上。

那不同凡响的算珠撞击声,那奇特的手法与笃定的神情,都令人称奇,而更让人觉得不可思议的是——她真的只用了半炷香时间完成!

庄之茶的眼睛里面含着泪水:"我的姑奶奶,你真的太厉害了!"

周启观笑意盈盈地望着帕花黛薇,眼神中满是惊喜与骄傲。

见所有人都在看自己,帕花黛薇又不好意思起来,刚才全神贯注地打算珠,脸本身就打得通红,这下更红了。

最先发话的是叶影娘,此刻她双手握着自己那柄金秤,意味深长地问:"这位姑娘,为何我以前都不知道,这吴哥城有算盘打得这么好的女掮客。"

帕花黛薇想了想说:"我之前不在吴哥,我从港口来。"

叶影娘又挂上了若有似无的笑:"港口也不会有,这真腊国,就没有我不知道的女掮客。"

此言一出,众人更是啧啧称奇。

叶影娘的金秤突然抖了一下,她脱口而出:"莫非你是……"

此刻,长老中最年长者魏大通突然按住了叶影娘的金秤。

叶影娘瞬间醒悟过来,硬生生把后面的话吞回了肚中。

魏大通捋了捋胡须,说:"今日之比赛,真是龙争虎斗。好多年没看过这么精彩的商魁会了。"

苏十方看了看自己的演算结果,也说了一句:"是啊!原本以为今年过关的商号少,会没意思,但没想到个个都不是池中之物。"

叶影娘坐回了自己的位置,神色恢复如常,说了句:"那就继续比赛吧。"

苏十方便朗声说道:"第二轮算盘比赛,三家商号均过关,但分出了名次,第一名为鸣铃乐,第二名为云上云,第三名为水德楼。接下来的第三关,请各位务必全力以赴。"

苏十方话音刚落,长老所坐的高台四周围挡的布料纷纷滑落下来。

这时大家才发现,这高台竟然搭在一捆又一捆塞得密密麻麻的草袋上。

苏十方弯下腰,从脚底的草袋中抽出一缕干草,笑着说:"这是只在吴哥城附近生长的一种芒草,成熟后共有七节,我等称之为七节芒。这七节芒并无特色,且草质一般,即便用来编制芒鞋,也极易损坏,目前看来,百无一用。"

苏十方举起七节芒,看它在风中摇曳,说道:

"请问各位掌柜,如何能把这百无一用的七节芒卖出去?"

说完,苏十方特地行了个礼,语重心长地说:"每组只能作一次陈述,如与上一组陈述类似,则无效,请三家商号深思熟虑后作答。"

第十六章
七节芒里藏玄机

庄之茶一脸倾慕看着帕花黛薇,他还停留在她展示算盘神技的兴奋中。帕花黛薇则一脸担忧地看着周启观,周启观则望着七节芒堆成的高台,陷入了沉思。

庄之茶看二人默契地神情严肃,也清了清嗓子,故作严肃起来。同时他扫了扫鸣铃乐和云上云的人,两边人正离得远远的,埋头私语。

庄之茶咳了咳,开口说:"这还能怎么的,无非是做成某个东西卖卖。做火把,卖得便宜些;做饰物,也许可以对海外客商卖出更高的价格……"

庄之茶瞥了一眼周启观,周启观的表情没有丝毫的变化。庄之茶有点不服地说:"我说得不对吗?"

帕花黛薇看了一眼周启观,又看了一眼庄之茶,说:"周大人的意思是:你说的,他们一定也能想到。"

庄之茶说:"大家都想到一块儿去了,那是不是谁先说谁就赢了?我先去说!"

周启观伸手拦住他,说了一句:"不,这不是我的志向。"

庄之茶愣了一愣:"卖芒草不是做生意么?怎么还扯上志向了?"

帕花黛薇瞪了一眼庄之茶,坚决地说:"我相信周大人!"

庄之茶耸耸肩,只好跟着点点头:"我也相信周大人!"

第一个站到长老前陈述的,是云上云的大当家司马青云。

163

与善于变脸的孔浩然不同,司马青云长着一张永远挂着微笑的脸。

这一抹笑,初看会让人心生信任与好感,但多看几次,一直都是这样的浅笑,又会让人觉得心里发毛,此人深不可测。

司马青云向三位长老行了个礼,说道:"七节芒之经营,关键在于增加其用处。若制成草席、篮子等家常用具,便可获一利;若制成孩童游戏之物、大人把玩之物,便可获十利;若能请皇家工匠出手,将其制作成精美器具,向海外客商兜售,赋予国礼之身份,何止百利千利?"

司马青云说完,转身用自信的眼神扫了一遍众人。

庄之茶撇了撇嘴,低声说:"唉,我能想到的,已经全让他一口气说完了。"

帕花黛薇也不自信地瞥了一眼周启观。

周启观点了点头,好像也在赞同司马青云的想法。

庄之茶又低声在帕花黛薇耳边说:"我现在倒是很好奇,鸣铃乐的人还能说出什么东西来。"

说话间,鸣铃乐的大当家展鸿鸣已经来到三位长老面前。

展鸿鸣身形高大,脚步沉稳且带风,一看就是个练家子,浓眉、大眼、厚唇,一开口,声音低沉浓厚得让人耳朵嗡嗡作响:

"司马掌柜的经商之道,看似缜密,终究还是格局太小。你那些营生,七节芒可做,其余芒草亦可做。"

展鸿鸣说出这话,眼神依旧笃定地望着三位长老:"其实这道题,我很早之前就已经开始谋划了。据我鸣铃乐搜集的资料,这七节芒,还真的就只在吴哥城边生长。七节,亦可作气节,寓意也是甚好。"

此话一出,庄之茶都忍不住点头,按捺不住内心叫好,而云上云三人,已然面色大变。

展鸿鸣又说:"在诸位眼中,或许这是一道题,但是我鸣铃乐其实早已开始布局七节芒的商路。我也不怕公之于众,反正,鸣铃乐做的事情,你们也无法做到。"

话说到这个地步,就连三位长老,都不由坐得更端正了些。

"我会将这七节芒,变成皇室贡品。以后逢真腊重大节日、庆典,各地领主来为吴哥国主上贡,一定需要有这七节芒制成的贡品。诸位可试想一下,这七节芒,将来会变成何等高贵的什物。"

此话一出,四座哗然。孔浩然忍不住喊道:"那吴哥国主凭什么要帮你?"

展鸿鸣望向孔浩然,轻挑眉毛:"身为商人,你怎么能说出如此外行的话。"

帕花黛薇也瞪大了眼睛,她望向周启观,问:"那位云上云的小哥问错了吗?"

周启观说:"吴哥国主不是在帮鸣铃乐,是在为自己赚取更多的钱财。此事由鸣铃乐操办,吴哥国主获利。"

帕花黛薇说:"这样的话,对鸣铃乐有什么好处?"

庄之茶接过话头:"将七节芒定为贡品,不能说是一本万利,更可说是无本万利;鸣铃乐即便拿很少的份额,获利也是无可估量。"

帕花黛薇不禁叹了一口气:"竟可如此!"

庄之茶回了一句:"向来如此,你年纪轻轻不懂。"

帕花黛薇又说了一句:"但是这不好。"

庄之茶问:"哪里不好?"

帕花黛薇又叹了口气:"将七节芒定为贡品,各地领主会将其纳入贡税项目,届时民众会疯狂采集七节芒。这七节芒又会被鸣铃乐这样的商户全部收走,民众需要花大价钱购买,等于是增加了赋税。"

庄之茶皱了下眉头,倒吸一口气说:"你这年纪轻轻,居然会想得那么远。"

帕花黛薇伤感地望向周启观,说了一句:"周大人,是不是这么个道理?"

周启观严肃地点了点头,说:"虽是绝妙的商道,但这是鼓动国主与民争利,不是善道。"

庄之茶挠挠头说:"先别管善道恶道了。你有没有更好的主意,能赢过他?"

周启观抬起头,望向展鸿鸣宽厚的背影,深吸了一口气:"轮到我们了。"

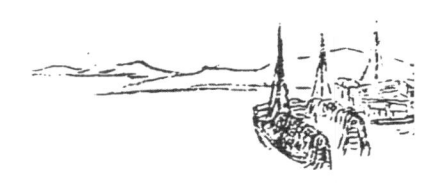

第十七章
商道亦是教化道

周启观站到台上之时,四周突然安静了下来,只剩一片窃窃私语。

每个人都在聊展鸿鸣那个法子,在聊鸣铃乐的经商根脉到底已经伸到了哪里。

展鸿鸣站在东边位,显然一副大局已定的得意神色。

周启观对三位长老行了个礼,开口说道:"前两位掌柜的发言,我深表钦佩,堪称商人之典范。"

他的语气异常恳切,毫无揶揄之感,但让人奇怪的是,有一股淡淡的伤怀。

这种态度倒是让三位长老有几分诧异。苏十方说道:"请周掌柜说出水德楼的经营之法。"

周启观开口,淡淡说道:"我会将这七节芒采集起来,制成各种用具,用于房顶、墙壁、帘子、塑像……"

孔浩然忍不住又喊了一句:"这和我云上云的有何区别?"

周启观仿佛没听到孔浩然的话,只是继续陈述道:"我会用七节芒为最主要的材料,去真腊各地建一种统一的院落。确切地说,是建学堂。"

"啊?"

"他在说什么?"

"如果我没听错的话,是建学堂。"

"建学堂?"

所有人都议论纷纷，怀疑自己耳朵是不是出了问题，就连庄之茶也忍不住问帕花黛薇："你家周先生说的是建学堂吧？"

长老之中那位白发苍苍的老者，"天玑星"魏大通站起身来，对众人摆摆手，说道："请各位少安勿躁，不如听这位掌柜把话说完。"

周启观对魏大通行了个礼，继续说道："这学堂，我会建在真腊各地，称之为七节芒学堂。以我中原传承千年之礼教，教化真腊孩童。我要让这七节芒草在这真腊国的百姓心中，与仁义礼智信融为一体。不出两代，但凡看见这七节芒草，便会想起读书识字、以礼待人，以至于处事守节、修身齐家。正如人们看到梅，便想到高洁之士；看到兰，便想到谦谦君子；看到竹，便想到刚直之士；看到菊，便想到飘逸隐士。"

庄之茶听得也有点入迷，转头看看帕花黛薇，帕花黛薇的眼中泛着泪花。

展鸿鸣低沉的声音压过了众人议论："我对这位掌柜的大义深表钦佩。但今日之比试，比的是经商之道，而不是教化之道。"

这句话如同一滴落入冷水的热油，让现场又一次炸了开来。

台下众人，有为展鸿鸣叫好的，也有为周启观不平的。

但周启观的脸色却丝毫没变，他镇定地说了一句："展前辈，此事为教化之道，亦是经商之道。"

"哦？此话怎讲？"魏大通的白须，也不禁抖了一抖。

"在真腊城行教化之道，让百姓识文字、晓礼仪，我大元客商便可有更多的货物可以与真腊往来：文房四宝、书册典籍等。这唐人聚落也可对此种商品早做布局，开设笔墨工坊、印书工坊。待真腊百姓普遍识文断字，商品售卖更不止于吃穿住用行，还会有诗作、画作、唱曲。这真腊若如中原般繁盛，以诸位之智，自然可以做更大的营生。"

魏大通捋了捋胡子："你这人，有趣、有趣得很！"

苏十方起身，对周启观行了个礼，问道："这位掌柜竟有如此见地，敢问是否是教书先生？"

这话把周启观都逗笑了："并非教书先生，在我家乡向麓城，我只是一个不学无术、二十余年来混迹于码头的泼皮无赖。"

叶影娘忍不住喊了出来："一个不学无术之人，怎会想到在真腊开设学堂？"

周启观恭恭敬敬地朝三位长老拜了一拜，又转头向四方众人拜了一拜，神色庄重地说道："正因不学无术，才知教化之重要。到真腊，一路走来，沿途大把庙宇，竟无学堂。民风虽淳朴，却多无礼彪悍之人。学则正，否则邪。这些道理，在座各位，想必是比我这不学无术之人要懂得多。我追求之商道，并非简单的赚取差价，也非鼓动与民争利，而是如吴哥城门之上那四面佛像，心中装着芸芸众生，力求让每个人都能获益。由此，便可天下大同，江山胜览。"

魏大通捋了捋长长的白胡须，说道："这位小友，从不学无术到教化之道，此等境界，绝非一朝一夕达成。老朽很想知道，是什么让你悟到此番商道？总不会是那吴哥城上的四面佛头？"

周启观的脸上，浮现出了一抹笑容，一抹让人看不透的笑容，他缓缓说道："在我被朝廷征召来真腊之前，在我的家乡向麓城，曾看到一幅画。"

此话一出，庄之茶突然感觉到一旁的帕花黛薇绷紧了身体。

"此画，为我至交好友王展羽所绘之《江山胜览图》。"周启观的眼睛掠过在场的每一个人："此图卷有十五尺有余。"

现场顿时响起一片惊呼。每个人都忍不住用眼环顾，用手比画，在现场量出十五尺的距离。

"这《江山胜览图》，绘的乃是我向麓城及近边州府之胜景，有天台的石梁飞瀑，有我向麓的滔滔瓯江，有商贾云集的宿觉码头，还有那自古便闻名天下的江心屿。"

"向麓城，宿觉码头，江心屿……"在场亦有不少温州人士，听到这里，忍不住激动得涕泪涟涟。

"图卷中，是一派国泰民安之象。群山环抱，大江奔流，江海交汇处的宿觉码头，众人皆身着襦袄衫裤，有人家迎娶新妇进门，有人虔诚敬佛，有人骑驴前往山水处，有人在戏台唱响麓杂剧，有人卖艺耍把式，有人对局蹴鞠。更不要说那江中往来的船只和闲杂人等,他们运货的运货,捕鱼的捕鱼。瓦肆勾栏处,尽是人间烟火。"

此刻,四下无声,所有人都竖起耳朵,听周启观说图卷之事。

"我见得这旷世宝画之后,在向麓登高,望这山河人间,苦苦思索他是怀着各种心境,居于深山之中,却能绘下这江山胜览。我便觉也应动身去寻找属于自己的江山胜览,这才漂洋过海来到真腊,将民间疾苦挂于心间,以商为钥,思索是否能将这蛮荒之地变成安居乐业的桃源之所,尽绵薄之力。"

"说得好啊!"

"这才是为商的正道。"

"来看此次商魁会赚到了,竟能听到此种道理。"

庄之茶听得热血沸腾,喊了一嗓子:"水德楼的周掌柜说得好啊!"

"好!"四下里,叫好声越来越多了起来。

庄之茶心中大喜,对着帕花黛薇挤眉弄眼:"这下我们赢定了!"

"且慢!"

这时,一个很奇怪的声音破空而来,压住了所有人的声音。

这个声音,给人一种既圆润又尖锐的印象,还有一种说不上来的威压感,让人心生畏惧。

这个声音接着说道:"不思复国,甘当走狗,还配在这儿说什么天下大同,安居乐业!"

众人顺着声音的方向看去。只见三位长老的身后,不知道什么时候站了一个人。

三位长老忙起身,给身后之人行礼。

庄之茶的声音颤抖了起来:"他就是梁思宋,天枢星梁思宋!"

第十八章
神象凭空救乱局

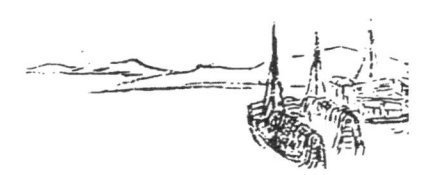

紧随而后，一番大论破空而来："羯来南海上，人死乱如麻。腥浪拍心碎，飙风吹鬓华。这首文天祥大人悼念宋军的诗言犹在耳。我大宋皇帝、陆秀夫大人、十万宋军将士的尸骨，如今还在这茫茫汪洋漂流，寻找故国的踪迹！国破山河才十余年，你们这些宋人，就已经卖国求荣，过上了安生日子！还大摇大摆，满面得意，以那狗元廷特使身份，来到真腊，甚至胆敢进入我这唐人聚落，我怕你是不要命了！"

梁思宋的神色充满仇恨，一番慷慨之语后，台下所有人望向周启观的神色，不由自主也从倾慕变成了仇视。

"来人啊！给我将这走狗拿下！"

周启观看到魏大通、叶影娘、苏十方三人露出了不赞同的神色，似乎有意伸手阻拦，但四个缁衣劲装的蒙面男子，已经无声无息地落到了舞台四周，朝周启观扑来。

庄之茶大叫一声："不关我的事啊！"抱头蹿到了一边，很快便蹿进了人群。

帕花黛薇一个箭步，挡到了周启观身前，也不知道她娇小的身体中爆发出了怎样的能量，她突然喝了一声："退下！"

这时，叶影娘将金秤一挺，也喝了一声："别动那个女捐客！"

蒙面男子愣了一愣，帕花黛薇抓起周启观朝台下跳，二人踩着七节芒的稻草堆跳到台边，向外圈跑去。

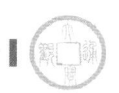

梁思宋疯狂大喊："你们已经逃不出去了！我早已命人围住了这个会场！"

果然，更多的黑衣人从人群中冒了出来，向二人追去。

周启观推了一把帕花黛薇，大声说了句："你走！"

帕花黛薇说："我不走！我要保护周大人！"

周启观："你放心！今日来，我就是为了打听宝画的下落，但如今还看不出宝画是否与唐人聚落有关，或许被他们抓了，我还能获得更多线索。你回去，通知罗爷，罗爷一定有办法救我！假如罗爷没有办法，你派人将情况通报给在外巡查的许成杰大人，他也一定会想办法！"

帕花黛薇说："我……我不能让你冒险！我有我的办法！"

说完，帕花黛薇摸了一下腰，似乎是要掏出什么东西。

就在这一刻，突然整个台子，包括脚下的土地，都颤动了起来。

众人惊诧地望过去，只见人群后，一头巨象奔走而来。

现场瞬间像炸开了锅，所有人都在慌不择路地乱跑。

那巨象背上站着二人，其中一个人一身驯象师打扮，另一人就是庄之茶。

庄之茶站在巨象上，对梁思宋行了个礼："见过天枢星梁大人！对不起，这个人我今天必须带走！"

梁思宋眼中杀气腾腾："就凭你？"

庄之茶笑着说："当然不是凭我，而是凭这头巨象。如果你不按照我说的做，这巨象要是发起疯来，在这唐人聚落大街上跑一圈，你这当头领的，当要如何？"

魏大通伸手拦住梁思宋："将军，此人无非就是一个小小的元廷使者，要抓他，日后派人抓了便是。今日这局势，万不可拿民众之安危和这般混混做交易。"

苏十方也连忙说："魏老所言极是，日后再擒拿也不迟啊！"

叶影娘只是盯着帕花黛薇，眼中充满忧心。

巨象背上放下一把软梯，庄之茶冲着周启观和帕花黛薇大叫："快上来啊！还愣着干什么！"

帕花黛薇拉起周启观，往软梯跑去。周启观托了一把帕花黛薇，让她先上，自己刚跨上软梯,巨象就已经准备扭头跑出去。

大象转过身来,周启观得以与梁思宋面对面,倚靠着大象巨大的身形,周启观居高临下,对梁思宋喊了一句:"我一定会回来取宝画的!"

话音落下,驯象师已经驱使大象朝着离开唐人聚落的道路,一路稳健地慢奔而去。

待巨象走到吴哥城下,驯象师让大象跪地,三个人下来,惊魂未定。

庄之茶愤愤地说:"眼看要赢了,这梁思宋居然亲自出来搅局。他身为一方领袖,怎么那么闲?"

帕花黛薇只是紧张地看着周启观,问:"有没有看出宝画的所在?"

庄之茶马上凑过来,说:"你们是去唐人聚落找刚才周大人说的那幅画的?"

周启观点点头,说:"我感觉,宝画并不在唐人聚落。我最后冲梁思宋喊了一声我会回来取宝画的,他却一脸疑惑,这说明他对宝画的事情一无所知。"

庄之茶好奇地问:"那他如果知道,会是什么表现?"

周启观答道:"按照梁思宋的性格,眼里应该会是毫无畏惧的杀气。但我喊出那句话的时候,他露出的神情是不解。"

庄之茶:"他就不能是装的?"

周启观说:"他不会装,也不需要对着我这么个小角色装。今日得见梁思宋,我便明白了,以他的性格,若是真的取得了宝画,他一定会在唐人聚落开一个鉴画大会,更有可能是毁画大会,以此来向元廷使团示威。"

庄之茶点了点头,松口气说:"我算是明白了,你们去唐人聚落是为了寻画。"

帕花黛薇说道:"那现在画不在唐人聚落,按照罗爷的分析,就只能在……"说到这儿,帕花黛薇突然停了下来,看了看庄之茶。

庄之茶顿时叫了起来:"刚才我都救了你了!你难道还不相信我吗?我可是冒着得罪唐人聚落长老们的风险救的你们!我以后也别想在唐人聚落混了!牺牲这么大,你们还不信任我!"

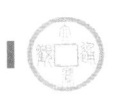

周启观笑道:"不是不信任你,只是此事与你无关,听了对你有什么好处?"

庄之茶说:"现在得罪了唐人聚落,也别想开什么水德楼了,反正也没事干,帮你们找画呗,好玩!"庄之茶顿了顿,又嬉皮笑脸道:"你们会给我佣金的,对吧?"

周启观也跟着笑笑,突然问道:"你此前不是说,唐人聚落长老会有七个人吗?如今我们已经见到了四个,那还有三个是谁?"

庄之茶掰着指头,说:"今天我们见到了头领、梁思宋和魏大通、苏十方、叶影娘。另外三位,天璇星安陆泰是一名武痴,他从不过问唐人聚落的其他事宜,只是一心练功,负责训练唐人聚落的武力,我们看到的那些蒙面护卫,全部都是安陆泰训练出来的高手。"

庄之茶继续说:"开阳星,名叫桑汉芒,他是真腊人,但身份很特殊,他既是唐人聚落的长老,又是吴哥朝廷派往唐人聚落的官员,相当于唐人聚落的父母官,但这个父母官,在长老会中也只能排第六位。桑汉芒其实是勤勉的好官,一直在为唐人聚落与吴哥朝廷之间的关系稳固奔波。"

说到这里,庄之茶突然压低声音说:"长老的最后一位——摇光星是最为神秘的。从来没有人见过他的样子,也不确定他叫什么,可能他此时就在我们身边。"

帕花黛薇吐了吐舌头,抬头四望,庄之茶继续低声说:"别看了,要是被你看出来,他就不叫摇光星了。和其他六位长老不一样,摇光星负责做唐人聚落那些最隐秘、最见不得光的事情。至于是什么事,或许确实没人知道,又或许……"

庄之茶做了一个"抹脖子"的动作:"知道的人,都被封口了。还有很重要的一点,知道他真实身份的,只有梁思宋一人,其他长老都不知道。"

周启观和帕花黛薇面面相觑。

周启观叹了口气:"假如宝画的丢失与唐人聚落长老会有关,那唯一有可能做这个事情的,就是摇光星了。但假设摇光星盗了宝画,又瞒着梁思宋,那他到底想做什么呢?"

庄之茶也叹了口气:"真是越想越复杂了。"

173

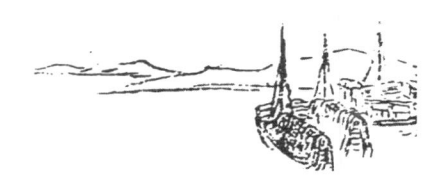

第十九章
皇宫艳色与暗影

回到精卫庙,回想这一段时间的经历:从踏入真腊,到皇宫辩论,再到立足吴哥,后又经历宝画被盗,进入唐人聚落……种种经历,像一幅画卷一般,在周启观的脑海中展开。

他觉得自己距离真相很近,又觉得自己可能永远也触及不到真相。

迷迷糊糊中,周启观被一束光照醒了。

是帕花黛薇举着灯火站在他面前,"大人,我睡不着,找罗爷说了今天的事。罗爷说,既然这条路走不通,那就去另一条路试试。"

周启观说:"我也这么想,但还没想好该怎么走。"

帕花黛薇说:"按罗爷之前所说,这宝画只可能在两个地方,要么是唐人聚落,要么是吴哥皇宫。"

周启观说:"我明白,因此我打算明天去吴哥皇宫探探虚实。"

帕花黛薇眼中,闪着一道兴奋的光芒:"你以使者身份,公然进入吴哥皇宫,那必定惊动盗画之人,届时定然查不到结果。但罗爷告诉了我一条密道,借由这条密道,可神不知鬼不觉进入吴哥皇宫。"

周启观还在思索这意味着什么时,帕花黛薇快速说道:"周大人,今晚我们俩夜探吴哥皇宫,如何?"

一拍即合！二人起身，走出精卫庙。

周启观此刻才发现，今晚居然是个无月之夜。

没有了月光的照拂，吴哥城更显得神秘莫测。

罗爷带着孩子们在外等候多时，罗爷递上来两个发光的纱笼，里面都装着百余只萤火虫。

一个百来只萤火虫的纱笼，大约也就一支蜡烛的光亮，但在这样的黑夜，足以让人看清眼前五步的道路。

罗爷说："知道你们今晚要去做重要的事情，我和孩子们帮不上什么忙，就送你们一丝光亮吧。"

提着萤火虫纱笼，二人无声地踏过吴哥城微光摇曳的街道。虽然来吴哥城已有数月，但对于夜晚的吴哥城，周启观一无所知，帕花黛薇也并不熟悉。而罗爷显然已经安排好了一切，每隔一段路，都会有一个孩子提着灯笼，出现在街道拐角为他们指路。

兜兜转转，二人距离皇宫越来越近。到了皇宫边，最后一个接应他们的，正是那日带领小流浪汉来找周启观的拉玛。

拉玛恭恭敬敬地向周启观和帕花黛薇行礼，在罗爷的调教下，他脸上时常挂着的窘迫已经消失，如今看起来，是一副既有礼貌又干练的样子。

看着拉玛蜕变的模样，周启观突然冒出个想法："我在拉玛这个年纪，也曾是向麓港一个浑浑噩噩的'鬼见愁'。如今，我在别人眼中，不知道会是怎样的？"

拉玛指着一棵歪斜的巨树说："沿着这棵树往上走一会儿，便有一道裂缝，走进去，便可到达皇宫内。我们只能送两位大人到这里了。不过，我会一直守在这儿接应你们。"

周启观拍了拍拉玛的肩膀。接着周启观和帕花黛薇便沿着巨树歪斜的树干，向上走去。

沿着巨树攀爬而上，很快就踩到了砖石。周启观听闻，吴哥皇宫的砖石，在烧制时曾加入香蜜,因此有一股特殊的味道,此刻他们就笼罩在这样的味道中。但周启观并不知自己身在皇宫何处,毕竟萤火虫纱笼的灯光太过晦暗。

但周启观很快发现,帕花黛薇对这条密道轻车熟路,但他并不感到惊讶。

对于帕花黛薇的身份,他心中已经有答案,之所以不提,只是因为他想得到的答案并不是"帕花黛薇是什么人",而是"帕花黛薇想做什么"。

二人在黑暗中踱步,却并不安静,因为四周远远近近的,总是会传来一些低语,一些娇笑。每当有声音响起,帕花黛薇就会羞红脸。

"这条密道,知道的人其实不少。这皇宫男男女女多了,会趁着无月之夜出来私会。大家也都心照不宣,各不打扰。"

"所以,"帕花黛薇不好意思地说,"也不会有人特别注意到我们。"

一个"可爱"的念头,掠过了周启观的心。回想来真腊这段时间经历的点点滴滴,和帕花黛薇共同经历了不少事情……在周启观眼中,帕花黛薇是天真的、懵懂的,但关键时刻却令人惊奇,危难时刻会挺身而出,挡在他身前。

帕花黛薇是一个让人觉得安心可靠的伙伴,但今天,在这样的夜色之下,两人守着萤火微光,行走在一团浓情蜜意如幽灵般浮现的黑暗中,周启观意识到帕花黛薇还是一个小姑娘,一个十几岁、情窦初开的美丽姑娘。

想到这儿,黑暗之中便涌动起一阵香味。或许是皇宫中种植着的鲜花,或许是来自于帕花黛薇的。

周启观忽然又想起他与帕花黛薇初见时,他问她名字的含义,帕花黛薇回答:"花之神。"

异国皇宫,无月之夜,花之神。

脑海中浮现着种种过往,种种幻境,二人走到了灯火之处。

灯火不算通明,但足以照亮一片区域。

周启观抬头,只见黑色的石头堆叠出一摞摞三角房顶,这是王室寺庙最普遍的样子。顺着灯火望去,他看到了来真腊后,所见到的最无法形容的景致:一张张巨大的脸,或嵌在房顶,或独立成柱,带着饱满的微笑,俯瞰着来到此地的人。

"这里所有的人面神像,都是同一个人——伟大的先祖王阇耶跋摩七世。"帕花黛薇望着那些笑脸喃喃地说,"在皇宫中,人们一般不会直呼他的姓名,只会用一个词去称呼。"

"这个词很温柔,仿佛先祖的呵护与庇佑。"帕花黛薇的脸上露出了与巨大人脸神像一样的笑容,"叫'高棉的微笑'。"

"高棉的微笑。"周启观抬头仰望灯火照亮的笑脸。

"一切的烦恼,一切的愁苦,都可以在这座神庙中,找到答案。"帕花黛薇面带憧憬说道。

"帕花黛薇。"周启观突然产生了一种强烈的愿望,他想问出那个在他心中盘踞了太久太久的问题。

帕花黛薇转过头来,盯着周启观,目光清澈,似乎有一团火在烧。

"你到底是……"话到嘴边,正如箭在弦上,不得不发了。

突然,洪亮的人声与重重的脚步声从不远的地方传来。

"今晚,我已让内应把这《江山胜览图》暗中送进唐人聚落,明天便可以与许成杰集结起来的元人一道,以寻找宝画为由,攻入唐人聚落!"

第二十章
"高棉微笑"窥阴谋

这句话包含的内容实在太多,周启观当场愣住,几乎是下意识地拉起帕花黛薇,躲入了一处"高棉的微笑"之后。

"高棉的微笑"后面有一道石缝,里面是彻底的黑暗,看不到外面任何情景。也许是视觉被遮挡了,听觉变得异常清晰起来。

另一个较为尖锐的声音响起:"许成杰集结的元人,现在到哪里了?"

洪亮的声音说:"根据探子来报,明日午后可到达吴哥城,约莫集结了一千人。"

尖锐声起:"人是少了点,但是加上我们的人和野人,干掉唐人聚落那些不听话的长老,也足够了。"

周启观此刻明白了,觐见真腊国王之后,许成杰就说自己要去真腊各地建立驿站,看来建立驿站是托词,实际上是前往各地集结元人,来对付唐人聚落和梁思宋。

一个尖锐的声音又说道:"总算等到了这一天,梁思宋这个人太过强势,而且不好掌控。任由唐人聚落这么壮大下去,很危险。"

周启观在脑海中迅速将此次事件串了起来:吴哥皇宫中,有人对唐人聚落虎视眈眈,想对付掌控唐人聚落长老会的心思由来已久;而这次元人使团来到真腊,许成杰或许是提前接到朝廷秘密任务,又或者是到达真腊后与吴哥皇宫中人达成一致,要铲除以梁思宋为核心的长老会,培植自己的势力以掌控唐人聚落。

"一切事件形成一个漩涡,围绕《江山胜览图》开始转动。"周启观喃喃自语。他如今也明白了，为何许成杰故意让他看王展羽的《维摩不二图》，就是为了引导自己拿出《江山胜览图》。到达吴哥后，再寻一时机将《江山胜览图》偷走。这画从周启观的手中被偷走，比从许成杰的元军护卫队中偷走更有利，因为他和他的手下不需要负任何责任。

想到这里，周启观只觉得手脚冰凉。

他发现自己还是天真了，作为一介商人，他纵然有远大的抱负与异于常人的才能，但在错综复杂的家国争斗中，自己只是一枚小小的棋子。

黑暗中，一只温暖的手，突然握住了他冰冷的手。

那是帕花黛薇的手，纤细，却踏实。

黑暗中，他看不清帕花黛薇的脸，却能感觉到一份信任与炽热，抚慰着他的心灵。

帕花黛薇捏了两下他的手心。

周启观觉得自己脸上不知不觉地挂上了笑容，他也回捏了一下，告诉帕花黛薇，也告诉自己："一切都有解决之道。"

洪亮的声音又自黑暗中响了起来："明日正午，所有人集结于东城门。以日落为信号，王国军、元军、野人，按计划行动！"

"事成之后，那画记得护好，给我留着。"二人的脚步声远去，尖锐的声音得意地说道。

"护好画。"周启观亦在心中默念。

直到周围再次陷入一片死寂。周启观和帕花黛薇才从"高棉的微笑"后走出。

这时，他们才发现彼此的手还是紧紧地握在一起。

帕花黛薇脸一红，但也并未抽手，只是轻轻地、坚定地握着。

周启观转头，望向他们方才藏身的"高棉的微笑"。

这微笑中有慈悲，有笃定，有洞察一切后的透彻。

"帕花黛薇。"感受着掌心传来的温度，周启观动情地唤了一声。

"嗯。"帕花黛薇温柔地看着他。

周启观说:"我想明白了,即便是一颗棋子,也要做决定战局胜负的那颗棋子。"

帕花黛薇把手又握得紧了一些:

"无论你做什么,我都会支持。"

夜已深,二人携手走过黑漆漆的皇宫。

周启观再一次回头,望向被灯火照亮的"高棉的微笑"。突然有一种有趣的感觉:远远望去,这个笑似和帕花黛薇有几分相似。

周启观任由帕花黛薇牵着在黑暗中行走,他已经不去考虑帕花黛薇的真实身份。甚至觉得二人就这样行走在黑暗中,走到天荒地老,也挺好。

刚走到入口处的大树,就见拉玛提着一盏灯笼,快速从黑暗中出现。

周启观拍了拍拉玛的肩膀,说:"我要给你分配一个任务。"

拉玛兴奋地点了点头。

"你的任务就是捣乱。在丛林中下陷阱,会吗?"

"别的不会。这个一定会!"拉玛已经比划起如何制作陷阱了。

"有一群人,一千多人吧,也可能两千,都是唐人,他们明天会从吴哥城南门外过来。你的任务,就是带着你的小兄弟们连夜在丛林中设置各种陷阱。记住两点,第一,设置能够困住马匹前行的陷阱就好;第二,不要和任何人起冲突,尽量不露面,能逃跑就逃跑,没有任何事情比保护自己安全更重要。"

拉玛认真地点了点头。

"还有一点非常重要,"周启观说,"这件事情,只能你自己一个人知道。你现在就回去,叫上伙伴们连夜出发,但是到了南边的丛林再说要做什么。说完后,一定要特别留意,看看有没有人会在中途悄悄溜走。"

"溜走的,就是背叛大人的叛徒,是吗?"拉玛严肃地说。

"那也不至于冠以叛徒二字。"周启观笑了,"总之你记住,你和伙伴们的任务,就是拖延那支唐人队伍进入吴哥城的时间,多拖延一刻钟,就多一分胜利机会。现在,快步跑回去,叫上大家,越早准备、准备越多陷阱越好。"

"是!"拉玛飞奔而去。

望着拉玛跑远的背影,帕花黛薇不禁说道:"大人是想阻止对唐人聚落长老们的战事吗?"

周启观说:"并不想,他们的争斗,结果如何,我都无力扭转,也不在意。我只要盯着自己的目的就好,其他的,都是天命。"

帕花黛薇说:"那大人的目的是什么?"

周启观说:"我的目的只有那宝画,我会尽自己的全力,护住那幅画。"

帕花黛薇说:"让拉玛带领孩子们,拖住许成杰大人的人。然后我们怎么做?"

周启观:"我们回去找罗爷再商量下,无论如何,明天都得再去唐人聚落。"

帕花黛薇下意识把手放在腰间,而后说道:"大人去哪儿,我就去哪儿。"

回到精卫庙,罗爷正在院子里守着一个火堆。

罗爷拿着拐棍,在地上划拉着,谁也看不懂他划拉了什么。

"我们的客人,那位庄之茶呢?"周启观发问。

"他早就在房中休息了。你们去皇宫可有发现?"

"暂时没有发现。和帕花黛薇聊了一下,觉得那宝画还是在唐人聚落的可能性更大。当然还有一种可能,落到了野人的手里,所以,我连夜让拉玛带人去丛林的野人聚集地探查一下。明日,我要再去唐人聚落,正式拜会长老们。许成杰大人给我发了密信,说明日便要回来,我要在他回来之前,想尽所有办法,取回宝画。"

"那明日,我与你一同前往。我这把老骨头,有时候,或许也能派上用场。"

"不用,罗爷,您等帮我守着这里。"周启观说道,"这个事情,现在只有您才能做。"

"我明白了。"罗爷加了一块木头在火中,火势又旺了一些。

远远望去,三个人在空荡荡的院子中,围着一团火,有一股神秘的庄严感。

他们都知道,这个夜晚会很漫长,天亮之后,命运的齿轮要开始剧烈地转动,谁也不知道历史会朝着哪个方向绝尘而去。

第二十一章
偷梁换柱中"阳谋"

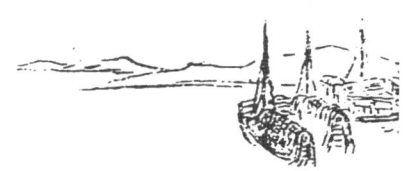

这一日,乌云压城,随之而来的,是一场罕见的暴雨。

大雨如注,行走在雨中,有窒息之感。

一辆黑色的马车,如同一条滑溜的鱼,在雨中行进,从吴哥城的东门出,径直往唐人聚落而去。

"我是无所谓的,你们这是赶着去送死吗?"庄之茶靠在马车内的茶几上,一边嗑着瓜子,一边透过晃动的车帘,打量着雨幕。

"没办法了,我的顶头上司许成杰大人今日要回到吴哥城,无论如何,我都得把那宝画弄回来。龙潭虎穴也得闯,死马当做活马医。"周启观似乎是有些举棋不定。

"先说好啊,今天我只是你们的向导,真要打起来,我不会站在你这边帮你。"庄之茶做了个惊恐的表情。

"知道了知道了。"帕花黛薇露出嫌弃的表情。

"你别这样看我啊。我也不是贪生怕死之辈。但这事儿跟我没关系,周大人您说是不是?"庄之茶嬉皮笑脸地说。

"嗯,感谢庄小哥。如果这次能有所收获,或者我还能活下来,我会在吴哥城帮你把水德楼开起来。"周启观笃定地说。

马车瞬间停住,停在一座院落门外一个巨大的凉棚里,凉棚大到能容纳几辆马车。驾车的马夫抖落了一身雨水,转身掀开帘子。

三人下车，只听得雨水用力打在凉棚顶端，如战鼓之声。

门打开，一位胖乎乎的管家出现在门前。

周启观拿出名帖，朗声说道："向麓商人周启观，特来拜会梁思宋及各位长老。"

胖乎乎的管家笑着收了过去，不一会儿，又笑盈盈地出现在门口。

管家脸上堆着笑，嘴里却说："我家家主说，周郎君这不怕死的劲儿，倒是让人捉摸不透。但请做好踏入这个门，就无法活着出去的心理准备。"

周启观哈哈大笑，说："在下贱命一条，你家家主若看得上，拿去便是。"

管家领着三人走入院落，入得门内，先是庭院，庭院中有假山巨树，似构成一套复杂的阵法，只见管家带领众人前行，忽左忽右，到处都是相似的景与亭，让人一时不知身在何处。且各处都有黑衣人守卫，一个个手握刀鞘，眼露杀意。

越往里走，景致越简单，黑衣人也越多。到了最后一座长廊前，管家笑眯眯地说："三位贵客，小人只能送到这里，接下来的路，要自行前行。"

周启观刚向前踏一步，突然一道黑影'忽'地直扑而来，一柄长刀朝着周启观面门劈下。

"啊！"庄之茶大叫一声，跳开三步之外。帕花黛薇脸色瞬间煞白，一时被那大刀的气势惊得愣在原地。

但周启观一动都没动。

那黑影的身形比一般人要高大，就连长刀看起来也比正常人所持的要大，就这样悬在周启观的头顶。

"你不怕？"那巨大的黑影说。

"您出手太快，我还来不及怕。等下怕了，再跟您说。"周启观说。

"哈哈哈。你这人倒是有趣得紧。"黑影把刀收了回去。

庄之茶磕磕巴巴地说："这位就是天璇星安陆泰。"

周启观对安陆泰拱手行礼，说道："安将军这柄刀，是护国安邦之器，杀不得宵小之辈。"

安陆泰听得此言,说了句:"你这人油嘴滑舌,却不让人讨厌。随我来吧。"

众多黑衣人静默站立,当安陆泰从他们身边走过,黑衣人便低头致意。他们走过长廊,来到一座大屋。进入大屋,但见一张巨型方桌。主位是一张虎皮大椅,上面坐着的正是梁思宋。其余各位长老并未坐于方桌之前,而是在大屋的各个角落安坐。

周启观对此前会过面的魏大通、叶影娘、苏十方一一点头致意,此次的七位长老,也仅多了安陆泰一人。庄之茶所说的真腊长官"开阳星"桑汉芒并未在场,另一位神秘的"摇光星",想来更是无从寻踪。

梁思宋坐于虎皮椅之上,开口说道:"你当真敢来寻死?"

周启观说:"不,我来求生。"

梁思宋阴恻恻一笑:"给我等什么好处,方可换你贱命?"

周启观也笃定一笑:"并非我的生死,而是诸位的生死。"

此话一出,现场顿时剑拔弩张。

周启观分明听到,安陆泰手中的大刀,发出了鸣响。

周启观却不等对方有所回应,直接换了个问题:"我想请问各位长老,我若是将一个有半人高的大物件送入你们这座庭院,放在某个地方,不被任何人知道。这容易做到吗?"

安陆泰不屑地说道:"你方才进来也看到了,到处都有岗哨,那还只是明岗,更有除我之外无人知道位置的暗岗。别说大物件,苍蝇进来都难。"

周启观又说:"那若是你们信任的人,比如某位长老,想带一个东西来,放置于你们的金库之中,而不被你们知道呢?"

魏大通说:"这更难办。金库物件的进与出,都有复杂的步骤。且不是一位长老就能完成的,至少需要三位长老在场见证……"

魏大通刚想继续说,被梁思宋打断:"问东问西,想拖延时间吗?"

周启观丝毫不理会梁思宋的问话,继续说道:"到目前,我已确定一件事:庭院,

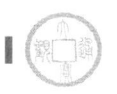

有各种明哨暗哨;金库,需要多位长老见证开启;因此,如果有个大物件被带进来了,那它不会在庭院,也不会在金库中。"

周启观将手一挥,又一落,说道:"而是在这个房间内!而且,是在你们眼皮子底下,被堂而皇之地送了进来。"

几位长老面面相觑。

梁思宋眼中杀气更重:"你到底想说什么?"

周启观说:"我想给各位讲一个阳谋,请各位耐心听我讲完。"

"这个阳谋,从元廷使团进入真腊就已经开始了。在座的诸位,就是这个阳谋的目标;那个物件,就是打开阳谋的钥匙;至于我嘛,不过是这个阳谋中一颗小小的棋子。"

不知不觉,所有人都直起了身子。

"这个物件,就是《江山胜览图》,我受了此画的感召来到真腊。而后,此画被呈于真腊国主前,名震吴哥城。如此重要的宝画,最后竟被安排由我这一介商人、使团首领随从保管,在万事俱备之后,宝画被盗。"

此前一直不说话的苏十方,此刻也按捺不住:"这与我唐人聚落,又有何关系?"

"关系就是,"周启观大声说道,"若那被盗的《江山胜览图》出现在此庭院中,那无论是吴哥朝廷,还是元廷使团,都可以此为借口,攻入这里。"

安陆泰将手中的大刀举起,发出铮铮鸣响:"想攻入这里,谈何容易!"

苏十方站起身来,对梁思宋行了个礼,说道:"宁可信其有,是否先做好布防?"

梁思宋点点头,又挥手做了一个动作,安陆泰往外走去。

经过周启观身边,安陆泰看了周启观一眼,眼中有肯定的意味。

安陆泰的这个眼神,让周启观安心不少。

梁思宋重新靠回虎皮椅,说道:"我如何相信你所说是真是假。"

周启观说:"信与不信,自然不能听我一面之词。其实说来也不难,只要我能在您这儿,找出《江山胜览图》。是否就能证明,我所言非虚?"

几位长老互相看看,各自点了一下头。

梁思宋也不禁疑惑起来："那样的物件,能够避开我们的视线,来到长老庭院中。而你这个外来人,第一天踏入庭院,就能找到?"

周启观笑笑说："一叶障目,不见泰山。挡住诸位眼睛的这片叶子,就是诸位视若无睹的日常起居。"

周启观开始在屋中走动,其余长老都只是盯着他,竟没人出手阻拦他。

走了一圈,周启观说："我冒昧问一下,近几个月,这厅堂中的家具,是否换过?"

这话问得叶影娘的金秤杆抖了一下,发出沉闷的响声,叶影娘说："几个月前的事,你如何得知?"

周启观笑答："我自小在大元国向麓城长大,向麓城的码头,是百工汇聚之地,自然对木造有所了解。此厅堂的柱与梁的年头,与这桌椅案几的年头,并不一致。故有此猜测。"

叶影娘不解："那又如何?"

周启观说："这盘针对唐人聚落的大棋,或许在元使团出发的那刻就已经开始,那时将这桌椅案几换掉为的就是今日能腾出一个藏宝画的空间。"

"啊?"此话一出,满座皆惊。

周启观平静地说："我已知宝画所在了。"

他将手放在了厅堂中间的巨型方桌上。

除了梁思宋依旧坐在那张虎皮椅上,换了一个饶有意味的眼神,注视着周启观,其他人都围了过来。

苏十方将双手安放在巨型方桌上,一边沿着桌子游走,一边四处叩击,很快便确定了一个区域。只见他将手掌贴在那个区域,细细地摩挲着。而后,他掏出一柄兽齿制成的饰物,轻敲桌面,桌面的一块居然翘了起来。苏十方捏住一拉,桌面赫然出现一道暗格。

暗格里摆着的,分明就是一幅大画轴!

就在众人来不及发出惊呼之时,安陆泰跟跟跄跄走进厅堂,大呼道："中招了!"

第二十二章
各怀心思生死道

安陆泰脸色惨白,豆大的汗珠不停冒出,他手上无刀,且一直在颤抖。

"有人在守卫将士取水用的井中下毒!"

魏大通迈步上前,凑近安陆泰身上一闻,说:"是十香返魂散。"

苏十方忙说:"今日武士取水处可有异常?"

安陆泰说:"无有异报!"

苏十方又问:"没有喝水的将士还有多少?"

"不足五百!"安陆泰说完,口液已控制不住地四溢,随即瘫坐座椅,陷入昏迷。

叶影娘冲到梁思宋面前,说:"宝画出现在长老厅堂之中,守卫将士被药迷晕,今日发生之事,果真如这周郎君所说。请大当家速下决断!"

此时此刻,梁思宋突然笑了,他笑得如此惬意,边笑边伸懒腰,然后对着周启观说:"死我是一点不怕,哪怕是在座的各位陪我死,那也是各位的造化不好。我就是不明白,你为什么要这么做?"

众人不解地朝周启观看去,但周启观明白:梁思宋不是在对他说,而是在对他身后之人说的。

他的身后,站着踏入厅堂便没有再说过一句话的庄之茶。

庄之茶此刻再也没有了那种嬉皮笑脸的姿态,他的面目之上,甚至没有一丝表情,就像戴了个与他的五官一模一样的面具。

"你一直思念故国,不想苟活于世,所以我成全你。"

"那这庭院中的其他人呢?唐人聚落的一众唐人呢?他们也都想死?"梁思宋追问。

"他们将走上正道。"

梁思宋哈哈一笑:"何谓正道?"

"商人经商,方为正道;插手他国朝堂之事,谋局夺国,才是死路。今日我计若成,死你一人即可;若让你完成夺国之谋,唐人聚落将全体给你陪葬。"

梁思宋的笑容又变回了那种轻蔑与冷酷:"不错,不错。倒是有几分我年少气盛时的模样。"

梁思宋随即看向周启观:"我原本是将他派到你那儿,当个细作;没想到,他在我这儿,早已是吴哥蛮夷与元狗的细作。"

周启观并不慌张:"《江山胜览图》与诸位无关,是我的宝物,我将其取回,各位请不要阻拦。"

众人面面相觑,周启观上前,从桌中取出《江山胜览图》的盒子,在帕花黛薇的帮助下,牢牢地捆在自己的背上。

庄之茶冷冷地说:"有意义吗?现在一切都在我的掌控之中。午时已到,诸位的性命也好,宝画也好,都握在我的手中了。"

周启观不慌不忙,说道:"前面的故事,我还没讲完。"

众人屏住气息,周启观继续说道:"宝画出现在唐人聚落长老庭院的议事厅中,吴哥朝廷与元廷使团双方联手,以找宝画为由攻入此处。他们会选择尽量少折损自己的将士,因此还会召集大量野人前来。因此,如果一切正常,现在外面已有三支队伍集结。"

"第一支队伍,便是吴哥朝廷派出的将士。"周启观拿起一个茶杯,摆在了桌上。

"第二支队伍,是我的上司许成杰这两个月来在真腊各地集结的元人队伍。"

周启观又拿起一个杯子,摆在桌上:"但第二支队伍,恐怕今日是赶不到了。"

庄之茶冷冷地说:"你如何知晓?"

周启观说:"昨夜发生了许多你不知道的事情。加之今早天降豪雨,回城的路定然泥泞难行,加上我的娃娃军捣乱的本领,估计他们到达吴哥已经天黑,且那时早已疲惫不堪。"

说完,周启观将这个杯子一推,杯子滚落一旁。

周启观又举起第三个杯子:"第三支,野人队伍,对付起来会更方便些,大多数野人,如野兽般易驯,集结几千野人,必然是需要提前准备,且这些野人定然会集结在某处,并不难打听。今日一早,罗爷便安排了海量的酒食,前往野人聚集的地方,以劳军之名,请他们吃吃喝喝。那些酒食,都是野人平日里见不到的,他们定然吃得很开心;当然,他们也不会想到,那些酒食之中被下了迷药。"

说完,这个杯子又被推倒了。

庄之茶踏步上前,举起桌上仅剩的一个杯子,厉声说道:"即便只有吴哥朝廷这批人,也足以攻入这里了!"

几位长老,此刻都盯着周启观看。

可惜此时,周启观也只是望着那个杯子,说:"从昨晚到现在,自从了解这个阳谋的棋局后,我这颗小棋子所做的,也只能是帮诸位拦住元人队伍和野人队伍,剩下的,靠你们自己了。"

魏大通第一个朝周启观行礼,说:"小友这番作为,我等谢过了。"

苏十方也面露感激,冲周启观行礼。叶影娘也向他点了一下头。

不知何时,屋外的雨已停歇,一阵劲风自庭院外猛烈地吹了进来。

这阵风中,有马蹄声、吆喝声、打斗声,且越来越近了。

一声巨响,最后一道庭院的门被一匹高头大马撞破,马上骑着一名戴着铁面具的真腊将军。随后从那破碎的门后,涌入越来越多的皮肤黝黑的真腊兵士。

从梁思宋的喉咙里,冒出了一句含糊不清的话,但周启观却听得真切:"那小子居然不是吹牛,还真的没见到元人,也没见到野人。"

而庄之茶的喉咙里,也冒出了一句含糊不清的话:"请诸位安心赴死。"

第二十三章
公主力挽恶狂澜

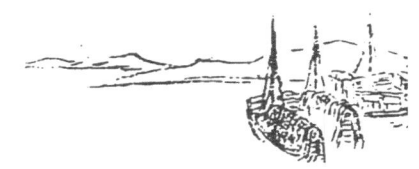

周启观将帕花黛薇护在身后。

魏大通、叶影娘、苏十方站在安陆泰昏迷的椅子边,护着安陆泰。

周启观扫了一眼,发现他们的眼中并无惧色。

梁思宋不紧不慢地从袖子中掏出一面黄旗,举过头顶,只是一挥——

"杀!"一阵由千百人汇聚成的威吓,从厅堂的四面八方传了出来。

这阵威吓瞬间镇住了步步紧逼的真腊兵士。随即,如同天降神兵一般,涌出源源不断的黄袍兵士。

黄袍兵士涌入庭院后,并不是阵列在前,而是分布于庭院不同的位置。

周启观此刻才发现,这庭院的陈设:一亭一树,一灯一石,都大有深意。伴随着黄袍兵士占据各个位置,在这庭院中俨然勾勒出一个防守式的阵法。

除了阵法,这群黄袍兵士还手持各种奇怪的器物,看来是攻城略地之用。

四位黄袍兵士架起一具器物,随着一阵绳索紧绷的"咯啦啦"的声音后,一柄石锤带着粗砺的风声,朝那领头的大马飞去。

石锤重重地砸在马之上,马随即嘶鸣一声,轰然倒地,马上的真腊将领摔入兵士之中,带起一阵惊呼,真腊军停止了前行的攻势。

梁思宋厉声对庄之茶喝道:"其他人不知道你摇光星的存在,你也并不知道黄袍军的存在。这才是我手中战无不胜的王牌!"

庄之茶脸色铁青,他从袖中掏出一面大旗。大旗迎风招展,露出上面的八手神佛,每一只手上,都举着不同的武器。庄之茶对真腊将士大声说道:"奉真腊国大将军武速卡的命令,拼死进攻!"

大旗舞动之下,真腊将士再一次沸腾起来,像柄黑色的箭矢呼之欲出;黄袍军则严阵以待,岿然不动。

一道翻涌的黑色巨浪,扑向一座金色的城池。

眼看就要兵戈撞击,血肉横飞。

千钧一发之际,突然一道红白相间的身影,直愣愣地冲到了两军中间。

是帕花黛薇!

她手上举着一块金色的令牌。

谁也想不到帕花黛薇纤瘦的身体里,居然能爆发出那样的能量。

她大喝一声:"本宫,真腊王国大公主隆都波荷娜,命令各位将士,放下手中的武器!"

真腊将领像一阵黑色的旋风一般,扑到帕花黛薇身边,看清那块令牌后,单臂高举,发出一声威吓,全体真腊将士便立在原地不动。

梁思宋也被突如其来的一幕惊到:"谁? 大公主?"

叶影娘深吸一口气,说:"是真的。昨日的商魁会,她在众人面前展示神乎其神的算盘神技。我当时就明白了几分,真腊国有此神技的女性,唯有真腊国主因陀罗跋摩三世那位聪慧过人的王后。

魏大通也点了点头,望向帕花黛薇,眼中流露出疼爱:"你的母亲年轻时跟你一样喜欢在民间周游,她曾在唐人聚落游学,当时我还教导过她算盘演算。那时,影娘也是我的学生,两人有同窗之谊。一晃那么多年过去了,她的女儿都这么大了。"

梁思宋一摸下巴,突然狂吼一声:"管他是王后、大公主,索性将他们全干掉,借此机会杀入吴哥皇宫。自己在这番邦,做个逍遥皇帝!"

此话一出,众人皆惊。庄之茶大吼:"你们听听! 他是不是疯了! 我是不是该反!"

梁思宋狞笑着,突然一挥衣袖。那战阵之中,飞出一支冷箭,直击真腊将军面门。

真腊将军下意识挥舞手中大刀,将弓箭打落。但第二支冷箭已经紧随其后,他已避无可避。

说时迟,那时快。帕花黛薇一个迈步上前,竟准备去挡下冷箭。几乎是同时,周启观的身影随着帕花黛薇的身影而动。当他挡在帕花黛薇身前之时,弓箭刚好抵达。

周启观已经来不及躲避身形,他下意识地一个转身,抱住了帕花黛薇。

那弓箭结结实实地射入了周启观的背部。

帕花黛薇发出一声哀切的尖叫,扶住周启观。

周启观的脸上,却未见任何痛苦的表情。

那箭矢,居然射中了周启观背后装有《江山胜览图》的木盒。

帕花黛薇伸出手去,一把折断了那柄箭。

竹制的箭杆戳破了帕花黛薇的手,鲜血滴落。

帕花黛薇举起那柄带血的箭杆,对准梁思宋,大声怒喝:"不许你在真腊的土地上伤害我的臣民!再敢造次,我将举全真腊之力将你粉碎!"

梁思宋的表情剧变,像是遭受了重重一击。

魏大通轻轻地将手放在梁思宋的肩膀上,说了声:"头领,到此为止吧。"

梁思宋脸色惨白,长叹一口气,说:"到此为止吧……"

真腊将军携真腊兵士,向帕花黛薇齐齐下跪,随后散去;黄袍军听梁思宋一声令下,便迅速消失在了庭院之中。

周启观小心翼翼地取下背上的画盒,万幸的是,箭矢穿透了木盒,触碰到了宝画,仅留下浅浅的一道痕。

梁思宋似乎瞬间苍老了。他对着帕花黛薇,端详良久,慢悠悠地从喉咙里冒出一句话:"代我向你母亲问好。"

魏大通、叶影娘、苏十方迎了上来,对帕花黛薇行大礼,又对周启观深深拜过。

魏大通说:"今日之事,全靠小友从中斡旋,才让我唐人聚落免遭灭顶之灾。"

周启观忙回礼道:"请各位勿要放在心上,我所做的一切,与其说是为了唐人聚落,不如说是为了我自己,为了这《江山胜览图》。"

魏大通说:"无论如何,这份恩情,我唐人聚落记下了。我唐人聚落有什么可以帮上忙的,小友尽管提。"

叶影娘接着说:"若是想在吴哥经商,有唐人聚落助力,定然顺风顺水。"

周启观笑道:"感谢各位长老。如今倒是真有一件事,希望各位成全。"

苏十方跨前一步,说:"请讲。"

周启观指了指被黄袍军制住的庄之茶,说道:"诸位不如就留他一条命,交给我带走,如何?"

庄之茶一脸震惊。

三位长老转头看向梁思宋,梁思宋整个人瘫在虎皮大椅上,面色阴惨地看着眼前的一切。

梁思宋说:"你要他何用?"

周启观说:"他不是个好细作,更不是一颗好棋子,但一定会成为一位好商人,今日脱胎换骨,他日堪当大用。"

梁思宋摆摆手:"罢了。"

又对庄之茶说:"我本想让你成为第二个我,但是你太沉不住气了。今日这局,筹谋得漏洞百出,你的确不适合干这些事。你跟他去吧,从此与我唐人聚落再无瓜葛。若他日无倾国的财富,也不要再踏足唐人聚落了。"

庄之茶愕然,继而下跪,朝梁思宋磕了三个响头,又跪在地上转过身来面向周启观,却被周启观一把扶住。周启观轻轻地在他耳边说了一句:"走,一起去把水德楼开起来吧。"

庄之茶闭上眼睛,流下两行热泪。

马车踏过唐人聚落的中心街道。

马车里,来时三人,回时也是三人。

帕花黛薇对周启观吐了吐舌头,小声地说:"刚刚最后那句话,是我母后教我的,她说:如果哪天梁思宋这个疯子对真腊人不利的时候,让你碰上,就对他吼出这句话。"

周启观点了点头:"看来在很多年前,发生了诸多我们不知道的故事。"

庄之茶问道:"你是什么时候察觉到我的身份的?"

周启观说:"不是我,是罗爷。那一晚,我们和罗爷坐在院子的篝火边,罗爷一边与我们嘴上讲着话,一边用手上的拐杖,写下对你的观察与猜测。"

庄之茶说:"只凭猜测,你就马上决定做这么多事了?"

周启观说:"其实,你是谁并不重要,重要的是我想要的结果,并用尽所有方法去达成。"

庄之茶若有所思。随即又问:"你坏了许成杰大人参与布局的好戏,你不怕他来兴师问罪?"

周启观把手放在身边的宝画木盒上,说道:"我所做的一切,都是为了寻回宝画。其他的事情,只是误打误撞碰上了。如今,宝画并未丢失,还让唐人聚落欠我人情。最重要的是,真腊国最为尊贵的大公主站在我这边。我还有什么好怕的呢?"

周启观望向帕花黛薇。

帕花黛薇羞涩地笑了,一如他们初见时的模样。

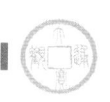

第二十四章
江山有梦寻密码

这一日的吴哥城,人人都在谈论,大元国向麓城来的商人周启观接到吴哥王朝大公主的邀请,进入皇宫觐见。但对于周启观来说,这是一次既熟悉又陌生的会面。

相约的地点,是那夜二人曾来过的"高棉的微笑"。帕花黛薇穿着华服盛装相迎。那些巨大的微笑雕像,在阳光的照射下,愈发显得威武且慈悲。

"周大人!"

"公主殿下!"

二人相视一笑。

"这段时间,承蒙周大人照顾了。"

"是您一直在照顾我,如果不是您在身边,我大概不知不觉间都死好几次了。"

"跟着周大人,我学习了很多。"

"其实,我一开始就察觉到您身份不凡,我不想追根问底,就是想弄清楚,您屈尊留在我身边的目的是什么。"

"没有屈尊,也没有那么复杂的目的。这其实只是一位母亲的心愿。我的妈妈年轻时候,曾四处游历,遇见过形形色色的人。她受过唐人的好,也帮助过许多唐人。她鼓励我也多出去走一走她当年走过的路。"

"周大人,"帕花黛薇的声音变得局促,"……您愿意留在我身边吗?"

"什么?"周启观一下子没反应过来。

"留在我的身边,就是……"两朵红云飘上了帕花黛薇的脸颊,"这一路走来,我敬佩你的筹谋,更想实现你所说的,孩子们可以读书识字,每个人都可以安居乐业的真腊。有你在我身边,我一定能更快做到。"

"大公主,不,帕花黛薇。"周启观轻叹口气,平静地说道,"一切都还太早。"

"您说的太早,是什么意思?"帕花黛薇似乎有些委屈,显得更加娇憨动人。

"《江山胜览图》,你我都已经看了无数次了。我时常会想一件事:我那画痴朋友,究竟是怎么画下这幅画的。他定是爬到向麓城最高的山上,攀上最高的大树,凝望着大好河山,然后,才一笔一画、一点一滴地将他的所见、所感勾勒而出。"

"是啊!"帕花黛薇的眼神不禁眺向远方,仿佛也在看着一幅壮阔图景。

"如今这江山胜览已经完成,若是你,你会如何?"周启观望向帕花黛薇。

似乎是感受到了周启观的心意,帕花黛薇思考着说道:"我会想看,这向麓城的江山之外,是否有更多的山河。"

周启观欣慰不已,这世间除了王展羽,又多了一位真正与他心意相通之人,不禁感慨万分:"我一直和别人说,我之所以来到真腊,是受了《江山胜览图》的影响,我也要像我的展羽兄那样,用自己的方式,画下属于我的江山胜览,人生长卷。但是,就目前而言,还远远不够。"

周启观正色说道:"您刚才问我,是否可以留在您身边,实现我说的那些大同天下。以我们当下的经验资历,还远远不够。你和我,都需要更多的历练,我会重新启航,去海上寻访更多的国家,看尽这天下苍生的种种样貌。我会回到中原,带回来更多书籍与物品。你也要多向你的母后学习,学会如何在这宫廷中斡旋。直到我们都有足够的力量,撑起你我共同的治世理想。"

帕花黛薇眼中含着热泪,她抬头望向周启观,发现周启观眼中同样泪光盈盈。

"所以,我不能留下,但我会继续征战四海,画一幅属于你我的江山胜览。"

"我会记下周先生的江山志向,也会记下周先生的沧海情深。无论你将来去往何方,我都会在这儿,等你归来。"

第二十五章
落花时节又逢君

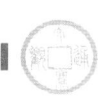

至治三年(1323),元大都。

暮春时分,天朗气清,惠风和畅。元朝大长公主在城南的天庆寺,举办了一次盛大的文人雅集,满桌的珍馐美馔,满座的风雅才俊。

公主雅集的气氛与兰亭集会大不相同,与会人士皆是奉公主之命前来雅集的当朝臣属。这其中,一位容颜清冷的年长男子显得有点特殊,他是为公主此次空前雅集盛会做记录的汉人文官袁博章,亦是书院山长,世人称清容居士。

酒宴期间,众人品题书画亦是奉公主之命而作,题跋"奉皇姊大长公主命题",显示各位雅士恭敬谨慎的态度。一番鉴赏题作后,袁山长以"礼成"称之,然后在自己现场记录的文书上,点明题上年月,"以昭示来世"。合上文书,封面上的几个大字赫然写着——鲁国大长公主图画记。

除了众多文人雅士之外,此次雅集更安排了客商座席。这些客商可非同小可,他们大多都是腰挂"皇家钦定"的腰牌,可以代表大元朝廷东奔西走进行贸易的。

其中最让袁博章感兴趣的客商,是一位叫周启观的。

周启观四十余岁,来历非同小可,他名下的商号"大胜览"与"水德楼",以真腊国为中心,在东瀛、高丽、南洋诸国均有驻点,他本人更被人称之为"真腊唐人第一人",掌管着真腊国的唐人聚落。

二十余年前,周启观以"钦使"的身份,远赴真腊。随后更是集结商船,在海上各种经营。足迹遍布东洋、南海、天竺、大食国。

有一点是让袁博章觉得很诧异的,就是这样一位天才的商界巨子,却一度被排挤于海外,直到今年才得到朝廷恩赦归来。

然而,身为文人,袁博章更感兴趣的是周启观写的一本书——《真腊风土记》。经商的人多,写书的却不多,写一本"海外风土记"的,那更是少之又少。袁博章读过书后,不禁为书中所绘的海外风情深深吸引,当即下帖拜会。二人一见如故,志趣相投,相谈甚欢。至于袁博章心中那个疑问,周启观也是轻描淡写:"曾得罪过朝廷命官,不值一提。"

此刻周启观坐在众商中间,习惯性地盘算起今日雅集书画之价值,今日的收藏也的确惊人,四十件书画,件件振聋发聩:包括唐宋书法、宗教画、山水画、花鸟画、人马走兽、龙鱼杂画等,有标出时代与作者的作品中,以宋代绘画为最大宗,包括梵隆、萧照、燕文贵、黄庭坚、赵昌、宋徽宗等名家手笔……

袁大人又向周启观介绍,座上的这位大长公主是一位天选之女,她的胸襟和见识,不是一般女人所能拥有,甚至有些帝王将相也不及她!

"大长公主"这个名号,周启观听在耳朵里,自然也是会心一笑。他也有一位结交多年的"大长公主",虽不及大元的大长公主这般冠绝天下,但论心怀家国、风姿动人,也是丝毫不输的。

在海外漂泊二十年,对于大元的诸多消息,都是道听途说。不如听袁博章大人说得那么真切:元世祖特地将大宋内府所藏典籍、书画自杭州北运至大都,成为蒙元皇室的收藏,并大开府库诏许官员入内观览,这来自蒙古草原的黄金氏族,就因为这位元世祖的曾孙女祥哥剌吉、当今大长公主,才在元朝上下坚定不移地推行了儒家文化。元武宗至大元年,大长公主在山东曲阜主持祭孔大典,立下了《皇妹大长公主懿旨释典祝文碑》,禁止他人亵渎孔氏家族的林木土地。

这般听来,周启观对于这位大长公主的钦佩便又增了一分。

雅集之上,盛装的大长公主,又命宫娥奉上一幅字画。

周启观的心,如同海上的波浪,掀起了阵阵暗涌!

他分明看见了那熟悉的字体——画幅前隔水处有宋徽宗瘦金书题的《展子虔游春图》!

他的心狂跳不止。

果然,公主侧身对身旁的袁大人轻声吩咐:"召孤云先生上前。"

"在下王展羽,拜见公主殿下!"应声而来的,是一位玉面修生、风姿俊逸的中年男子。

泪水瞬间浸满了周启观的眼眶。

旁边有了解这位"孤云先生"的,已经在得意地对众人说道:"这位先生,姓王名展羽,江浙东南人氏,他的画作不用世人如何评价定夺,只需知道仁宗皇帝欣赏他的画作,特赐号'孤云处士',便可知其才华了!"

见王孤云拜上,公主亲自移步来到眼前,对他说:"孤云先生的《伯牙鼓琴图》,本宫也欢喜得很呐!画中那伯牙横琴膝上,左手吟、猱,右手勾、挑,太古天地之音,泠然而出;那子期双目下视,凝神入定,细悟琴音之妙。你能以如此凝练的手法再现了千古年前的知音之情,难得啊难得!只可惜,皇兄已将如此人间至雅宝揽入怀中,我不能夺皇兄之好。真是羡慕又无奈啊!"

王孤云深深作揖:"谢圣上与公主殿下的厚爱,拙画之所以能赢得真主隆恩,那是因为臣将凝聚了二十年的知音之情,都汇聚在这幅画作中!"

公主大为好奇:"哦?不知先生画中的知音如今身在何方?"

还没等王展羽作答,席中的周启观已完全绷不住了,颤抖着站起身来。

公主身旁的侍卫瞬间拔刀警戒。

第二十六章
江山胜览有遗篇

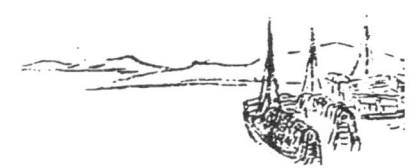

大长公主祥哥剌吉只是望了一眼周启观,便伸出手去,阻止了卫士。

周启观的眼中满载深情,心思玲珑的祥哥剌吉如何看不出来。顺着周启观的视线,大长公主又望向孤云先生。

孤云先生已经呆愣在现场,这副样子,莫说是孤云,简直就是"孤木";随后,这孤木渐渐发红,并如遇到疾风一般,颤抖了起来……让祥哥剌吉莞尔一笑。

"莫非,他就是你说的知音?"祥哥剌吉指着周启观,对王展羽说道。

现场所有的人,眼光都聚集在二人身上。

周启观对着满堂的宾客拱手,又对着祥哥剌吉行跪拜大礼,毕恭毕敬说道:"禀大长公主,我有孤云先生二十余年前的一幅画作,不知能否在今日之雅集奉上,与大长公主、诸位大人品鉴。"

祥哥剌吉的眼睛一亮,她瞥了一眼王展羽,道:"好哇!孤云先生居然还有我不知道的画作。再不拿出,都可以治一个欺上瞒下之罪了。"

众人悬着的心,也随着大长公主这句说笑,全都松了下来。每个人都兴奋又好奇:这到底是一幅怎样的画作。

于是,当《江山胜览图》的长卷被缓缓打开时,元大都城南的天庆寺顿时红光辉煌,直冲天际,那耀眼的光芒,照亮了往后六百多年中国书画的漫漫长河!

只是一眼,祥哥剌吉的眼睛便离不开这幅画了。

如果仅仅是一幅山水图,倒也罢了。但是画作中,有这个马背上的帝国里最懂艺术的公主所从未见过的旷世烟火!

她很快就看明白了:《江山胜览图》画的是农历四月初八浴佛节那一天,那个她曾经想象过无数次却从未去过的帝国东南的百姓生活。

现场鸦雀无声!所有人沉浸在画中。甚至觉得自己仿若成了这画中的人物……

良久,公主绣口一吐:"孤云先生,画中真乃是我大元的大好江山啊:如梦如幻,如雾如电!众所周知,本宫从未收藏过当朝的画作,今天为先生破例一次,本宫且为圣上先收着,这可是我大元的江山啊!"

尾　声

数日后，京城运河边上，枯枝开始冒新芽。两匹白马在旁边啃着初春的青草。

码头上，一间普通的茶肆，晨曦如盖，罩着两个已不再年轻的身影。

二人彻夜长谈，诉说着这二十年来彼此的经历。此刻天色渐亮，便出来喝一盏茶。

"展羽兄，此情此景，像不像你我儿时，向麓城宿觉码头边的茶摊。"

"启观兄，若真是在宿觉码头，那这眼前便是一条大江，江上有孤屿，孤屿中有佛寺……"

周启观不禁笑了："你的脑袋里，到底装着多少河山。"

"莫说我了。"王展羽将思绪收回，问道，"你接着往下说，你那些在真腊的朋友，如今都怎么样了？"

"十五年前，罗爷已仙去，他年轻时，与王公大臣们共同辅佐老仙王的故事，也广为人知。真腊皇家以国之忠臣的礼遇，好好安葬了他。

"梁思宋年老后，得了痴呆症。可叹他一世英雄，最后只是每日坐着，朝着东边的方向痴笑。我命人将他好生照看，如今在众人眼中，也只是个慈祥的老人。

"庄之茶是个很好的伙伴，我与他后来又经历了数次同生共死。如今我在海外的生意均由他打点。我的大胜览和他的水德楼，两家即是一家。

"拉玛那孩子，如今是真腊国七节芒学堂的院长。"

听到这儿，王展羽抚掌大笑："你真的把七节芒学堂办起来了，真是功德无量！不过，我其实最想知道的，是那位真腊大公主的事情。"

"帕花黛薇么。"周启观端起一盏茶，喝得很慢很慢，他的眼神望向远山，说："她后来嫁给了真腊大将军武速卡的长子。这是她身为大公主的职责所在，做好她分内的事情,尽己所能地辅佐国王。"

王展羽听出周启观话中的无限遗憾,却也不知道该说什么,只是跟着默默喝起茶来。倒是周启观很快恢复了过来,突然问了一句:"那祥哥剌吉大长公主与你……"

王展羽听言,不禁抬起头来四处张望,随即脸色涨得通红,说了一句:"可不敢胡说。"

周启观哈哈大笑,说道:"你这个样子,和年少时简直一模一样。"

笑毕,周启观正色说道:"我的故事,是一个商人,和一位公主的故事;你的故事,是一位画师,和一位公主的故事。我这番若是回到真腊,也会把这位画师后来的事情,讲给帕花黛薇听。"

王展羽望向周启观,即便分别了二十年,周启观也是这天下最懂他的人。

周启观继续说道:"在我的家乡向麓城,出了位擅书画的奇童子。长大后,奇童子也就成了名画师,他遍访天下名家,也常临摹先辈画作,他的画技愈发娴熟,尤其擅长界画。这是一种作画时,用界笔直尺划线的绘画方法,它的宗旨是求实、工整。画师似乎天生就带着使命而来,要用界画,刻画下中原大地的本真样貌。画师原以为自己这一生,就要与那笔、那墨、那纸、那山水楼阁混迹一生,却不想遇到了一位公主。

"公主乃圣上之妹,受封鲁国大长公主,却受祖父影响,深深热爱汉文化。她对孔夫子尊崇有加,常常诵习经典,让画师绘下圣人画像,时时瞻礼。她对书画也非常痴迷,收藏了众多天下名品;又经常举行雅集,邀请儒臣文士饮酒赋诗、鉴赏书画。一次雅集中,二人会面。

"那一刻,双方都听到了灵魂碎片共鸣的声音。那是一种无法言说的默契。只不过彼时,公主已被婚配。皇室的婚约,总是意义重大。公主和画师只能将对彼此的爱慕之心藏在心底深处。对于公主来说,她只能给画师更多崭露头角的机会,让他获得更多的荣誉,直至获得身为画师的最高荣耀:皇帝的认可。

"而画师,他从迷迷糊糊,不知自己为何天生就会画画,不知道自己生而为画师到底要在人间追寻什么,此刻总算是明白了:原来来这世间走一遭,是为了见到这样一个人,让她成为自己画艺的志趣之源,志向之所。此生历练无数,只为一人作画。"

"历练无数,只为一人。"王展羽喃喃说道。

"二十年前,我带着你的江山胜览出海。最初想的,便是去创下自己的江山胜览。如今大功告成,回想起这一切,脑海中浮现最多的,竟是初见帕花黛薇时,她脸上灿烂的笑。所以,你我这算什么呢?"

"这大概就是李义山所说的'此情可待成追忆,只是当时已惘然'吧。"

王展羽猛地拍了一下周启观,忽地站起身来,说道:"莫惘然,向前望!好不容易回来了。接下来你准备做什么?"

"当然是回向麓城!"周启观也站起身来,脸上满是商人的豪情万丈:"我向麓城作坊遍地,工匠辈出;我定然好生筹谋一番,装满几艘大船,沿着海上商路一路售卖,让我向麓名扬四海!"

"那我就再上向麓诸山走一遭,以我现在之画功,再画一遍向麓城的江山胜览!"

此刻,王展羽再一次侧身深深望着周启观,只见他的两鬓,青丝已然泛白。但他并无太多感慨,因为此刻的王展羽,似乎与挚友相携,再一次站在了二十年前告别的瓯江江边的栈桥上……

王展羽轻轻将那枚时隔二十年的大观通宝放在周启观的手里,二人相视一笑,共看时光的洪流滚滚向前。

继而,他们如孩童般相携大笑,那笑声,穿透时空,直到六百五十年后……

下篇
千年商港的骊歌

引　子

　　晨曦微启，向麓老城的空气中并不见清冽的朝气，反倒莫名有一种说不出的气象。这在城北宽阔的江边有了具体的体现——时值初夏，春意渐消，几只海鸥在江堤上随意地拍打着翅膀随时准备御风起飞。忽然，一轮暖阳跃出水面，刺眼的红光照得一只玉色毛发的小猴子措手不及！

　　日头从容攀升，很快便照在江边的大榕树上，日光透过层层叠叠的叶，化作万千光斑，细细密密地落在青石路上。石缝中突然透出一道光，晃了一下小猴子。小猴子好奇地靠近，伸出细长的手指，从石缝中抠出一枚小小的铜钱。

　　小猴子自然不识此为何物，把玩几下后便随手丢弃。那铜钱在空中划过一道弧线，好巧不巧卡在了一块招牌上。

　　那块招牌写着四个大字：月白酒馆。铜钱就恰巧卡进了"白"字第一撇的位置。

　　一个婀娜的身影迈出门来，手举一块干净的绣帕，仔细地擦拭着招牌。对于招牌上的"白"字，更是多擦了几下。

　　"咦？这里怎么有枚铜钱？"铜钱落入一只素手掌心，女子环顾四周，高声喊道："谁的铜钱？谁的铜钱？谁的呀？"

　　人来人往、熙熙攘攘，并未有人回应这喊话。于是手握铜钱的女子一个回身，熟络地招呼起踏入酒馆的客人来。

　　早已将铜钱抛在脑后的小猴子，此刻趴在了月白酒馆门头匾额上，看着各色人等行色匆匆，神秘兮兮地进进出出：还真没见过哪家酒馆天还没亮，门槛就快被踩破了！

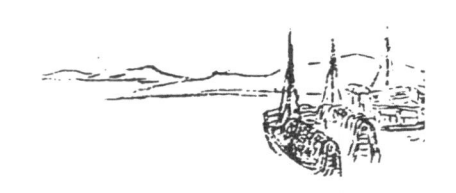

第一章
山雨欲来风满楼

这家坐落于向麓城城北最热闹的宿觉码头上新开的小酒馆,有个雅气的名字——月白酒馆,主营着向麓古城少见的东北菜。

俗话说靠山吃山,靠海吃海,向麓城城北的宿觉码头,是八百里楠江滚滚东流的入海口,又是自古以来六省通衢的重要水陆码头,经由这个千年的东南沿海的古港码头,可以到达世界上的任何地方!

但是,自古以来吃海鲜长大的向麓人的口味保守又执拗,哪怕这里有一位风华绝代叫林醉月的老板娘,哪怕风情万种的醉月老板使出浑身解数,也很难有更多的客人愿意迈进小酒馆尝试一下东北菜。但这几日却怪了:每天天刚亮,各色人等就在小酒馆争着等着见醉月老板!

"小祖宗诶,那可不是什么古董!那是姨奶奶我灶头的灶王爷像啊,快还给我!惊了灶王爷,可要吃苦头的哦!"

忽然,小猴子远远地看见一个精瘦的半大小子从朔门的城门洞里窜了出来,手里捧着一张灰不溜秋的几乎认不出人像的画纸,急匆匆地往月白酒馆这边蹿,后面跟着一个裹了小脚的老妇人,一边嚷一边追,也颤巍巍进了小酒馆的门。

"你个划水的冤种诶,那是我裁鞋样的旧纸片儿,不是你说的古董画!你想钱想疯了?快还给我!我要给大妞子做鞋呢!"

一个胖婶子气喘吁吁一边喊一边撵在前面跑的跛足男子,那跛足男子手里紧

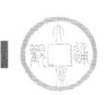

紧攥着几张旧画报,直奔月白酒馆。那些旧纸片、旧画报递到林醉月眼前时,所有人的目光齐刷刷地跟了过来:"是不是？是不是？"

小酒馆一字排开的几张八仙桌前,已经坐满了客。看着醉月老板轻轻地摇头,他们的目光也跟着黯淡了下来！忽然,他们又振奋了起来,因为一个书生模样的年轻男人带着一个小童,风尘仆仆来到小酒馆后被醉月老板请进里间。一炷香后,男子便面带失望地离开了,让那些等着"吃瓜"的人们大失所望。

没有一个人愿意走,大家摸出几个角子,要了花生米、酱菜头,再要上几两老白干,瓯窑的酒杯互相轻碰,酒香溢出,香气扑鼻。

食客们一边吃喝,一边说着:"听说那幅画儿……"

忽然,门口一声吆喝,众人扭头一看,只见一位年届半百、腮胡子的高个男人走了进来,他的腰间别着一把明晃晃的刻刀,大家一看便明白了,那是向麓城有名的木雕大匠,姓高,人称"高一刀"。

高一刀不是一个人来的,他的身后跟着一帮人,都是向麓城里有名的匠人。

向麓城偏安中国东南一隅,但是地少人多,人们为了讨生活,几乎家家户户都做手工业,因此向麓古城也叫"百工之乡"。这高一刀身后,跟着的就有钱鞋匠、孙篾匠和王厨子,唯独缺了赵剃头匠。

这剃刀、鞋刀、篾刀、菜刀,加上高一刀的刻刀,人称"向麓五把刀"。但今天,他们不是来耍刀的,因为他们护着一幅他们自认为价值千金的"古董画"。这幅画,是他们搭着孙篾匠的股,一起凑份子重金购置的。

忽然,孙篾匠大叫了起来:"我的画呢,刚还在我怀里紧紧揣着呢！"

谁也没有注意到,坐在角落的那张八仙桌前,有一个眼睛很小的男人。这男子一身玄衣,那双眼睛小得可以忽略,就好像他娘生他的时候太匆忙,来不及雕琢他的五官,随便在他脸上眼睛的位置划了两条小缝！但如果细看,那双眯缝眼却透出了鹰隼一般的光,刁钻又聚光！

眯眼男人叫娄二术,原本是戏班里的丑角,因犯了事儿,被逐出戏班,成了个江洋大盗！但此刻他的小眯缝眼睛却闪过一丝纳闷,因为孙篾匠口里的那幅画儿,并不是他偷的！

"报警！快快快,快报警！我那幅画儿可是我瞒着老娘卖了城西的那爿店面换的,卖主说,就是纯正的'东北货',错不了的！"孙篾匠惊慌失措。

毕竟是小城,不一会儿,警察来了,但谁也想不到,来的竟是向麓城警察局的老大邰归华！

这邰大局长今年五十出头,长得黑面人短,很喜欢别人拿他跟及时雨宋公明比,因此向麓城百姓叫他"邰公明"时,他心底里很是受用,但嘴上却说:"鄙人受党国委派,保卫一方百姓平安,职责所在,怎能与梁山好汉,哦不,与草寇相提并论?"

客人们一见邰大局长一队人马开过来,阵仗不小,都只是悄声指指点点,没人敢上前搭茬。

醉月老板步摇微颤、巧笑倩兮地迎上前来,心里却开始打鼓:"他怎么亲自来了？莫非他识别了我故意放出声音说自己能辨别那价值连城的'东北货'来诓人的把戏？唉,慌什么,我只不过想招徕客人而已,又没杀人越货作奸犯科！"

然而,林醉月不知道的是,这位邰大局长虽在公事上也算是"科班出身",正式官方出品,处理公务不是个犯浑的主,平日里还算正经,但家中有一丑妻兼悍妻,这是他人生一大憾事。因此,内心深处对有姿色的女子有一种天生的向往,只是平日里被家里的母老虎压着不敢造次。他早就听闻宿觉码头新开了一家东北菜馆,老板娘虽是向麓人氏,但打小在东北奉天城长大,生得十分貌美,一直无缘得见,今天终于有人来报官,说是在月白酒馆丢失了宝物,就亲自带人马,登门而来了！

果然,这位邰大局长被林醉月拿眼一看,就觉得浑身发酥,好像有一簇狗尾巴草爬上了心头,奇痒无比,又挠抓不到。

一时间,月白酒馆大堂临时成为一个断案的小公堂:"为了保护现场,便于破案,所有人在得到局长指令前,不得离开月白酒馆！"

孙篾匠一见这阵仗,忽然间结结巴巴,话也说不利索了！高一刀见他这个样儿,气不打一处来:"你个没出息的破竹篾儿！局长,那幅画就是这些日子十里八乡大家伙口中的'东北货'。您一定也听说了,伪满皇宫里流出来的宝物,哪一件不是价值连城,可听说那么多件加起来,也只顶得上我们手中的这一件。您要知道,这件宝物,是我们'五把刀'兄弟每人卖了自己家的店面才凑齐盘下来的!明明刚才还在,就在迈进小酒馆的当下,在我们眼皮底下就这么不见了!"

邰局长当然知道,这些日子,向麓城老老少少都在谈论一件事儿:一件价值连城的传世宫廷名画,已经流落在向麓城内,但谁也没见过那是怎样的一幅画,也许就是张家灶头画着镬灶佛爷的那张,也许就是李家大婶那幅打鞋样的纸片画儿,只要是看到古旧的画作,都被高度怀疑就是那幅绝世名作!于是,所有想一夜暴富的平头百姓,都加入了这场"寻宝大戏"!以至于邰局长的警察局,也天天有人为几张破纸片儿闹上公堂来!

一开始,邰局长觉得那简直是无稽之谈。但是后来,他却得到了一个可靠的消息:东北出大事儿了,并非妄议!

于是今天接到报案,他立马来到月白酒馆。而此刻,林醉月心里则暗暗叫苦:自己原本只是想招徕生意,随口瞎编了她以前在奉天见过那幅画,能识别真伪。想不到给自己找上大麻烦了!

林醉月一边应付着邰局长,一边暗暗急切地搜寻着一个人,终于,她的余光搜索到了:靠窗的那张小桌前,偌大的箬笠下,压着一张看不清的脸,此人身子蜷缩,让人分辨不出身形。朝霞透过雕着回字纹的木窗棂,一层金光罩着他!而他的对面,坐着一个胖乎乎的憨憨的花季少女,一只玉色毛发的小猴子正立在小姑娘的肩头,在阳光下,一人一猴熠熠发光。

林醉月走上前去,略带局促地叫了一声:"白大哥。"

那位白大哥以微笑回应,让林醉月忐忑的心平复不少。她一时不知下一句说什么,突然摸到藏于帕中的铜钱,掏出来说:"今早发现一件奇事,我门口招牌的白字上,突然多了一枚铜钱。要不给你吧,保平安。"

白大哥接过铜钱来,眼中露出一丝诧异:"大观通宝?"

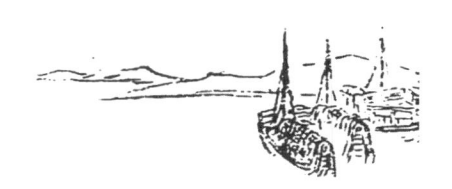

第二章
国之重宝现凡尘

"皇天三界啊,眼看着日头要落西,我那水门头的八只番鸭要赶回家的哦!"

刚才那颤巍巍颠着小脚跟随外甥孙子进小酒馆的老太太,忽然一声长调,搅动了小酒馆凝固的空气。

白大哥望了一眼林醉月,将铜钱收了起来,轻声说了一句:"你别担心,有我在。"

"皇天三界啊,我也要赶回家奶孩子啊,我那可怜的小宝啊!"

旁边的胖婶儿一听小脚老太呼皇天,也跟着长短声了起来。

"放肆!"

邰局长身边的副官一声断喝,立马将两个女人的长声短调喝止住,空气似乎又凝固了!

小酒馆中堂的那张八仙桌旁,邰局长眉头紧蹙,拿眼睛扫了一眼副官。副官立马意会了局长的眼神,高声道:"所有人听好了,孙篾匠报的案,不是普通案件,事关重大,所有人不许离开酒馆,今天必须接受就地搜查!"

两位女人一听,"皇天三界"刚嚎了头两个字,就被一个小兵用枪托狠狠杵了两肩头,吓得再也不敢出声。

那个胖乎乎的小姑娘见眼前的阵仗,默默地伸出长着四个肉窝的手,将肩头的小猴子抱下来,往自己的对襟小花袄里拢了进去,然后将身子慢慢地往那个戴着大

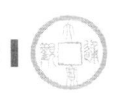

箬笠的男子身边靠过去:"白先生,今天一点也不好玩!"

小姑娘约摸十二岁,名叫小木兰。今天本来是她和白先生偷偷从戏班溜出来玩的,想不到在这里遇到了戏文里都不曾有的一出大戏!

白先生却贴近她耳朵,悄悄说:"好玩的,有好戏!"

"肃静!肃静!听邰局长训话!"

"各位父老乡亲,今日不是邰某人为难大家。大家伙心里都明白,今日来到这里的,不是来喝酒吃东北菜的!你们所有人都冲着那一样'东北货'来的!你们清楚得很,奉天、北京、天津、上海等地都已经出现了'东北货',北京的琉璃厂的'东北货'已经身价百倍,听说每一幅字画不论大小,都是以黄金论价!可是,你们可曾知道,这些'东北货'可是我们的国宝,不能擅自私下买卖!本队已接上级命令,所有私自买卖'东北货'的,当以倒卖国宝文物论罪,特别是那幅什么'江山图',是国宝中的国宝,如查出在此地私自藏匿和买卖,一律投入大牢,等候问罪!"

邰局长威严的目光在每个人的脸上扫过:"当然,目前谁也不敢断定那幅'江山图'就在我们向麓城,就在今日这个小酒馆里!倘若今日'向麓五把刀'所报的情况属实,现场交出那宝物,咱们向麓城上下百姓,也算是为国家做了一件大好事,邰某保证你们任何人不会有罪,还另有重赏!"

众人听了,大气也不敢出。但站在孙篾匠身旁的李厨子却有点异样,他脸上的横肉在微微颤抖。这细微的一幕,没有逃过大箬笠下的那双眼睛。只见他手指轻轻一抖,一根细细的竹篾牙签飞弹过去,穿过李厨子的袖口,扎在他左手手腕上。李厨子"呀"地叫了一声,他回头狠狠瞪了紧挨他左手边的钱鞋匠。钱鞋匠拿膝盖顶了顶李厨子的屁股,贴着他耳朵根说:"别慌!"

邰局长继续训话:"交出来就是为国立功,定有重赏。不交出来,呵呵,重刑伺候那是小意思,偷盗国宝,那可是要杀头的!"

李厨子脸上的横肉又抖了一抖。只听得他再一次惨叫:他左手的手腕又中了一根细篾竹牙签,疼得他呀呀大叫!

这声惨叫,引起了所有人的注意。"搜!"邰局长一声令下,手下立即摁倒了李厨子,从他宽大的袖笼里,咣当掉下了一个紧紧捆扎的卷轴!

所有人的目光粘牢了那个看起来旧旧的卷轴——"真的是吗？真的吗？真的吗？"

"拿下向麓五把刀,一个也不能少!"郐局长一声喝令,手下当即捆了五大匠。

高一刀不服气,挣扎着说:"郐局长,醉月老板还没给我们鉴定过真伪,您怎的就捆了我们呢!要死也要做个明白鬼,醉月老板,你得给我们看看这画到底是真是假!"

林醉月吓得后退了几步:"局长,不关我事,真的不关我事。我只是个卖酒的,哪懂什么国宝字画啊,我只是仗着自己从京城回来,故意说自己知道那些个'东北货',招徕客人进店来喝酒罢了!"

众人一听,就炸锅了:"局长,醉月老板骗了我们好多鉴宝钱!""局长,我们不信醉月老板诳人,她懂的,她说得头头是道!打开那字画让她看!"

郐局长正色道:"事关国宝,哪能随便打开!都带走,画、人包括醉月老板,都带走!"

手下正要向醉月老板伸手,忽然酒馆门外一阵骚动——

"太太,郐太太,您不能进去,郐局长正在断公案呢!"

"我不能进去？呵呵,向麓城还有我康瑗进不去的地方?!"

随着一声粗壮的娇喝,进来了一个健壮的身影,旗袍裹在她身上,似乎有种随时炸裂的危险。而在她身后,紧紧跟着另一个穿洋装的曼妙女子,一边莲步碎移,一边伸手拦道:"二姨、二姨,不合适,不合适!"

壮硕女子一反手,差点将洋装女子掀倒在地:"小琳,不关你事儿!你别拦我!他还当自己是个局长,就真反了!"

"郐归华,你给我讲清楚,那孩子是不是你的种!"

众人愕然,只见向麓城警局主官局长郐归华的夫人康瑗大步流星走向大局长,一把抓住了丈夫的衣襟!而她身后的侄女紧紧拉住了她的另一只手。

郐归华一手护着桌案上的卷轴,一手反抓着夫人康瑗的右手,但他动弹不了,只好将目光投向了那姑娘:"小琳,你快叫你二姨放手,我这在执行重要公事,事关重大!"

康瑷一看邰归华手中紧紧护着的卷轴,左手猛从侄女康之琳的手中抽开,一把抢过那幅卷轴:"都什么时候了,那女人抱着孩子都找上门来了!你居然说在这里执行公务!一屋不扫何以扫天下?我倒要看看你到底护着的是什么宝物,居然真的会比生在外面的亲儿子都重要?!"

只见邰大夫人壮臂一抖,那幅卷轴就散开了!

所有人和邰归华一样,目光刷地齐聚在那幅画作上!

"小琳,你是留过洋的大专家,既然你二姨当众打开了,那就有劳你当众鉴定一下吧!"

康之琳没有理会二姨夫邰归华的话,此刻的她,心都快要跳到嗓子眼了:难道、难道!踏破铁鞋无觅处,得来全不费工夫?!

但是,她的脸上未起丝毫波澜,上下扫了几眼那幅卷轴,轻描淡写地说:"邰局长,您想想,若真是价值连城的国宝,怎么会如此粗陋地出现在不懂字画的匠人手中?更何况,奉天远在东北,和我们向麓这南方小城相距好几千里,宝物随随便便出现在这么一个小酒馆里呢?"

众人一听,点头称是。邰归华似信非信,一脸疑惑。

而那"五把刀"中的李厨子一边猛拍钱鞋匠的脸,一边哭喊:"都是你,叫我和你联手演监守自盗的戏码,你害得我好惨,人财两空啊!"高一刀和孙篾匠一听,扑过来一起狠揍钱鞋匠……

正忙乱中,忽然,邰局长大喊一声:"不好,快抓住那只小猴子!"

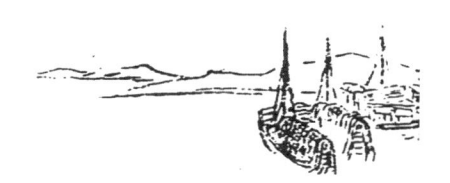

第三章
身世浮沉戏台前

天还没亮,向麓城城北中央大戏园的瓯福班静悄悄的。西厢房的镬灶间里,38岁的王木兰已经撸起袖子呼啦啦地开始拉风箱,她要给身兼戏班班主、编剧加司鼓的丈夫谢诚忠和头牌男伶白玉楼烧早上洗漱的热水,然后再准备全戏班的早餐。

虽然已经是戏班的老板娘,但苦出身的王木兰,依旧不改干活的习惯。她认为只有在厨房干粗活儿的,才是最快乐的。当然,这么多活儿,她一个人再膀大腰圆,也是忙不过来的。每天天还没亮,她就将自己那个长得像个糯米粉团似的12岁的女儿小木兰从床上拎起来。小木兰也不恼,只是憨憨地嘟囔着:"姆妈,我还梦着呢!"

每当此刻,蜷缩在被窝里的丈夫谢诚忠也总会跟着嘟哝一声:"是啊,她还梦着哩!"

王木兰并不搭腔。自从戏班里那位打了半辈子光棍谢诚忠娶她做妻子后,她从没敢在丈夫面前高声过。多年前,一个大雪纷飞的冬夜,瓯福戏班的谢诚忠在一条小马路上把差点冻成冰雕的她救了回来,在镬灶间点火猛拉风箱才将她的身体暖了回来,看她手脚粗大,眉宇间又有巾帼须眉之气,从此她就叫王木兰。

谁也没有细究他俩后来是怎么成为夫妻的,但谁都知道,不识字的王木兰对这位胡子拉碴、身材矮小的丈夫敬重有加,因为在她心目中,丈夫谢诚忠不仅是救命恩人,实实在在就是"神笔马良"再世,他肚子里的学问似海深。夜幕下,伶人们还

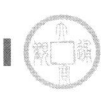

没出将入相,丈夫的鼓点一响,她觉得台上那个并不伟岸的甚至有点佝偻的身躯,立马化身为叱咤疆场的杨宗保!

只是这个清晨,王木兰忽然觉得不对劲儿。趁黑叫唤女儿,不见答应,掌灯照女儿的床头,发现这娃娃今日又跟她玩了个"假人睡枕头"的把戏。王木兰不觉皱了皱眉头:"这样跟白先生疯玩下去,迟早有一天会穿帮!"

王木兰口中的白先生,原本是向麓人氏,家境贫寒。六岁就投瓯福班门下专攻花旦、刀马旦。

学戏很苦!边学边唱边挨打,当听差使唤,无异于童仆。当年的班主脾气又坏,动辄举鞭就打,常常无端拿他出气。

有家世之悲,心思又重的白玉楼常低眉含颦,面无欢容。而在戏班里,唯有那位编剧兼司鼓的师父谢诚忠对他另眼相看。谢司鼓认为这个孩子不宜学花旦,应该让他专工青衣。当他擅自按大青衣的行头给白玉楼扮上后,满座拍案叫绝:扮相沉静明倩,如珠蕴椟中,时有宝光外熠,加上那沉郁的独特嗓音,活脱脱大上海的程砚秋啊!

瓯福戏班的班主病故,身后无子,谢诚忠不忍戏班就此曲终人散,就接过了这个烂摊子,苦苦支撑。刚好大上海的著名编剧罗隐公是他的故交,在谢诚忠的推荐下,白玉楼去大上海学程派的戏,几年里长进喜人。

但是,当时的大上海人才济济,单单四大名旦就足够让世人疯狂,白玉楼想在上海滩声名鹊起,比登天还难!

这位罗隐公还真是一位大善人,他不忍白玉楼埋没在十里洋场,就给了谢诚忠一封荐书,让他带上白玉楼及整个瓯福班到东北奉天闯码头。因为奉天那位有名的大将军,是个程派的戏痴,也是罗隐公多年的好友。

对于难得到上海面对面聆听程砚秋唱戏的大将军来说,只听了远道而来的白玉楼一出程派《锁麟囊》,便醉了,当即做了一首诗相赠:

"除却程梅无此才,奉天车马为君卿。笑余计日忙何事,终究得来白玉楼!"

于是,这个从千里之外东南小城来的小戏班,在偌大的奉天府站稳了脚跟!除了大将军和奉天的戏迷，为白玉楼痴迷的，还有大将军的小妾——林醉月。

真是无巧不成书，林醉月也是南方向麓城人氏！

这位长得风姿天仪的林醉月原本是官宦人家的千金，她的父亲出生在南方向麓城的书香门第，因为当年学业有成，留学日本后，回来在东北三省做了翻译官。本来家眷如花，女儿可爱，不承想因为得罪了日本人，惹来了杀身之祸，才十岁的小姑娘被卖入青楼。

这姑娘天资聪慧，在老鸨的调教下，起艺名"醉月"，琴棋书画样样精通，尤其唱得一口好曲牌，朱唇轻启，《玉堂春》唱得飞珠溅玉！

后来也算幸运，遇到对她一见倾心的大军阀，被赎了身子做了小妾。

林醉月以为自己余生就会在那片黑土地上衣食无忧地过下去了，直到她遇到了来自家乡的瓯福班！

与其说她是被白玉楼摄去了魂魄，不如说是瓯福班也发现了在那片陌生又彪悍的土地上，这位女乡亲的背后有这么大的靠山。

就当所有人都以为这个北上的瓯福班在大东北安营扎寨可以好好赚几年的时候，一件轰动天下的大事发生了！

此事，直接导致了瓯福班举班从奉天连夜出逃，还带上了那个风情万种的女老乡——林醉月！

这几年，跟着丈夫谢诚忠从南到北，从北到南，几经颠簸甚至差点丢了性命，王木兰都毫无怨言，她觉得只要戏班还在，一家人整整齐齐的，吃什么样的苦，她都不怕！但是，命运总是会捉弄人。

今天早上，女儿跟着白玉楼又早早溜出去，她似乎早已经习惯，自从小木兰出生后，这位白先生似乎变了个人。别看他一上台光彩照人，端庄沉稳，但一下台，连妆也来不及卸就来逗孩子玩，小木兰几乎是挂在白玉楼身上长大的。

王木兰只知道不演戏的时候，他俩常常乔装打扮上街或市集去玩。但她不知道，白玉楼有个小癖好，迷上了市集上那些稀奇古怪的古董字画。小木兰在白玉楼身边耳濡目染,也练就了一身本事:他们经常联手盗取一些好东西,然后转赠给穷苦人家,让他们换钱去。每做成一次,小木兰都激动得鼻尖冒汗,跺着脚跳上白玉楼的背:"好玩好玩!"

某一日,他们从杂耍人的手里,救下了一位待产的母猴子,那母猴产下一只玉色毛发的小猴子就死了。于是,他们和那只似乎永远也长不大的小猴子,组成了"铁三角"。

王木兰从镬灶间回到卧房,继续念叨着:"他爹,你说除了咱们,还有谁知道白先生私底下是这么古灵精怪的奇人啊!咱姑娘也大了,不能再跟着白先生玩那些不着边的了……"

王木兰很奇怪,此刻,她的唠叨没有得到丈夫的响应。她朝床上看了一眼,大吃一惊,丈夫的床铺空空如也!

她不知道,一场灾难正在悄悄逼近……

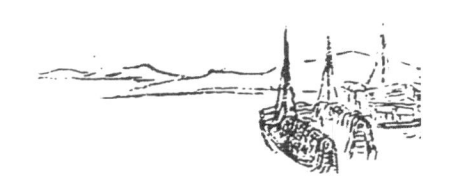

第四章
禽兽作威肆暴虐

随着邵大局长一声惊呼:"抓住那猴子!"所有人的目光都看向那只如闪电一般夺门而出的玉色小猴子!

小木兰的嘴巴刚张成了O型,立马被身边的白玉楼用手严严实实捂住了。此刻,白玉楼也没有想到,那只叫小壁虎的猴子,居然没有任何先兆,从小木兰的衣襟里钻出来,跳到邵局长的跟前,以迅雷不及掩耳之势,抢了那幅卷轴,消失在众人眼里……

康之琳焦急地把目光投向了白玉楼,她发现,白玉楼也正用同样焦灼的目光看着她!

邵局长和众人撒开腿准备追,忽然听得宿觉码头一阵骚动,一队人马穿过朔门,朝月白酒馆疾驰而来。马背上有人高喊:"闪开闪开,快给皇军让道! 快闪开!"

刚到门口的邵局长正四处张望,焦灼万分地寻找小猴子的踪影,忽然前面有手下飞奔而来:"报告局长,日本皇军坂垣信形先生刚从宿觉码头起身,匆匆往小酒馆这边来,马上就到了!"

邵归华大吃一惊,心想:"他怎么来了? 消息竟然这么快! 看来并非空穴来风,那宝物肯定价值连城! 只是他怎么不先到警局,而直奔这小酒馆呢?"

还没容得邵大局长细想,一队人马已经尘烟滚滚来到月白酒馆的门口。大家发现,前面带路的不是别人,正是邵大局长常在北京琉璃厂贩卖文物古董的外甥徐

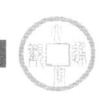

桑良!

通过徐桑良的翻译,这位大名鼎鼎的日本帝国关东军参谋总长坂垣征四郎将军的亲侄子——坂垣信形没有任何多余的话,举起手中的"斯德克"——文明杖,指着邰归华的鼻子说:"猴子,那猴子是哪里的?"

徐局长向小酒馆里所有人重复了一次小坂垣的问话:"谁能说出刚才那猴子的底细,有重赏!"

见日本军官凶神恶煞的嘴脸,刚脸上的横肉还在颤抖的李厨子,抖抖索索地嗫嚅着嘴唇吐出了半句话:"做席时,在……在瓯福班里好像见过那猴子,对的,没错,当时就奇怪怎么会有猴子的毛发是玉色的……"

于是,不消一炷香的工夫,小坂垣带着他的人飞身策马,已经来到了月白酒馆不远处瓯福班所在的"中央大戏园",后面紧紧跟着邰大局长的人马,当然,刚才小酒馆里与那幅卷轴有关的一众人,也被勒令一同跟随,一个也不许离开!

而就在这一炷香的功夫里,"小壁虎"已经完成了一项惊天的"壮举",它以闪电的速度,回到了坐落在向麓城城北宿觉码头不远处的中央大戏园。

这座"中央大戏园"可不是一般的戏院。1932年,向麓城里最有名的大老板,在上海大世界游乐场乾坤大京班,看了女小生孟小冬出演的全本《四郎探母》,这位戏痴子便不可自拔,回到向麓老家后,不惜重金在城北码头边上的朔门街,选了块坐西面东的地,拔地而起一座让人叹为观止的大戏园,梦想着有朝一日能请"冬皇"——孟小冬来到向麓城他建的"中央大戏园",为向麓百姓唱上三天三夜的《四郎探母》。

只可惜这位大老板至死也没能实现自己的梦想。

由于时局动荡,匪寇不断,在一场海盗上岸劫杀的大案中,当年建戏院的这位老板遭到了灭门之灾!大戏园就此荒废!

自从瓯福班被请回向麓城后,就住进了中央大戏园。与其说是白玉楼让大戏园恢复了生机,不如说是瓯福班戏班班主谢诚忠的功劳。谢诚忠为白玉楼量身定制了新编京剧《穆桂英大破天门镇》,让原本唱程派大青衣的白玉楼重拾刀马旦,一亮相便惊艳全场,唱绝了楠江八百里,不仅让荒废多年的中央大戏园重放异彩,还让回到家乡没多久的白玉楼,成了一票难求的当红男伶!

为重修这座非同寻常的大戏园,谢诚忠身兼设计师、建筑师、规划师,将大戏园里里外外重新修整了一番。这期间,大戏园周边的民房街巷发生过雷劈、地震和火灾,唯独这修整后的"中央大戏园"躲过了频繁发生的一劫又一劫,安然无恙!

于是,坊间便越传越神:白玉楼就是穆桂英再世!

但是今日"中央大戏园"却再一次迎来了一场浩劫!

当坂垣信形在邵家舅甥的带引下,闯进大戏园剧场的那一刻,刚好看见了"小壁虎"立在瓯福班班主谢诚忠的肩头。

徐局长一声断喝:"连人带猴都给我拿下!"

话音刚落,那只玉色毛发的小猴子一个转身,攀上了戏台上方藻井的瓦椽,飞身而去,不见了踪影。而身材矮小的谢班主,却被严严实实按在地上,反手被捆了个五花大绑!

"不要捆我爹爹!"小木兰从人群里冲了出来,也被日本人一同绑了起来。

戏台下,白玉楼正想上前搭救,被身旁的康之琳死死拉住了衣角。

坂垣将徐桑良叫到了跟前,吩咐了几句,徐桑良来到邵局长眼前,对邵局长又耳语了一番。邵局长面露难色,但一转身,发现坂垣信形的身后,有一道如鹰鹫一般的目光狠狠地盯住了他!

这时他才注意到,坂垣信形的背后站着一个目光阴冷的老人。老人一身西装,打理得整整齐齐的白色小胡子,个子瘦小,却让人不寒而栗。

那老人重重地咳了几声,声音嘶哑得像是从阴曹地府中发出来:

"诸位,我叫山中鬣野。由我来向大家说明情况。我天皇军队进入温州后,一直对各位秋毫无犯,正是因为我们想找回属于我们自己的东西。那些东西,经由瓯福班,从大东北出发,经由北京,流落到向麓城中。目前皇军已经掌握可靠消息,那些东西小部分流落在民间,诸位都有私藏的嫌疑;另外有一件宝物,正是由瓯福班班主谢诚忠所藏匿。即时起,所有人吃住中央大戏园,未经皇军同意,任何人不得离开。如有违令者,杀!"

"杀"字一出,现场所有人先是骚动,后是噤声。小脚大娘和胖婶儿"皇天三界"又到了嘴边,被邰局长及时制止住:"各位乡亲,皇军这是在执行公务,少安勿躁,少安勿躁!只要谢班主将宝物去处交代清楚,你们便可回家了!"

所有人把目光投向了谢诚忠。谢诚忠低下了头,他的身后,王木兰一声尖叫,闯上了戏台:"冤枉啊,皇军大人、邰局长,我们冤枉啊!"

话音刚落,只听"啪"的一声,王木兰遭日军狠狠一脚,趴倒在舞台上,半晌起不了身子。戏台底下,顿时鸦雀无声。

此刻的白玉楼,嘴唇已经快要咬出血来。他不明白为什么自己的人生总是在片刻安宁后横生劫数。

他本想今日回来,和谢班主论一论那枚"大观通宝"。谁承想,这普通的一天,居然会变成如此模样。

"这已经不是第一次遇到这种情况了。"白玉楼难过地闭上眼睛。铜钱在他的袖口中变得寒凉无比。

时空就像被按下了暂停键,就两炷香的工夫,向麓城里戏班的伶人、小酒馆风华绝代的老板娘和心怀暴富梦的食客、百工代表"向麓五把刀"、年过花甲的小脚老太和奶孩子的肥婶儿还有精瘦的半大小子,以及秀丽端庄喝过洋墨水的富家大小姐,无一例外,一时之间,都被禁足在这空荡荡的中央大戏园的剧场里!

魔幻又惊心动魄的时光,就这样拉开了序幕……

第五章
山河破碎人自危

康之琳想不到自己是以如此不可思议又让人愤怒的方式,第一次踏入向麓城赫赫有名的中央大戏园!

在向麓城,康家的盛名,那是无人不知,无人不晓。且别说几代传承殷实的家底,单单到了康之琳祖父这一代,宿觉码头岸边,半条街的店铺都是他们康家的。更让康家老爷脸面生光的是,康家三公子、康之琳的父亲康雅山生性恬淡、善心圆润,不喜钱财,熟读诗书,不到二十岁便出洋留学,回国后,在京城谋得了不低的官职。

但古话说人各有志,从这位康先生给自己和女儿取的名字就可以看得出,他并不热衷官场,在京城几十年的时间,更痴迷于玉石、文玩、字画和戏曲,对京剧更是情有独钟,是一名不折不扣的京戏票友。

在他的影响下,女儿康之琳从小跟着父亲在京城的琉璃厂和剧院进出,学会了鉴赏玉石古董,也爱京戏。康雅山见女儿天分不浅,便送她前往法国系统地学习艺术品鉴赏和戏剧文化。

但是让康雅山没有想到的是,留学几年,女儿就与他失联了几年!他不知道这几年女儿在国外到底做了些什么。好不容易等女儿毕业归国,值得欣慰的是,女儿在艺术品鉴赏方面,俨然已经是一位底蕴深厚的年轻专家。但同时,他又有了新的担忧:女儿虽然表面文静,但思想激进,甚至行踪诡秘,与"赤色分子"联系密切!

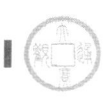

本就无意宦海沉浮的康雅山,为了阻止女儿加入各种"主义"而卷入各种世事纷争,更兼时局动荡,康雅山称病辞官,带着全家回到了南方家乡。

康雅山不知道的是,女儿之所以如此痛快地答应跟他回乡,其实另有原因。

此刻,中央大戏园被一种压抑不安的气氛所笼罩着。而康之琳则在认真地观察着这座蜚声远近的大戏园。

康之琳发现,大戏园建筑为砖混结构,舞台略呈半圆形,上方有天桥,可作布景之用,台口正前方装有反光吊灯,台沿装有脚灯,舞台前方两侧墙上有聚光灯专用的灯光台。观众席为阶梯式,设有"别厅""正厅""包厢""花楼"共四等约莫一千个座位。后台有专用的化妆室与更衣室。这在见多识广的康之琳眼里,也确实不失为一座设施完备、堪称豪华的现代剧院。

白玉楼也没有想到,自己和朝思暮想的康之琳,在京城琉璃厂一别后,今日居然以这种非同寻常的方式,被同时关在老家小城的这个大戏园的剧场里!

舞台上,日本人扫视着台下的所有人,邰归华面无表情地放空眼神。徐桑良站在一旁有点尴尬,来到坂垣信形跟前:"太君,先审审那个谢班主?"

坂垣手一摆:"慢!先带那个说自己懂'东北货'的醉月老板上台问话!"

观众席的林醉月一听,变了脸色:"太君,我可真的啥也不知道啊!您清楚的,我只会唱戏、卖酒……"

坂垣信形一扬嘴角:"我怎么可能忘记你这张盛世美颜……"

林醉月一听,吓得双腿发抖!

同样,观众席的白玉楼和康之琳也变了脸色:他们和林醉月一样,思绪即刻被牵回到了北京琉璃厂"菩石斋"发生的那一幕惨剧!

向麓城是个小城,自古陆路交通不便,要出远门,必须走海路。但海路风险大,因此向麓城出远门谋生特别是去北方的人并不多,除非结了仇家或者实在没有手艺、在向麓城混不下去了,才远走他乡。这样的人很少,然而命运有时候很神奇,张

225

菩石的父亲,就是少数北上讨生活的向麓人中的一个。他当年带着年轻的妻子,漂到北京城,成了北京琉璃厂的一名学徒。凭着聪明好学和一股好眼力,很快就在琉璃厂有了自己的地盘。生下儿子张菩石后,干脆给新盘下来的经营古董字画的门脸儿叫"菩石斋"。

张菩石被父母宠爱着,从小不喜欢读书。父亲怕他玩物丧志,便安排他到盐业银行去上班。

那时候,皇宫内不少书画珍品流入民间,被迫抵押在银行,张菩石耳濡目染,经常接触这些书画,也慢慢对鉴赏文物产生了浓厚的兴趣,练就一双火眼金睛。

父亲见他确实天赋不凡,便同意他辞去银行的职务,回家接了"菩石斋"的营生。

想不到厄运跟着也进入了"菩石斋"!

他因为高价收购了范仲淹的《道服赞卷》,被日本人盯上了!当然,他不知道盯上自己的是日本顶级的古董巨商组织——山中商会!

日本山中商会以经营中国及东亚文物而著称,在全球各地设分店,经手的中国文物不胜枚举!

这个家族自1894年开始,就在纽约开设山中商会古董店。同年,在北京琉璃厂开设了日本古董界在中国的第一家分店。后在波士顿、芝加哥开设分店。1900年在伦敦、1905年在巴黎也开设代理店。山中商会主要古董来源之一就是中国。支店长高田同琉璃厂古玩商及古董捐客黄稼寿交往颇深。黄稼寿是满清遗老买卖古董的代办,经常低价收购王府旧藏,转手卖给山中商会,销往欧美。

除此之外,山中商会还在中国盗凿天龙山石窟,将大批佛首偷运出山。他们在日记里洋洋自得记载了某一次就将40多个佛头砍下,装成箱运到北京再转运到日本的过程。

在北京琉璃厂,稍有良心的中国商人,对山中家族一直保持距离。因为他们知道,山中家族背后的日本人,就是那个大名鼎鼎的日本侵华派遣军参谋总长——坂垣征四郎!

坂垣除了是个疯狂的军事家外,还是个中国通,他将文武双全的范仲淹视为自己的人生偶像。当某一日,得知心仪已久的范仲淹的《道服赞卷》被琉璃厂的张菩石收入囊中后,便朝思暮想,想方设法想据为己有!

终于,他们等到机会了!而且是一个惊天大机会!

也正是这个非同寻常的机会,让白玉楼、康之琳、林醉月还有瓯福班的伶人们相识在北京的琉璃厂,并且在"菩石斋"历经了一次不堪回首的惊魂血案!

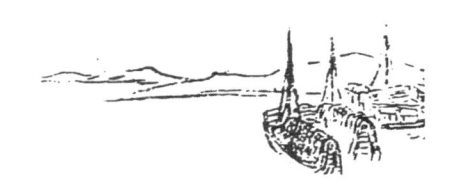

第六章
凶寇豪夺血漫城

1941年新春，大年初七，北京城西和平门外，长约800米的琉璃厂里，那家南方人开的"菩石斋"刚透出热闹气息，祝寿的鼓板才开打，忽然门外马蹄急急，尘烟滚滚，一队荷枪实弹的日本人闯进了张老太太的寿堂！

他们是冲着张菩石来的！

自清兵进关后，汉族官员多住在宣武门外，很多会馆都在琉璃厂这一块儿，官员、举子常聚集于此。后来风雅气儿越聚越高涨，《都门杂咏》中有竹枝词唱咏："新开厂甸值新春，玩好图书百货陈。裘马翩翩贵公子，往来都是读书人。"

如今的局势下，虽然那些风雅的文玩古董生意还在，可琉璃厂早已没有了当年的盛景。文玩道上的人都知道，自溥仪被赶出皇宫后，大量的宫中宝物也随着流出宫外。这些年，琉璃厂表面门可罗雀，实则暗流涌动。

别的且不说，单单说败落的恭亲王府的宝物吧，早已引起日本人的高度关注。山中家族早听闻中国古代书画史上很多赫赫有名的珍品都曾落入恭王府：陆机的《平复帖》、王羲之的《游目帖》、王献之的《鹅群帖》、颜真卿的《自书告身帖》、怀素的《苦笋帖》、宋徽宗的《五色鹦鹉图》、文征明的小楷唐诗四册……数不胜数！

八国联军入侵后，杨典诰在《庚子大事记》中曾这样记述1908年8月30日前后北京一些王公府第的情况："礼王府银库存现银二百余万两，悉被法兵劫存西什库，堆积如山，至宝器各物，亦充栋盈屋，用大车拉至七日而毕……"

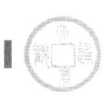

当年，山中家族就是恭亲王府最大的买家。

如今，日本人再也不用花大价钱从中国的亲王府买这些价值连城的中国国宝了，他们通过骗、哄、抢、夺等各种手段，就能轻易地从琉璃厂很多古董投机商那儿弄到从恭王府流出的奇珍异宝、名人字画！

但是他们也有遇到认死理的刺儿头的，其中，那个人称"南蛮佬"的张菩石就是最难搞定的一个。坂垣某一日得知，范仲淹的《道服赞卷》在张菩石手中，几次派人传唤张菩石，可张菩石死不承认自己手中有《道服赞卷》，只得将他放回去。

今日，坂垣从琉璃厂得到一个可靠信息，说张菩石是个孝子，正月初七为母亲做七十大寿，必定会拿出镇宅之宝为母亲驱邪压福，如果有《道服赞卷》，也必定会悬于中堂为母亲祝寿。

这一回坂垣信了，因为带来这消息的，不是别人，正是原来在菩石斋当学徒的同样来自向麓城的徐桑良！

徐桑良是如今向麓警局局长邰归华同族的远房亲戚，按辈分是舅甥，但这徐桑良自小家境贫寒，有一年张菩石清明回乡上坟，受邻居徐桑良父亲所托，将在家饿得嗷嗷叫的儿子徐桑良托付给他。这徐桑良脑子很聪明，但聪明用的不是地方，常在菩石斋干点顺手牵羊的事儿，还常和日本人混在一起。张菩石见他品行不端，便打发他走。徐桑良从此当起了山中家族与中国文物之间的古董掮客，还学了一口流利的日本话。

坂垣得到信息后，兴奋不已，但在追逐风雅这一面上，他是那种想当婊子又想立牌坊的人，正苦苦思索，想着以怎样一种体面的方式，从张菩石手中夺得那幅范仲淹的《道服赞卷》时，上天给他送来了一个冠冕堂皇的理由！

这件事，事关中国的末代皇帝溥仪！

1922年，溥仪住在紫禁城，过着养尊处优的生活，但当时军阀混战的局面，使他时刻担忧这个寄人篱下的小朝廷究竟能维持多久。于是在他的亲生父亲载沣以及老师傅陈宝琛等少数"近臣"密谋策划下，开始了"狡兔三窟"的计划。

他们深知以后不论是何种出路，金钱总是不可缺少的。于是便把目标放在各种值钱的书画、古籍及珠宝、古董上,利用溥仪的兄弟溥杰和溥佳每天进宫读书及放学回家的机会,沿用以往皇上赏赐臣工的方式,让他们把各种宋元珍本及晋唐以来的书画卷轴携带出宫,存放在醇亲王府。继而又神不知鬼不觉地把装有古物的七十余只大木箱运至天津英租界秘密购置的一幢楼房里藏起来。

这一行动自1922年始,一直持续到1924年11月溥仪被撵出宫廷为止。

1931年10月,溥仪在日本人的扶持下,登上所谓"满洲国皇帝"的宝座后,这批国宝就由日本关东军司令部中将参谋吉冈安直运到长春的"皇宫",在一幢独立式建筑"小白楼"内堆放着。

附近居民一直不知道这栋楼里堆着的其貌不扬的木箱子,竟装着国之重宝。

溥仪等人将这些国宝,蚂蚁搬家一样,一点点地偷出去卖掉。

就这样,琉璃厂很快就出现了"东北货",并且不以纸币和白银买卖,而直接以黄金做交易!

消息慢慢传到日本关东军总部。正当坂垣在苦苦思索如何从菩石斋攫取《道服赞卷》时,上天给了他一个强取豪夺的机会:他接到绝密消息,"小白楼"里有大量的"东北货"流入菩石斋,其中他最觊觎的,是与张择端《清明上河图》齐名的《江山胜览图》。他完全可以借"替满洲国追缴赃画"之名,杀入菩石斋。

《江山胜览图》!深谙中国字画的坂垣参谋长,当然知道是中国元朝的国宝,而且是日本文物国家收藏中断代的稀罕宝物,价值无法估量!而更重要的是,此画作,是日本皇家最艳羡的中国"界画"的顶峰之作,一直梦想着能够据为己有!

于是,正月初七这一天,在菩石斋鼓瑟吹笙、戏腔阵阵中,一场血腥的抢掠烧杀,发生在张家老母七十大寿的寿堂上!

张菩石宁死不承认自己有"东北货",更别说《江山胜览图》了,于是,先是70岁的老寿星死在了坂垣的枪口下,然后是菩石斋全家上下相继倒在了血泊中……

一场血洗后,坂垣什么也没有得到,包括传说中的《道服赞卷》!

恼羞成怒的他,当即要行凶,但被随行的侄子坂垣信形制止了,因为刚刚在寿宴戏台上,坂垣信形发现了一张熟悉而美丽的女子的脸……

第七章
命运多舛几经扰

向麓城中央大戏园的剧场里,除了坂垣信形皮靴敲地的笃笃声,安静得连绣花针掉下来也能听得见!

他从舞台上蹑下来,脚步缓慢却有力,走到林醉月的面前,他停了下来,伸出戴着白手套的手,抬起了林醉月的下巴:"原来,你跟他们在一起逃回老家来了。"

林醉月和坂垣信形脑海中的画面,同时切回了不久前的奉天将军府。

那时候居住在奉天将军府,只要将军不在家,林醉月必定天天去看白玉楼演的《穆桂英大破天门阵》。听得多了,林醉月甚至能跟台上的白老板合唱。

然而,某一天,戏台前却发生了一件大事!

那一日,瓯福班班主谢诚忠接到一份帖子,大惊失色,送帖的是日本人,要求将那一日的夜场清场,一名姓坂垣的日本大官带着他的侄子来,要白玉楼给他们唱专场。

谢诚忠战战兢兢接了帖子,来到后台。

话未说完,白玉楼腾地站了起来:"给日本人唱?不行!"

谢诚忠也不知如何是好,忽地就有人来报:"姓坂垣的日本人已经带着一群日本兵到了,正在剧场里等着。"

白玉楼一听,干脆坐下了:"那就请他等着呗!"

后面的场景当然可想而知——坂垣的人拿着枪顶着白玉楼的脑袋:你还真以

为自己是上海滩的梅先生?!

正当此时,林醉月带着奉天府那位大将军赶到了剧场,化解了危险。坂垣给了将军一个面子,带人走了。他的侄子坂垣信形出门那一刻,回转身,阴鸷的目光在所有人身上扫了一遍,最后在林醉月的脸上停留了许久,因为这张绝美的脸,让他想起了另一个人!

几天后,谢诚忠带上厚礼与白玉楼一同前往将军府致谢,却发现府中上下哭声震天,说是将军昨夜死在了姨太太林醉月的床上!

林醉月一见谢诚忠和白玉楼,便嚎啕大哭,说这边将军府上下要将她捆了见官府,另一边那个叫坂垣信形的日本人要来抢她!念在老乡的份上,求谢班主救救她!

白玉楼一听,对谢诚忠说:"咱们这几年能在东北人的码头立得住脚,也是靠了她背后这棵大树。咱们不能见死不救!"谢诚忠点点头,当场就示意林醉月收拾细软,将她乔装打扮成车夫,混乱中将她带出了乱成一团的将军府。

回到戏班,大家一合计,一方面与日本人结了仇,另一方面又失去了将军的保护,何况还冒死带出了林醉月,再多待一日,瓯福班的风险就多一分。事不宜迟,瓯福班带着全部人马和班底,连同林醉月,逃离奉天,夜奔北京城!早在两个月之前,他们就接到了北京琉璃厂的向麓同乡张菩石的邀请,正月初七那天,请他们戏班子去给张家老母亲做寿唱大戏。

自那一晚坂垣信形在奉天的瓯福班见过林醉月之后,就被这位别具风情的姨太太给迷住了。之后的日子里,几乎每天登门将军府。林醉月从心底里讨厌这位长着鹰钩鼻,双肩特别塌陷的日本男人,可每次他来,将军都热情款待,还要她出来陪酒,并且酒未过三巡,总是借口离席。某一日,坂垣哈着酒气对她上下其手,对她说:"再过几日,就可以带你走了!"林醉月忽然明白,她是将军要赠与这个塌肩日本人的一份大礼!

由于张菩石的母亲听不懂京戏,因此,孝子张菩石早早向远在奉天的瓯福班送去帖子,请戏班为他母亲唱一出南戏《三请樊梨花》。而瓯福班头牌白玉楼从小学京剧,不会唱南戏,就让从小会唱南戏的林醉月客串了一次女主樊梨花。

那一天,菩石斋寿宴的戏台上,披挂上阵的不是白玉楼,而是坂垣信形日思夜想的林醉月!

这一回,坂垣信形以为林醉月是逃不出他的手掌心了,然而,让坂垣叔侄没有想到的是,另一位与林醉月长相颇为相似的绝色女子的出现,让林醉月又跑了!

那天坂垣信形正要强行带走林醉月,忽然,菩石斋外面一番大动静,进来了一大帮人。坂垣叔侄一看,来的是北京商会的人!

坂垣知道,肯定是有人搬救兵了。当时的北京商会与政府的关系错综复杂。日本人为了在北京站住脚,保留了北京商会,并利用商会推行其政治和经济统治政策,还依靠商会举办博览会。但是,他们不知道的是,正当坂垣血洗菩石斋时,没有上台的白玉楼瞅准一个机会逃了出去,直奔北京商会,求助于当时还在京城为官的康雅山。康雅山和女儿康之琳一听,旋即动身跟着白玉楼飞奔菩石斋,可惜,他们来晚了一步!

面对惨剧,康雅山敢怒不敢言,但康之琳却怒斥坂垣信形:"你们这帮灭绝人性的禽兽!"

原来,这位康之琳是坂垣信形在法国留学时的同班同学。

坂垣信形想不到在此刻会遇见康之琳!当初,在法国留学时,因为同样来自东方,他们的关系比别人走得近一些。康之琳出色的学习能力与善良的品质,给坂垣信形带来了巨大的帮助。但对方身上似乎有一种高贵又冰冷的气质,让坂垣对这位康小姐不敢多动非分之想,但内心一直暗暗倾慕。

也许正是这个原因,让坂垣信形第一次见到林醉月时,便魂不守舍,因为这位将军姨太太的容颜,与康之琳如此相似!而且,她身上还有一种康之琳没有的,能让男人一见沉醉的别样风韵!

至于是给北京商会面子,还是出于什么考虑,日本人留下了徐桑良的小命,但要他戴罪立功,因为那一幅牵动着日本皇家的心的中国元代《江山胜览图》还没有着落！当然，坂垣信形的叔叔坂垣参谋长没有把自己垂涎的那幅范仲淹的字放在台面上说。

但是，日本人在同意放行康大人同乡——瓯福班的同时，坂垣信形提出了一个条件：留下林醉月！

当然，日本人终究还是没能留下林醉月，因为在康之琳的帮助下，林醉月又一次在日本人的眼皮底下，逃走了！

历史似乎就像陷入了轮回。此刻，在千里之外，时隔半年之后，坂垣信形、林醉月、康之琳，还有瓯福班的伶人们，居然再一次在如此紧张又充满杀气的气氛中，再一次相遇在戏台上下！

时间一分一秒地过去。

忽然听得台下有人嚷嚷了一句："太君，你们肚子不饿吗？这样下去，会饿死人的！"

说话的是邰归华的夫人康瑷。邰归华略带不安地看了一眼妻子，紧接着看了看坂垣信形，然后将目光投向了徐桑良。

徐桑良会意，赶紧前去三郎身旁，躬身说："太君，班主谢诚忠的老婆烧得一手好菜，可以放她去后院厨房给太君做饭！"

坂垣信形听完，看了一眼山中鼯野，山中鼯野闭上眼睛，做了个点头的动作。

徐桑良赶紧给王木兰松绑，一边说："太君让你做饭去！带上你女儿给你烧火吧！"一边给王木兰使眼色。

山中鼯野站在后面，阴惨惨地说了一句："让她丈夫也一起去！"

众人听了，都心生疑惑，不知这怪异的日本老头为何在这时候，让谢诚忠一家三口同时离开剧场，前去厨房……

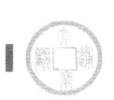

第八章
身死魂断恨难平

　　天色完全暗下来。舞台上并没有开灯。观众席上瓦数很低的白炽灯，照得下面那些又饿又累、又惊又怕的人们面色惨白。

　　坂垣信形依旧笔挺地坐在戏台上，看起来丝毫没有懈怠。当然，他也不敢懈怠！大概是因为，山中鬣野那一双黑到无光的眼睛，一方面盯着在场所有人，另一方面也紧紧盯着他。

　　作为坂垣家族的人，坂垣信形从小接受的教育就是国家利益至高无上！为天皇而战，死而光荣！原本对战争和政治并不感兴趣的他，在法国学完艺术学业后，却被召集参军，来到了中国。

　　随着战争局势的迅速变化，叔父在1945年4月任日本第七方面军司令。就在他即将离开中国远赴马来亚、荷属东印度指挥日军作战之前的几个月，接到了关东军总部的命令，中国宋元"界画"名作《清明上河图》和《江山胜览图》已经散佚民间。后又得到可靠消息，《清明上河图》仍被溥仪紧紧攥在手中，无法抢夺，那么，唯一能完成的，就是找到《江山胜览图》！这是日本皇家任务，更是军人的天职与荣光！

　　为了这份非同寻常的任务，坂垣硬是将自己在艺术品鉴赏和建筑学方面有着专业学术技术的侄子从奉天调到了北京。

　　然而，叔父血洗琉璃厂菩石斋后，《江山胜览图》依然杳无音信！

　　几个月过去了，一切似乎毫无头绪！

然而,就在半个月之前,忽然来了转机!徐桑良回乡给父亲奔丧,从南方小城发来了一个可靠消息:《江山胜览图》已经被那天在菩石斋为张家老寿星唱堂戏的向麓戏班秘密带回到那个东南小城!

在坂垣参谋长的策动下,日军开始往向麓城步步逼近。只是,除了坂垣家族和山中商会的人,大多数日军并不知道这次剑指向麓城的目的,是为了抢夺一幅宝画。按照日军总体的战略部署,这一次对向麓城的军事作战将持续十五天。

时间紧迫,坂垣参谋长更是请来山中商会中的一位副会长山中鬣野,以随军参谋的身份一同前来,确保能够得到宝画。

山中鬣野监军,徐桑良带路,坂垣信形即刻动身前往那个遥远的向麓古城!

徐桑良带给日本人的消息是准确的。

在坂垣信形他们到达向麓古城前,向麓城已经传得沸沸扬扬:一批东北货在那个新开的东北小酒馆——月白酒馆里做了好多次交易,因为从东北来的醉月老板识货!于是,便出现了向麓古城老老少少都寻古画求醉月老板鉴定的奇诡局面,从而醉月老板的小酒馆天天人声鼎沸,生意兴隆。

就在几天前,徐桑良得知老家的父亲忽然死了。急匆匆回家奔丧时,老母亲向他哭诉那搞了一辈子金石字画的老父亲是如何被"向麓五把刀"吓唬死的。叙述过程中,母亲无意向他道出了一个惊天秘密:"向麓五把刀"曾经拿了一幅"东北货"字画让徐父甄别真伪,但徐父病重不起,那"向麓五把刀"竟然抬着徐父去月白酒馆与林醉月一起鉴定。

想不到"向麓五把刀"刚七手八脚将徐父从病床上抬下来,徐父就被他们折腾得断了气!

徐桑良一听,来不及安葬老父亲,起身火速就去邮局发了电报给坂垣信形。当坂垣信形带领日本人赶往向麓古城时,刚好,那幅传说中的未经鉴定的"宝画"在月白酒馆,被一只玉色毛发的小猴子抢走了!

于是,就因为这只毛发别致的小猴子,在场所有人都被瞬间强制聚集在向麓城这个鼎鼎有名的中央大戏园的剧场里了!

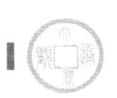

此刻,距离叔父给的时间,除去这个夜晚,仅仅剩下了十天!

如果不是那位不知天高地厚的小城警局局长的夫人忍不住呼叫的话,坂垣信形因为赶路和精神的高度紧张,倒真的以为自己不知饥饱,导致神情恍惚。

看着戏台下的康之琳,他忽然走神了!恍惚间,他的神思似乎飞出了戏园,那个在法国时就经常出现的梦境,此刻又来了。

在巴黎学习期间,他在来自中国的同学康之琳的引领下,一头扎进了中国绘画一个极具特色的艺术门类——界画。

同做一个艺术课题的康之琳很耐心地告诉他:与其他类型的中国画不同,中国传统界画的表现对象主要是建筑,一般需要用界尺引笔以使所画之线横平竖直。这也是之所以被称为界画的原因。

对于本身兼修建筑学的坂垣来说,康之琳引领他学习的界画简直就是他一直要寻找的精神家园!直到有一天,当他作为日本军官来到中国,在奉天皇宫里跟随叔父谒见溥仪皇帝,当溥仪将那幅宋代界画代表《清明上河图》呈现在他们面前的时候,他觉得自己的心脏快要跳出来了——这应该属于我们大日本帝国!

坂垣知道自己的先人曾十九次去唐朝学习,但似乎没有人学会中国的界画。这就是后来坂垣信形明白了日本皇家对《江山胜览图》如此渴望的原因了!

记得在巴黎时有一天,康之琳再一次向他解说那幅第一次被元代大长公主收藏的《江山胜览图》的作者王振鹏,就是她的家乡中国东南向麓古城的同乡先人。

那一刻,眼前的康之琳,让坂垣信形仿佛看见从中国古画走出的仕女光彩照人。

此刻端坐在戏台上的坂垣信形,努力把自己恍惚的神思收回来,目光投向戏台下时,惊讶地发现康之琳也在看着他!而她身旁的那个头戴箬笠的男子,长身玉立,虽装束简朴却难掩不凡气质。

坂垣定了定神,直觉告诉他,这男子绝非常人!

忽然,一只玉色毛发的小猴子,不知从哪里蹿出来,一个身形矫捷的黑衣男子在后面紧紧追赶,而那黑衣男子的身后,是那个刚被徐桑良叫去和父母一起去后院厨房烧火做饭的小木兰!

那只小猴子三蹦两跳,越过一切障碍物,立在了箬笠男人的肩头。箬笠男人抬头一看,脱口而出:"娄二术,你怎么在这里!"

被叫娄二术的男子应声道:"白玉楼,别忘了我也是瓯福班的一员!"

未等众人反应过来,娄二术转头就直奔戏台,对着坂垣信形说道:"太君,您真是神算! 情况摸清楚了,谢班主知道那画作的所在,秘密就在他和那猴子之间!"

还没等坂垣信形发话,山中鬣野突然发出一声类似于鹰隼的尖利:"快将谢诚忠押过来!"

话音刚落,谢诚忠又一次被荷枪实弹的日本兵押上了戏台。

然而,包括山中鬣野和坂垣信形,谁也没有想到,还没等开审谢诚忠,只见这位瓯福班的班主,忽然满脸通红,拼尽力气讲了最后一句话:"穆桂英、穆桂英会来……会来收拾你们……你们这帮小鬼子……"便双目迸裂,倒地而亡!

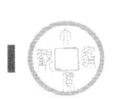

第九章
戏文藏谜谁解明

  谢诚忠的暴毙，让所有人措手不及！

  坂垣信形也很震惊，出生在日本武士家族的他，虽说留学时学的是艺术，但是，这几年在叔父强硬的系统训练下，早已不再是当年康之琳眼中那个对中国界画入迷的日本学生了！

  此刻，白玉楼和康之琳不顾一切冲上戏台时，他目光冷峻地阻止了身边的卫兵。坂垣信形将台上混乱的一切交给了向麓城警局的郜大局长。

  当从紧急赶来的警局法医口中得知谢诚忠死于心脏病突发后，坂垣信形起身快步走到戏台侧面的幕后，对紧随而来的那位黑衣男子低沉地问了一句生硬的中国话："娄二术，怎么回事？"

  一通低语，徐桑良翻译如下："太君，根据您的安排，他早早攀援在厨房的房梁上，将此前谢班主对他老婆王木兰的吩咐已经听得一清二楚！"

  坂垣信形神色一震："他说了什么？"

  徐桑良继续翻译："说是您的叔父坂垣参谋长想要的范仲淹字画确实不在张菩石手上，但他却意外收到了元代王振鹏的《江山胜览图》！张菩石一直在找可靠的人，将这幅宝画带回家乡。因此，名义上是邀请家乡的戏班子来唱贺寿堂会，实际是为避人耳目，将宝画秘密带回老家。想不到他那不识字的老婆因为丈夫回乡接手翻修这座大戏园，欠下了一屁股债，那时候城里城外又疯传'东北货'值钱，她想

239

到自己丈夫就存有一幅'东北货',就……"

坂垣信形眉头一皱:"这些不用赘述。我只想知道娄二术是怎么知道这个过程的?"

徐桑良说:"太君,把王木兰提来审一通就知道了,女人么……"

坂垣手一摆:"慢!"转身对娄二术说:"你继续!"

娄二术接话说:"师娘不敢告诉师父,又没有找到卖画的门路,就托了我。"

徐桑良继续翻译:"娄二术本来被谢班主逐出师门的,因为他经常偷鸡摸狗,就像那个梁山上的鼓上蚤!"

娄二术瞪了徐桑良一眼:"如果不是我有梁上君子的本事,我能帮师娘找到买主吗?李厨子一个人钱不够,就招呼了另外四把刀,一同出资偷偷买下了。"

坂垣沉吟:"继续说,刚你在厨房听见的是什么?"

娄二术有点兴奋:"太君,这画作是千真万确的了!因为师父刚在厨房狠骂师娘:如果不是那只小猴子,他还根本不知道师娘已经背着他偷偷将画卖出去了。刚见他骂师娘的时候气得发抖!"

坂垣紧紧追问:"废话少说!如今那画藏在哪里?"

娄二术马上哭丧着脸说:"太君,这就是要命的地方啊!师娘也问了师父同样的问题,师父说他藏好了,再也不会告诉任何人,只有小猴子和他自己知道画作藏在哪里。"

徐桑良问:"那他没有对女儿小木兰说什么吗?"

娄二术说:"对对,小木兰也问了这个问题,但师父只对小木兰讲了一句话:'以后穆桂英大元帅会告诉你的!'。"

"穆桂英……穆桂英……"坂垣来回踱步,他的眼前出现了戏台下那位一直与康之琳并肩而立的头戴大箬笠的青年男子。但他无法将穆桂英、青年男子、《江山胜览图》三者联系起来。

这时,在一旁沉默良久的山中鼴野闪动了一下黑色的眼眸,他转头问娄二术:"穆桂英这出戏,在这瓯福班里,是否有戏文?"

面对这样一位神秘莫测的日本老头,娄二术不敢怠慢,忙点头称是。

"把戏文拿来我看!"

娄二术很快就找到了戏本。

山中鬣野掏出了一副老花镜戴上,细细地翻起了戏文。

娄二术一边盯着山中鬣野,一边悄悄走到坂垣边上,吞了吞口水说:"太君,事若成,您可得答应带我去日本找我的生身母亲。"

坂垣信形轻蔑地瞥了他一眼,点了点头。

突然,山中鬣野怪叫一声:"我明白了!"

坂垣信形和娄二术同时抬头,看向山中鬣野。

山中鬣野问娄二术:"这出《穆桂英大战天门阵》,是否谢班主亲手所写?"

娄二术连忙点头。山中鬣野问出这句话的时候,他也瞬间想到了。

山中鬣野用日语对坂垣信形说:"我对中国戏曲也颇有研究,这《穆桂英大战天门阵》与中国传统版本有所不同,应是刚才死的班主动手改过的。他改戏文,是为了保护那幅画,他把画的秘密藏在了戏文里!"

坂垣信形恭敬地对山中鬣野点了下头。

当徐桑良和娄二术紧紧跟随坂垣信形再一次返回戏台上,王木兰母女正扑在谢诚忠身上失声痛哭!

徐桑良跟邰归华耳语了一番。邰归华皱了皱眉头:"容我考虑一下!"但他身旁的康瑗又开叫了:"都什么时候了,还考虑什么!这么大热的天憋在这个鬼地方,没得吃没得睡还不说,台上还躺着个死人,快答应日本人吧,赶紧把我们放出去最要紧!"

一时间,台下所有人都在乞求邰大局长快点放他们回家!

终于,其他人被放出了向麓城中央大戏园的那个大剧场。瓯福班的所有人,却被告知不许离开戏园子一步,并且接到了一个突如其来的命令:

从明晚开始,剧院向全城开戏!白玉楼将每晚演出新编京剧《穆桂英大破天门阵》,一直演到日本太君离开向麓城为止!

第二天,向麓城的老百姓都知道了一个惊人的消息:那幅所有人都在找的宝画真的在向麓城!为了这幅画,瓯福班的班主谢诚忠昨天蹊跷地死了!

向麓坊间还流传着一个消息:据说刚刚死去的谢诚忠托梦给头牌男伶白玉楼,寻找《江山胜览图》的密码,就藏在他新编的京剧《穆桂英大破天门阵》的戏文里!

所有人都将信将疑,直到朔门街外的宿觉码头,贴出了一张告示,告示的内容是悬赏:谁如果能破解戏文里的寻宝密码,皇军将有大赏!悬赏财物的金额,对向麓小城百姓来说是一个天文数字!

告示一出,中央大戏园那块预告演出剧目的"大水牌"上已经赫然写着:"今日上演:奉天花魁、洋场名伶白玉楼——《穆桂英大破天门阵》!"

古城百姓奔走相告,一下子人群就如潮水般黑压压地涌来,人们一边欢呼着"白玉楼、白玉楼……"一边开始敲打那个逼仄的售票窗口:"开票、开票,快开票!"

然而,他们不知道的是,大戏园里,日本人正将小木兰和她的母亲王木兰五花大绑,威逼白玉楼:如果他拒不开演,今晚他们母女将与尸骨未寒的谢诚忠同赴黄泉!

第十章
红尘破浪立信仰

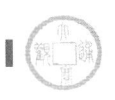

这一日，向麓古城的天空格外阴郁，江边暮云低垂，一如向麓中央大戏园的诡异的氛围。

向麓城老老少少谁也没有想到，他们朝思暮盼的曾红遍大东北的名伶大角白玉楼新排的大戏《穆桂英大破天门阵》，居然以如此怪诞的形式开了首演！

一边开场的鼓点一阵紧似一阵，一边戏台下男女老少左盼右等，龙套已经在台上翻了几遍跟斗，却迟迟不见白玉楼披挂上阵！

他们只知道焦急，却不知道，后台也正在演出着一场"哭灵"和"逼宫"的大戏！

坂垣信形就端坐在白玉楼的专用化妆间里，一双阴鸷般的眼睛紧紧盯着白玉楼，白玉楼则面无表情地对镜贴花黄，身后一左一右站着荷枪实弹的两个日本兵。

门外传来了一声声凄厉的哭喊："太君，求求您开恩，求您开开恩吧……求您给我松松绑，好歹也让我给他换身干净衣裳上路啊……"

她的身旁，响起了小木兰的嚎啕大哭："爸爸……爸爸……"

白玉楼往头上插珠花的手停住了，他感到一种前所未有的恐慌，这种恐慌，不是因为谢诚忠在日本人的威逼之下暴毙身亡，不是为他自己因效仿梅大师蓄须罢演、程大师避世逃演而被坂垣信形直接枪杀，而是对日本人要求他所做的结果的未知，这种未知将会带来怎样的灾难！这场戏，演，还是不演？

这时，他的脑海中突然传来了"叮"的一声，他又想起了那枚铜钱。

连日来的剧变让白玉楼心力交瘁,他甚至恍惚间觉得,眼前的一切都是幻境,这场幻境的开端,就是林醉月将铜钱塞给他的那一刻。

但谢班主的猝死,侵略者的刺刀,这些都是真的!

"人生是个大戏台,真与幻,谁又说得清呢。"白玉楼将铜钱扣在掌心,努力让自己的心情平复下来。

他还有重要的事情做:完成师父未竟的大任务。

剧院里,没有了往日开演前的人声鼎沸。

谁也没有注意到,康之琳压低了帽檐,从大戏园的偏门,径直走向后台。

她不是自己要来的,而是她的昔日法国同学坂垣信形请她来的。

虽然康之琳的父亲康雅山为女儿取名康之琳,就是希望自己女儿的人生能够如美玉般温润平和,无需与什么"主义""思想"沾边,但是他低估了时代的洪流,能让热血青年内心深处正义的灵魂喷薄而出!

康雅山没想到,留学期间,锦衣玉食的女儿竟接触了所谓新思想、新知识、新理念,研读马克思主义著作,研究俄国十月革命经验,成为坚定的马克思主义者!

终于有一日,康之琳毅然加入了这个组织,开始了改造中国、寻求民族振兴的伟大梦想!

为了这个开天辟地的梦想,组织有意对康之琳进行了系统的特工培训,当日本侵华战争进入关键时期,已练就一身本领、文武双全、智勇齐备的康之琳,带着组织的重托,回到了国内,重点工作就是利用自己的专业知识,尽最大力量减少中国的文化国宝因战乱流失。当溥仪向日本人秘密贩卖国宝时,康之琳就接到了严密关注这批国宝流向并进行抢救的任务。

在日本传统武士道精神的影响下,日本皇族特别崇拜骁勇善战的铁木真建立的元朝,视元朝文物为文化尊宝,因此,对元代宫廷画《江山胜览图》情有独钟,志在必得!

当组织情报部门得知日军一路追踪国宝的流向线索,派兵从东北追到中国东南这个千年古镇,而负责的指挥官恰巧是康之琳的同学坂垣信形,即刻派康之琳紧跟坂垣回到故乡向麓城。

但是,让康之琳没有想到的是,战争时局变化如此之快,而印象中羞涩温和的坂垣信形变得如此心狠手辣,事情比想象中要棘手得多!

她回到向麓城后,紧急梳理了所有关于《江山胜览图》的传言后,在戏痴父亲的帮助下,康之琳以最快的速度将瓯福班摸透了底。虽然康之琳在北京的菩石斋对瓯福班众人有救命之恩,但谢诚忠对宝画的秘密一直守口如瓶,他对康之琳接近的目的保持疑心,但想不到他的生命在日本人的枪口威逼下戛然而止,这个天大的谜团留给了所有人!

中央大戏园被坂垣的人牢牢控制,那天被放出戏园的康之琳正为如何再次进入大戏园而焦灼万分,忽然日本人的那张悬赏让她看到了机会,但正当她还在深思坂垣为何威逼白玉楼夜夜连演《穆桂英大破天门阵》时,坂垣信形竟主动派人接她到大戏园!当然,坂垣请她,肯定不是来看戏的,而是请她说服白玉楼的。

正在化妆间做激烈思想斗争的白玉楼对康之琳的到来也十分惊讶。

当初北京琉璃厂那场菩石斋血案,如果没有康之琳及时出现,他们瓯福班不可能在日本人的枪口下全身而退!虽与康之琳的第一次见面是在那样的刀光剑影下,撇开救命之恩的因素,白玉楼被康之琳身上谜一样的独特气质所深深吸引!

在回到向麓城,虽然时间不长,但与康之琳密切的接触中,他发现自己对这位刚柔相济、非同寻常的女子彻底沉沦了,但又觉得自己是个戏子,对方是西天来的仙子,怎敢有更多的奢望!

此刻的白玉楼背后被日本人盯着,眼前是施了半张的粉脸,正寻思着:一边是家仇国恨,一边是师娘母女的性命,若是康之琳在就好了,定会帮我决断!

而此刻,康之琳果然如仙女下凡,飘然而至!同时,坂垣信形带着日本兵走了出去,并带上了门。

谁也不知道男旦名伶的头牌化妆间里,康大小姐对众人翘首期盼的白玉楼说了什么。没过多久,戏院的舞台上便鼓板点点、铙钹急急,头戴雉翎、背插靠旗、飒爽英姿的穆桂英就威风凛凛地出现在舞台上了!

白玉楼朱唇一启:"辕门外,层层甲士列成阵;虎帐前,片片鱼鳞跃眼明。"高腔震玉而出时,台下并没有往常的掌声雷动,因为戏台下,所有人此番来看戏,心情极为紧张、心绪极为复杂!

山中鼹野坐在戏院中央,目不转睛地盯着台上白玉楼的唱念做打。他看得格外认真,不时和徐桑良交流着戏中那些可能出现的改动细节。

而端坐着的坂垣信形,却无心观戏,他的眼中,只有旁边的康之琳。

人群中的康雅山也向女儿康之琳投来疑惑的目光,只见女儿也秀眉紧蹙,紧盯着剧情的所有变化细节。

第十一章
非我族类其心异

"摆设下天门阵天昏地暗,乾对坤坎接兑虚实相连。巽主风黑沙阵烟尘浩荡,离为火烈焰阵火光冲天。艮为山如猛虎云龙雷震!"

一段慷慨激昂的高腔,从白玉楼的胸中喷薄而出,回荡在向麓古城已经长久沉寂的中央大戏园中,似乎要冲破戏台中央顶上由精巧构件巧拼而成的藻井!

戏台下,压抑已久的掌声与喝彩声终于雷动!

但是,很快,人们发现了一个不同寻常的身影出现在舞台上。随着"穆桂英"英姿飒爽的一声:"众将士!牵马来!"

"在!"应声而出的不是一般的龙套,而是那位曾经也名扬几百里瓯江两岸的武丑名角——娄二术!

所有人都吃了一惊,包括台上的白玉楼!

谁也说不清向麓人已经有多久没在戏台上看见娄二术了,但戏迷们都还清晰记得当年以武丑出名的在大白光下"摸黑对打"的那个娄二术:一身蝴蝶绣花玄色的侉衣侉裤,耳鬓一朵黑色的绒球随着抹黑打斗上下翻滚的身子而频频颤动。因为娄二术长着长长的鹰钩鼻,因此他的《三岔口》里的白鼻子脸谱勾勒得总比别的武丑夸张很多。

虽然那天并没有用白色油彩勾画脸谱,但当娄二术身穿一身龙套服饰,躬身给白玉楼递上"穆桂英"的马鞭时,所有人都认出了那个标志性极强的"长钩鼻子"!

白玉楼疑惑地回眸望了望身边常规的四个龙套。他不知道,这是山中鼴野和娄二术合谋让娄二术上台融入戏中,以寻找《江山胜览图》的线索。

当年娄二术被谢诚忠赶出瓯福班,在向麓城也算是一个轰动事件,因为娄二术6岁丧父,7岁时母亲人间蒸发,向麓人都说:娄二术的母亲回日本去了!

娄二术原本不姓娄,而姓唐。

向麓城自古被称为南蛮之地,耕地稀少,台风肆虐,百姓生活困顿。为求生计,20世纪初开始有人出海谋生。向麓城有一首流传已久的"竹枝词"——

"东洋红日近扶桑,西洋黑水逼穷荒。劝郎莫作飘洋贾,海上风波不可当。"

这首竹枝词劝谕乡人莫要轻易出国,但依然挡不住人们外出求生存的脚步。娄二术的父亲就是其中之一。

因为从向麓古城的朔门宿觉码头入海,迎着风浪一路东渡,最近的便是扶桑国日本了。年轻的伞匠小唐师傅跟着一批向麓老乡一起到了日本,在陌生的横滨港上了岸。

登上横滨港后,身怀纸伞手艺的小唐师傅的足迹遍布日本各地,以贩卖油纸伞和青田石为生。而他的一部分老乡则集中在东京、横滨等地从事煤炭搬运、铁路建造等体力劳动。上天似乎特别眷顾这位心灵手巧的小伞匠,凭着几把精巧的油纸伞,他娶了一位仙台女子为妻,最后选择定居在气候跟向麓城相似的靠海城市——静冈。

但不久,却发生了日本枪杀华工的惨案,伞匠唐师傅带着妻子与尚在襁褓里的儿子又迎着风浪一路颠簸逃回了向麓城。

回到向麓后,一开始的日子并不难过,但是随着日本发动侵华战争,唐家整个家族就不受人待见了,有一个日本母亲的儿子从小没少为这事受欺负。没几年,唐师傅因病去世,留下那个仙台来的日本妻子带着儿子的日子就更难过了。在7岁的某一天早晨,儿子一觉醒来,母亲不见了!

后来,所有向麓人都知道心地善良的瓯福班班主谢诚忠对那个孤儿视如己出,因材施教,根据孩子的身形外貌特征,将他培养成了一个武丑名角!并将他的艺名改为让人一看就能想到丑角的"娄二术",开始了新生活!

但是,向麓人想不到的是,娄二术某一天会被恩师逐出戏班。至于到底为何原因,坊间有各种传说。师徒决裂后,谢诚忠带戏班北上谋生,直到在东北奉天立稳脚跟。而娄二术却凭借一身武丑的功夫,暗地里成了瓯江沿岸身手非凡的一名"神偷"!

也就是凭着一身神偷的技艺,他与远在北京琉璃厂的同乡徐桑良勾搭上了,一个偷一个销。也正是因为徐桑良,他结识了日本人,开始打探他母亲的消息。

娄二术虽然承认自己是中国人,但他内心深处也认定自己一半是日本人。坂垣信形找到他的时候,同意了他的条件:事成之后,坂垣必定带他回日本,母子团圆!

当谢诚忠一头栽倒在舞台上那一刻,娄二术的心头掠过那么一阵的悲伤,但他的悲伤更多在于:师父死了,《江山胜览图》的秘密也没了!

那天他给坂垣信形出主意,放谢诚忠一家三口去镬灶间做饭,以自己"神偷"的本领藏身之后,就可偷听师父的交代了。

果然,偷听的结果,他证实了自己之前的猜疑:第一,琉璃厂菩石斋血案发生时,《江山胜览图》确实在混乱中被师父带回了向麓城;第二,师父居然没有将藏宝的地点告诉任何人,包括白玉楼在内,更没有告诉师娘王木兰!只听师父叹了一句:"世事难料人难靠,想想娄二术,还不如那只玉猴子呢!"

师娘也一直在追问:"我知道我做错了事惹了大麻烦,但将那画卖出去,既是替你还债,更重要的,还不是想为你避祸?如今日本人如狼似虎,咱还是将那东西毁了吧!"

只听得师父压低声音呵斥道:"你这只知道烧火的婆娘!我谢诚忠一辈子编戏文,还不是要告诉天下众生——忠孝节义、仁礼智信,明是非,辨善恶?那只是一幅画吗?那是国宝,是稀世国宝!怎能让日本人夺走?"

王木兰听了,弱弱地说:"猴子又不能说话,娄二术不是你亲生的,白玉楼也不是你亲生的,可小木兰总是你亲生的吧!你总得跟女儿交代个大概吧!"

谢诚忠说:"宝物是宝也是祸啊,怎可让女儿担祸!我已经做了安排,以白玉楼的聪慧和悟性,只要他开演我的新编'穆桂英',便能慢慢悟出来。之所以不直接跟他说,也是替他避祸啊!"

王木兰不敢再接话,她想不到的是,这次一家三口伙房对话,竟是诀别!

于是,便有了山中鼍野以小木兰母女性命为要挟,用枪顶着白玉楼开演新编"穆桂英"的那一出,便有了娄二术粉墨登场。他要亲自上台,从头到尾参与戏文内容和细节,仔仔细细去探索师父留下的蛛丝马迹!

"锵锵锵锵",台上鼓点越来越急,娄二术发现白玉楼在台上走圆场的线路,不是常规穆桂英剧本中的"迷魂阵"。

常规的剧本中,穆桂英走圆场的台步应该是正的,但今晚,白玉楼所走的所有台步都是靠右倾斜!

娄二术忽然脑子中闪现出了原来师父跟他说过,古书上穆桂英为破天门阵,也曾摆下"迷魂阵"。她的"迷魂阵"中,村庄、街巷、地块全都是向右倾斜的!她诱敌深入,辽兵一到阵中,便分不清东南西北,晕头转向,产生错觉。顿时瞎闯乱碰,只有招架之力,没有还手之功,穆桂英靠此阵法大败辽军!

舞台上,此刻的娄二术一边跟着走圆场,一边紧急思考,走了几圈,忽然他觉得自己脑子灵光乍现,径直跑向舞台边乐队旁边,一把夺下司鼓的鼓槌,顿时乐队戛然而止!

第十二章
举头三尺有神明

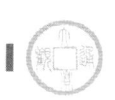

深夜,向麓城城北宿觉码头朔门街一带的老百姓被一阵阵巨大的声响惊醒了。

自打日本人进城后,向麓人整天心惊胆战。此刻从大戏园传来的惊天响声,更让他们的心头如鼓点震颤!有胆子稍大的人披衣起身出门伸长脖子,向大戏园的方向张望。

他们不知道,那个在向麓人心目中最高的艺术殿堂正遭受着空前绝后的蹂躏!但是,谁也没有想到,日本人对这座精美绝伦的园林式艺术建筑群的摧残,居然先是从一个不起眼的厨房开始下手!

向麓人称厨房为"镬灶间"。家家户户的镬灶间里都恭恭敬敬地供奉着灶神爷,北方人是腊月廿三过灶王节,而向麓人是腊月廿四敬灶王爷,也就是他们口中的"镬灶佛爷"。这里的人们坚信每年腊月廿四,给镬灶佛爷供奉糖糕甜果,他必定明辨是非善恶,上天言好事,下凡惩恶人!

这镬灶佛爷的神像就贴在镬灶间的烟囱壁上,虽然每天被烟熏火燎,但他老人家依旧每天笑容可掬地俯视着人间百姓的柴米油盐。因此,向麓人对镬灶佛爷也特别亲近,除了廿四给镬灶佛爷换张"新面孔"外,日常是轻易不动这位神仙的尊容的。但是,今日,当戏台上的娄二术夺过司鼓的鼓槌后,冲到台下,躬身俯首对山中鬣野耳语几句后,山中鬣野腾地从座位上站了起来,只留下几位荷枪实弹的日本兵看守戏院的台上台下,坂垣信形、山中鬣野带着卫兵,在娄二术的引路下,从戏院穿

251

过后台,直奔大戏院的镬灶间!

原来,刚在台上跟随着白玉楼走圆场的时候,娄二术发现师父改动了原来戏文中穆桂英"迷魂阵"的阵法,台上所有人的脚步和身子一直倾斜着向右。他忽然想起向麓大戏园虽说坐北朝南,但依据宿觉码头紧靠的瓯江水的流向,是一路向东南的,因此,严格来说,向麓大戏园整个园林似的整体建筑不是朝正南,而是偏东南方向。

娄二术一边跟着白玉楼"扬鞭催马"走圆场,一边大脑急速运转,忽然灵光一现:整座中央大戏园的建筑布局里,镬灶间刚好是直面东南方向的,师娘王木兰每天都在镬灶间里忙乎,而她又极度信奉镬灶佛爷,那么有了佛爷的加持和护佑,谢诚忠一定将《江山胜览图》藏在正东南的镬灶间里!

坂垣信形带着手下,直奔镬灶间,对着这个偌大的"中国厨房"就一顿翻箱倒柜,砸锅摔碗,拆门卸窗,巨大的声响惊动了附近的居民!

但是,他们在镬灶间掘地三尺也找不出个所以然来,娄二术的额头冒出了一滴一滴豆大的汗珠,最后直勾勾盯住了烟囱壁上的那张镬灶佛爷的画像。

但是,当他飞身跳上灶台,准备伸长手臂去揭那张已经布满黄烟的画像时,忽然感觉镬灶佛爷的双眼闪出了冷光,就像两道冷箭直刺自己的双眼,吓得他缩回了手。

他揉了揉眼睛,却发现眼前的镬灶佛爷依旧一脸慈悲地看着他!

娄二术不觉背后一冷,再次伸向画像的手有些颤抖!

坂垣信形不解且不耐烦:"为何还不动手?"

"太君,这是中国有名的神仙,轻易动他,恐怕……"

坂垣听了,托着腮在灶台前踱了很多步,长筒靴一脚一脚踩出了一个个灶灰脚印。忽然,他转身对娄二术和徐桑良说:"跟我回剧院!"

回到剧院,根据坂垣信形的意思,徐桑良跳上戏台,对台上台下所有人说:"太君说了,你们发财的机会到了!谁要是能在大戏园的镬灶间里,找到那幅'东北货',一定兑现城墙上告示里的巨额奖赏!"

台上台下听了,先是鸦雀无声,稍后,便有了一点动静,再稍后,一个瘦猴似的半大小子怯怯地举手:"我想去试试!"

月白酒馆的老板娘林醉月和众人一看就认出来了:那不是那天壮着胆子揭了家里镬灶佛爷画像的那个被小脚姨奶奶追着骂到小酒馆的半大小子吗?此刻,他那小脚的姨奶奶依旧发出了惊呼:"小祖宗诶,惊了镬灶佛,腊月廿四夜,镬灶佛爷上天向玉皇大帝禀报的时候,可要吃苦头的哦!"

徐桑良喝止了那位小脚姑婆:"你这见不得世面的老太婆,嫌自己活太久了吧,太君的枪可不管你几岁的!"又侧身对那精瘦的小伙子说:"想想你可怜的盲眼娘吧,这笔钱可以治你娘几双眼睛你是知道的吧!"

孩子的身子动了动,可被身边的小脚姨奶奶死命拽住了。

正在一老一少争执不休的时候,戏台下,传来一个底气很足的声音:"我去!"

众人一看,是身形肥大的"向麓五把刀"之一的王厨子!

众人都替王厨子捏了一把汗,娄二术一看,双手一合掌:"哈哈哈,我咋就没想到你这个王大胖子呢!"

徐桑良一看这情形,连忙向坂垣信形做了翻译:"这是向麓最有名的厨子,刀工了得,他做的菜雕那可是方圆五百里一绝啊!"

坂垣一听:"不用废话!快带这厨子去厨房!"

看着紧紧跟在日本人身后的王厨子肥大的身影,高一刀、孙篾匠、钱鞋匠和赵剃头匠心中五味杂陈,当然,更多的是担心王厨子的安危,毕竟此刻,他面对的是鬼子啊!

但是,即便是名扬瓯江的王厨子,即便他手不抖、心不颤地跨上灶台,揭下了那张朝着他笑眯眯的镬灶佛爷像,还是没有《江山胜览图》的踪影!

娄二术额头豆大的汗滴再次如雨淋下,他铁青着脸,对着王厨子肥大的屁股就是一脚:"你这个没用的废物!"

坂垣也脸色铁青:"扒灶台!"

王厨子顾不上疼,跟着娄二术和日本兵手脚并用,顿时,那个硕大的灶台被夷为平地,灶王爷的画像飘然而落的那一刻,坂垣信形也看见了这位中国神仙向他投来冷箭一般凌厉的目光!

在剧院里的所有人,都焦急万分地等待着结果!

虽然康之琳面如静水,但她的脑子在飞快地运转,她当然不相信娄二术能这么快就破解了谢诚忠留下的迷局。但是如果真的有人破解了,那么她就须想好对策"虎口夺宝"了!

下午在化妆间里,康之琳只短短几句话,白玉楼便听懂了,他以简短的话回应了康之琳:"寻宝、护宝,不是师父、也不是你我或者某个人的事,我虽为伶人,但很明白,这事事关国家荣辱,是整个中华民族的千秋气节!"

他与康之琳约定,一定在台上用心体会师父新编的《穆桂英大破天门阵》,因为他相信康之琳的判断:师父是心思如此缜密的一个人,这新编戏里,肯定有藏画的谜底!

但他想不到,娄二术也想到了这一点,并且依靠日本人,他能先下手为强,自己却被日本人的枪弹困在台上不能动弹,何况还押着师娘和小木兰两条性命!

王厨子被两名日本兵押上了戏台,娄二术又飞起一脚,将王厨子踢倒跪在了戏台上!

"皇天啊,你这个挨千刀的鼓上蚤,你等着……"王厨子怒目向娄二术开口大骂。娄二术不回话,却将一根小臂粗的烧火棍抢了起来,正打算向王厨子的后背狠狠砸下来,却听见山中鬃野厉声喝道:"慢着!"而他迈着缓慢的步子,一步步向王厨子走了过来……

第十三章
阵前桃花三点头

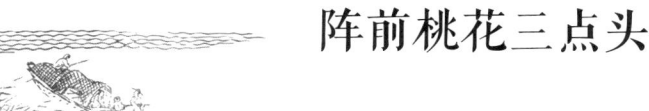

当娄二术高举的烧火棍将要重重落在王厨子后背的时候,戏台下胆小的孩子将眼睛紧紧闭了起来,向麓城各路工匠却睁大了眼睛!虽然工种不同,但他们的心是相连的,因为王厨子和他们一样,都是响当当的东南巧匠!

早在五千多年前的新石器晚期,华夏东南这块神奇的土地上,向麓的先人就在这里创造了灿烂辉煌的文化,玉器、陶器、青铜器、缥瓷等闻名于世。宋代工艺独特的精美漆器,店号遍布全国。蠲纸、竹丝灯等被列为贡品。明代的彩石镶嵌与清代的瓯绸、瓯绣、龙须席、雨伞等久负盛名……由于瓯江奔腾入东海,这些向麓能工巧匠制造的巧器,经海路一路漂洋过海,饮誉四海内外。

今日戏台下的这些手工艺人们,有一个共同的名字,叫"向麓工匠",平日里为了生计,工匠们埋头做工,不关心时事政治,更不是大戏园的常客,今日之所以聚集于此,是徐桑良给坂垣信形的主意:因为这些匠人们看似平凡无奇,却在各自的领域身怀绝技。他们能在一榫一卯间透出智慧,更能在一捏一拿中把控方寸。学艺术出身的坂垣信形一听就明白了,于是,向麓城各路巧匠都被强制"请"进了大戏园,要求他们放下手中的活计,夜夜来看戏,如果发现那幅"东北货"一丝一毫的线索,必有重赏!

当山中鼹野这个让人莫名恐惧的日本老怪,慢慢踱向跪倒在舞台中央的王厨子的时候,戏台下所有工匠的心都提到了嗓子眼!

但是，娄二术的烧火棍并没有落在王厨子的背上。大家惊讶地发现，山中鼍野伸出一只手，将王厨子拉了起来，并且示意徐桑良翻译：由于王厨子遵从大日本帝国发出的指令，执行了城门贴出悬赏的告示，虽然今日没能在大戏园的厨房里找到皇军要的"东北货"，却为向麓百姓帮助皇军的工作做了榜样，为此，皇军要奖赏这个为大日本帝国出力的中国人！

不仅向麓人吃了一惊，就连徐桑良也边翻译边纳闷。不一会儿，坂垣的贴身卫兵给王胖子递过来一摞白花花的银圆，王厨子不敢伸手。娄二术又给了王厨子一脚："你个死胖子，不要不识抬举！"

当王厨子颤巍巍接过那一摞"袁大头"走下戏台时，他发现他的同行们向他投来了异样的目光，他知道，那些目光中，不是羡慕，更多的是鄙夷和轻视！

他怯怯地收回了目光，一抬头，发现受向麓人尊敬有加的康雅山先生在他身边轻轻摇了摇头，并发出了一声沉重的叹息！

带着"明晚再来看戏"的皇军命令，人们迈着沉重的步伐走出了戏园，此刻，几乎所有人都回头最后看一眼东南方向的那片废墟，仿佛也听见了废墟下镬灶佛爷的一声叹息！

虽然仍有日本兵把守，但是，康之琳以坂垣信形老熟人的身份，被允许自由出入。此刻，她没有离开，而是绕着已经夷为平地的厨房走了几圈，然后摸黑在剧院后面的生活区角角落落也走了个遍。忽然，她惊讶地发现，那只久未露面的有着玉色毛发的小猴子，在月光的照映下，通身发亮！它在园林的回廊上跳跃，跳跳停停，似乎一路在引导着她！

康之琳加快脚步跟上了小猴子，果然，在小猴子的引领下，她来到了园子里的一处假山前，假山前栽着一棵巨大的榕树，这种大叶榕是浙南的特有树种，古榕树在向麓古城并不鲜见，千年老树根须强大，并且枝蔓往下生长，形成"独木成林"的独特样貌。

"康小姐！"随着一声轻呼声，康之琳惊讶地发现在榕树后面的假山有一个很难被人发现的狭小石洞，声音是从那里发出的，呼唤她的正是还没卸妆的白玉楼！

康之琳侧身入洞,白玉楼说:"娄二术带日本人拆镶灶间时,我原本以为师父有可能将宝画藏在这里,但刚才仔仔细细搜过了,并没有。"

康之琳听白玉楼这么一说,再次仔仔细细将这个狭小的石洞观察触摸了一遍,确实没有发现任何暗门夹缝之类的机关。她眉头紧蹙,对白玉楼说:"像这样的地方,会是所有搞侦破的人首先要重点搜查的地方。谢老板心思缜密,应该深谙这个道理!而且这个石洞是朝西北的。"

白玉楼点头:"有道理。当初听说日本人进城时,师父就曾多次嘱咐过我:如果被逼要登台时,定要用不一样的心思好好琢磨他的新戏。"

"用心演戏!用心演戏……"康之琳说:"这句话不是谢班主随口说的,必定另有用意!"

"会是什么呢?穆桂英的戏,妇孺皆知,但今天依照台本,原本正常的圆场步,师父朱笔强调,必须靠右走圆场,靠右走,我们的脸就会始终面向东南!"

康之琳恍然大悟:"难怪!你们的镶灶间!"

一语点醒了白玉楼:"看来,师父留下的寻宝密码必定还在戏文里!今晚我一定分毫不差按照师父的新编台本演,你可得看仔细了,演到师父朱笔批示过的地方,我就用我桃花枪的枪头向你点三下!"

第二天傍晚,太阳迟迟不肯落山,但包括"向麓五把刀"在内的工匠们及各路百姓,却又被早早赶进了中央大戏园!他们中间,绝大部分是当初来过月白酒馆的那一批找林醉月鉴宝的平头百姓,这是娄二术和徐桑良共同给坂垣筛选出的"目标观众"!

另一边,以保安和加强警力的理由,邰局长向日本人提出来,每场演出,他们的人也要在场!坂垣信形同意了。

"锵锵锵锵!"大戏园开场的鼓点再一次急急敲响,随着一声娇喝,头戴雉翎、背插靠旗的"穆桂英",威风凛凛出现在舞台上了。只听得白玉楼开口喝道:

"非是我临国难袖手不问,见帅印,又勾起多少前情。杨家将舍身忘家把社稷定,凯歌还,人受恩宠,我添新坟。庆升平,朝堂内,群小争进,烽烟起却又把元帅印送到杨门!"

戏台下,所有人为之一振!戏台上,勾画着长长鹰钩鼻子的娄二术心头也震了一震,听到白玉楼唱到"新坟"二字时,他似乎看见师父谢诚忠就在空中对他怒目而视!

正当他恍惚时,忽然见白玉楼开始耍他拿手的"桃花枪"。也正是在娄二术恍惚之间,白玉楼的桃花枪已经朝台下的康之琳点了三下头!

只听白玉楼念白:"昨夜桂英在军帐内打盹,梦见两位童颜鹤发老人从空中飘然而下。两位长者与我说:我俩是高阳、高辛二帝,见穆元帅赤心保国,特来献一阵法,助你破天门阵!这一阵法,都绣在这一方绣帕上了,今日交与你,你将好生研看!懂得真谛,必能破阵!"

娄二术从空中玄幻的师父的怒目中缓过神来时,只迷迷糊糊听到了"绣帕"二字,而台下的康之琳却早已听得明明白白!

当白玉楼从戏服的袖笼里掏出一方绣品在台上舞动时,娄二术忽然缓过神来,发现这不是原来传统台本里该有的念白,是师父新编特意加的戏文,他没有多加思索,不顾一切跳起来,伸手想将那一方丝帕抢过来,想不到那只玉色小猴子不知从哪窜出来,又将那帕子抢走了!眨眼之间,跳上了舞台上的幕布,回头向下张望。

台下山中鼴野也察觉到了什么,他迅速对坂垣信形耳语了几句,坂垣信形一个大跨步上戏台,"砰砰砰",朝着高大的幕布连开三枪!

戏台下一片惊呼……

第十四章
高门天桥三岔口

坂垣信形的枪口还冒着烟,但却没有击中那只小猴子,只见它一只手攀援在高高的戏台几道幕的幕布上,闪电一般在大幕、二道幕、三道幕之间的最上方跳来跳去,另一手中依旧举着那一方绣帕,在灯光下闪出特别的光彩!

刚刚的三声枪响,右侧条幕旁,小木兰发出的惊叫引起了坂垣信形的注意。

木兰怒目又担心:"你们、你们别伤害我的孩子!"

坂垣信形并没有理会王木兰,而是躬身对小木兰说:"听说那小猴子是你养的。你要是能让上面那只猴子下来,我就放了你妈妈!"

娄二术一把抓住了小木兰的小胳膊,根本不顾小木兰疼得嗷嗷叫:"平日里这猴子与你形影不离,你快把它叫唤下来!"

小木兰满眼含泪,朝着上面那只玉色小猴子轻声叫了两句:"小壁虎,小壁虎下来!小壁虎,你下来!"

徐桑良瞪了小木兰一眼:"你个臭丫头,明明是一只猴子,你叫唤壁虎做什么!"

小木兰惊恐地往后退了好几步,将脖子往衣领里缩了缩,一声不吭,眼睛却往戏台中央的白玉楼那里瞟。

白玉楼从刚才戛然而止的戏份中迅速抽身而出,也来到了右边的侧条幕前,对徐桑良说:"你吓唬孩子做什么!那只猴子的名字就叫'小壁虎'!"

然后转头对坂垣信形说:"中国有句古话——畜生就是畜生,哪能多叫唤它几

259

声,它就能听懂人话?"

坂垣信形被狠狠噎了一下,但他没有发作,顿了一下,对徐桑良说:"你跟这戏子说,让他去把那只小猴子弄下来,不然这对母女难免遭殃!"

说罢,他身边的卫兵迅速将小木兰捆了个严严实实,粗壮的绳索紧紧勒进了小木兰稚嫩的肩膀,小木兰一边扭动着身躯,一边大口大口喘气:"妈妈,疼,我透不过气了!"

王木兰的眼泪夺眶而出,转头对徐桑良说:"求求你们了,她还是个孩子啊!"

戏台下,传来了很多观众的声音:"白老板,快想想办法吧!"

康之琳身边,一个女子似乎喃喃自语,焦虑道:"白老板,快想想办法让小猴子下来吧,给他们那方帕子吧,大不了我再给您绣一幅啊!"

康之琳扭头一看,认出了女人身边坐着的是"向麓五把刀"之一的剃头匠"赵剃刀"。

康雅山轻声对女儿耳语:"这是'赵剃刀'的老婆,就是你小时候曾经跟她学过刺绣的'瓯绣绣娘'洪雪芝!"

康之琳轻轻"哦"了一声,再一次侧脸打量了右手边这位眉目清秀的女子,只见她身形轻轻薄薄,但身上有一种气定神闲的独特气韵。

似乎有感应,身边这位以"瓯绣"闻名遐迩的绣娘洪雪芝也回头对康之琳悄声道:"康小姐,您看,这多让人揪心啊!"

正在两个女人简短的对话间,白玉楼已经揪住了二道幕,"蹭蹭蹭"地往上攀援。眼看够着"小壁虎"了,但是那只小猴子又腾地跃到了三道幕上方!

忽然,只见一道黑影翻了几个跟斗,三两下就跃到了三道幕。这对武丑出身的娄二术来说并不是难事。白玉楼一个燕子翻身,也从二道幕跃到了三道幕上。

于是,戏台上下,所有人都仰着脖子,直愣愣地盯着台上的三道大幕之间,身手不凡的男伶白玉楼和武丑娄二术演了一出惊险又刺激的高空版《三岔口》!

这一抬头,坂垣信形也被震撼了。

坂垣信形之前在东北见过中国戏园,那些戏园大多舞台简陋、格局呆板,都是呈正方形突出,舞台与后台相隔之处有一排板壁。左右两端分置一个出入口,但没有门,直接面对观众。左面的称上场门,上框有"出将"两字;右面的称下场门,有"入相"两字,两个门框上都只是挂着一层薄薄的布帘,那种有绣花缎面的厚帘子,算是比较讲究的戏台子了。

但他不知道,如今眼前这座向麓古城的中央大戏园,是集聚了当年瓯江八百里两岸三位顶级"戏痴大财主"的心血修建而成。舞台彻底改变了旧式建筑结构,舞台由方形改为半圆形,台上有多层布景幕布,且运用新式灯光设置机关布景,舞台顶部甚至在传统藻井下加建了一座木质的天桥,遇到雪景剧目,可用剪碎纸片,从木桥上洒下。当年一曲《窦娥冤》,演到六月飞雪时,阵阵"雪花"翩翩而下,吸引了浙南闽北甚至江西、安徽和杭州、上海的观众前来观看,令向麓大戏园名噪一时!

如果自己不是肩负使命,如果此刻他不是日本军人,他想自己会和法国同窗康之琳潜心研究这座中西合璧、古今融汇的绝美建筑!

正当坂垣信形有那么一刹那的分神时,忽听得头顶上一声高叫:"手到擒来!"

只见三道幕上的娄二术再向上一蹬身子,差一点就抓住了"小壁虎"的尾巴,却只见那只玉色小猴再次腾空而起,从三道幕上松了手的同时,翻身跳上了那座高高悬空的木质天桥,它手中的那条丝帕,如一片大鹅毛飘然而落,娄二术手一伸,顺手就接住并紧握在手了!

接过翻筋斗跳下来的娄二术递来的丝帕一看,山中鬘野的神色出现了瞬间的疑惑,但随即,他紧紧攥住那条丝帕,带上娄二术就匆匆离开剧院。坂垣信形见状,便与徐桑良耳语,徐桑良快步回到戏台中央:"今天就此散场!明晚继续!"

散场后,康之琳直奔白玉楼的化妆间。白玉楼自责道:"真没有想到娄二术会抢这帕子,而且我居然没能抢得过他!"

康之琳问:"谢老板给你排戏时有交代过为何加这方帕子吗?"

白玉楼苦笑道:"哪来得及排戏?这出戏我们压根就没有排演过,是坂垣忽然逼着我演的,幸亏瓯福班个个都是老戏骨,大家跟着我对一遍就能上台了。但谁也没想到娄二术忽然冒出来跑龙套!"

"今日娄二术如此拼死抢丝帕,必有缘由!你还记得这帕子上绣的是什么吗?"

看康之琳追问,白玉楼更懊恼:"我急着记戏文,只当这帕子就是师父新加的一样道具,没细看上面绣了啥,只记得上面绣着一座木桥!"

"木桥?有点奇怪。平日里你台上拿的绢帕都绣着花好月圆之类,知道是谁绣的吗?"

白玉楼眼睛一亮:"师父是请洪雪芝绣娘赶工绣成的!"

"快,给我洪绣娘的地址!"

康之琳飞奔出戏园子,旋风一样来到了鼓楼街旁的赵家剃头铺子。

其实赵氏夫妻也刚回家门不久,洪绣娘正对今晚舞台上"抢帕子"的一幕不解:"不就是谢老板加了双倍的钱叫我绣的一方丝帕吗?"

憨厚的赵剃头匠接话说:"别说那么多了,我可不想惹日本人!"

一见来人是康家大小姐,赵氏夫妻忙热情迎进来。康之琳娇喘微微,拉住洪绣娘柔软的手说:"洪绣娘,如今大戏园子的情况你也看见了,咱得想办法从日本人手里救下大戏园子,更要先救下小木兰母女俩……"

心灵手巧的洪绣娘早已听明白康之琳的来意:"我平日里做绣品,一直有留下画稿的习惯,另外如果不赶时间,都会先绣一个草样的。这回谢老板要得急,就没有绣草样,但画稿还在。"

说罢,洪绣娘拉开绣绷下面的藤编筐子,将里面的一张画稿递给了康之琳。

康之琳拿在手里,道了谢,乘着月色,先回了家。

但是,赵家夫妻没有想到,一场灾难如影随形,即将找上这两对平日里与世无争的老实手艺人!

第十五章
血如残阳绣指断

向麓大戏园今晚的大戏又将开始！

可南风剧社的司鼓李师傅却老是觉得自己的手不听使唤。

他是马老板手把手调教出来的,自打谢诚忠接了瓯福班班主位置后,从众多的戏班后生里,选了他做了戏班的主司鼓。谁都知道,戏班的司鼓师傅就如西洋乐队的总指挥,是"场面"——也就是乐队的主心骨。这位性格内向的年轻司鼓,知道自己不像师父那么全才,所以他就潜心敲鼓,那一双鼓槌在他手里,如今已经像是自己的手指般运用自如。可是,这两场被日本人威逼而突然要演出的新戏,如此突发如此的变故,是他万万想不到的。

虽说是大家熟悉的"穆桂英",但因为戏文是师父新编的,较传统鼓点有了许多变化。他凝神聚气按照新鼓点在演奏时,不知从哪里冒出来的曾经的师哥娄二术在他最聚精会神的时候,猝不及防地从台上蹿出,夺过他的鼓槌就扔在地上！

第一天如此,第二天也如此！这让李师傅对今夜的演出心生恐慌。

那一边,只见白玉楼已经装扮完毕,等司鼓一响,便出将入相了。但是,李师傅的手有点抖,迟迟开不了鼓点。

白玉楼站在戏台上"九龙口"边,看出了小李师傅的异样。

不管新型戏台如何变化,在靠近板壁的地方都是场面(乐队)的所在地。其中鼓手一定坐在上场门的旁边,即"九龙口"。凡是正场角色出场,踱到"九龙口"处,必须要立定整一整冠,然后再走,这是京戏的规矩。

此刻,白玉楼已经整了好几回衣冠,但小李师傅的鼓点还是没能敲响。白玉楼来到他身旁,俯下身子对他耳语了几句。没一会儿,白玉楼踩着鼓点,从"九龙口"英姿上场,开口唱道:

"帅子旗飘如云,斗大的穆字震乾坤,上阿上写著浑天侯,穆氏桂英谁料想我五十三岁又管三军哪。都只为那安王贼战表进,打一通那个连环战表要争乾坤!"

看着白玉楼的一段开场"西皮流水"淡定而清扬,李师傅顿时心不慌手不抖了!但是,他担心的那一幕,还是重演了一遍,而且是以残忍而血腥的方式!

康之琳没想到,昨夜她离开赵家后,不到两个时辰,赵剃头匠的店铺门便被日本人砸开了!

当娄二术与白玉楼在戏台上演了一出高空《三岔口》,抢到那方绣帕后,娄二术对山中鬣野说的话,与康之琳和白玉楼说的如出一辙:这帕子上的绣品图样与常规旦角所用的完全不同,必有玄机!

山中鬣野一看,确实如此:上面绣的不是常规的花鸟虫鱼,而是一座造型别致的木质桥梁!

于是,深夜,他们砸开了赵剃头匠的店门!

睡梦中被惊醒的赵氏夫妻被吓得不知所措。他们紧张地盯着在绣房里四处打量的坂垣信形。而此刻的坂垣信形,心中在暗暗惊叹:这样的陋室里,居然有如此技艺绝世的中国刺绣!

他端详着简陋的木质板壁上悬挂的一幅绣品:画面色彩并不浓烈,却透露出满满田园秋韵的恬然闲淡,散发着归田园居的诱惑。他一转身,发现身后有一只向他扑过来的猛虎!坂垣下意识倒退两步,转到绣品的背后,想不到背面绣品上的老虎依然向他猛扑!他明白过来:这是一幅难度极高的双面绣!

徐桑良连忙上前向坂垣做解释:"这是东瓯七百多年传承的刺绣绝品——瓯绣……"

坂垣信形手一摆,制止了徐桑良。在法国的时候,康之琳早已向他介绍过家乡

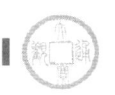

这一独特的女红绝活。但此刻,他非常清楚,自己不是在博物馆,他没有忘记自己是肩负重任的日本军人!

他直奔主题,开始审问洪绣娘:谢诚忠以高价请她在这么小的一方小丝帕上绣一座桥是何用意?

同一时间,向麓城城西街的那座低调又雅致的康宅中,深夜沉沉的暮色中,康之琳正和父亲潜心研究洪绣娘的画稿!

只见一尺见长的画稿中,绘的是一座榫卯结构的木质桥。

康雅山一看,便对女儿说:"这是传说中已经遗失的东瓯与闽南赣东山区的一种'廊桥'。"

康之琳仔细看画稿,但见画中秋光盈盈,一座叠梁式木拱廊桥孑然独立。桥旁历经风霜的老树落叶瑟瑟,桥下水面如镜,波纹不显,寂然无言的苍凉中传递着一份古朴韵致……

正沉思着,拿着放大镜的康雅山念出了几句诗来,如果不是细看,很难发现描在廊桥桥身栏板上的两句诗:"赤焰笼中烈,丝竹闪绛纱。"

父女俩都不明白谢老板让洪绣娘在廊桥护板上绣这首绝句诗是何用意。康之琳打算天亮后再跑一趟洪绣娘的绣房,向她讨教。但是,谁也没有想到,第二天她却扑了个空,因为洪绣娘和她的丈夫赵剃头匠被日本人带走了。

第二天晚上向麓大戏园的戏台上,瓯福班司鼓担心的那一幕,又重蹈覆辙!

白玉楼的西皮流水声腔刚落,戏园子的大门哐当一声大开,只见娄二术飞奔上台,再一次冲到李司鼓跟前,夺过他的鼓棒再一次扔在了地上!随即,众人见山中鬣野和坂垣信形落座。

目光再一次聚焦在台上时,大家惊得下巴都快掉了:平日里连说话都细声软语的洪绣娘被日本兵用枪顶着后背,押上了戏台!而赵剃头匠被另外两名日本兵押在了台下!

徐桑良跟着上台,对戏台下又惊又恐的观众说:"洪绣娘知道谢班主留下的藏宝秘密就在她绣的那方戏帕里!"

洪绣娘争辩道："我真的不知道，你们冤枉我啊，我只是个普通的绣娘，哪里知道什么藏宝秘密啊！"

洪绣娘的争辩虽然声若游丝，但台下所有人都听清楚了。

赵剃头匠在台下帮老婆伸冤："错了错了，你们真弄错了！我们都是老实本分的手艺人，真的不知道这些啊！放了我老婆吧！"

但是，台上台下，几番审问下来，洪绣娘和赵剃头匠还是那两句话："冤枉啊，真的不知道啊！"

山中鬣野脸色铁青，示意徐桑良和娄二术下台来。当徐桑良再次上台时，他的神色显得很慌张，但娄二术冷冷盯着他，山中鬣野的眼神更加可怕了。停了好久，徐桑良一个字一个字地说："皇军有令，从昨夜开始到现在，洪绣娘抗拒命令，死不说出谢诚忠交代给她的藏宝秘密，作为违抗大日本帝国皇军命令的代价，现在决定将她的右手手指切下来！以儆效尤！"

戏台上下所有人还没反应过来，坂垣信形也被接下来发生的一幕惊了个愣神，只听一声凄厉的惨叫，一名日本卫兵手起刀落，可怜洪绣娘那温润柔软、凝脂葱玉般的拿捏绣花针的右手指，瞬间被切了下来，鲜血溅在地上，如残阳铺地！

戏台下，崩裂出一声撕心裂肺的怒吼："我与你们拼了！"

第十六章
戏靴阴刻藏玄机

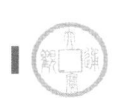

戏台下胆小的孩子吓得嚎啕大哭！如果不是邰归华拼死按住，赵剃头匠已经冲上台去与那手持砍刀的日本人肉搏了！

台下一片惊恐，人们试图起身往剧院门口逃，但随即，回过神来的坂垣信形拔出手枪，砰砰向剧院上空开了两枪！

所有人一怔，邰归华大喊一声："大家不要跑！"他深知，这一跑，日本人的枪口会无情地扫射想夺门而出的所有中国人！

胆战心惊的人们再一次被按在了戏台下的座位上。

山中鼹野低沉的声音再一次响起："继续！"

邰归华带人上台将疼得晕死过去的洪绣娘抬了下来，赵剃头匠扶着倒在自己怀里的妻子，痛彻心扉。

邰归华对山中鼹野低声说："总得让她出去包扎一下伤口，要是失血过多，人死了，更得不到您要的谜底！"

徐桑良跟着附和一句："太君，邰局长说得对，人不能死！"

山中鼹野微微沉思了一下，忽然手指一伸，指着邰归华说："你，派夫人带她出去，明晚再由你夫人将她带回戏院！"

"我？为什么是我，我又不是郎中！"康瑷惊愕地从座位上站了起来。她明白这分明是拿她这位局长夫人做人质！

邰归华也没有想到山中鼷野会来这一出，一时不知如何接话。

"姑姑，我陪您一起去吧。"观众席上的康之琳站起身。

台上的李司鼓正感觉自己的手指发抖，娄二术已经来到跟前将鼓棒递到了他跟前。他不敢伸手去接，娄二术探过身子说："师弟，不要不识时务，想想洪绣娘的手指是怎么丢的吧？"

李司鼓战战兢兢地拿起鼓棒子，戏台上还没擦干的血迹，让他感觉到头晕目眩。他努力甩了甩头，让自己冷静下来，再睁眼一看，娄二术已经换上了一身龙套的戏服上台来，但没来得及勾脸。那张灰白的脸上吊着一个加长版的鹰钩鼻，李司鼓就像看见了"天门阵"里的一个"吊死鬼"！

在娄二术凌厉的目光下，李司鼓哆哆嗦嗦再一次敲响鼓点。

今日白玉楼并没有高腔出场，因为今天演的是武戏《九龙谷》。

一般的《穆桂英大破天门阵》里，并没有单独的《九龙谷》一出，而是说天门阵有一百零八阵，摆阵的人是辽国的妖道——颜容。这个老道精研五行八卦、奇门遁甲。那么一百零八阵都是什么阵？包括"一字长蛇阵""十面埋伏阵""九曲黄河阵""十代冥王阵""无极阵""神火阵""地陷阵""五雷阵"和"鬼魂阵"等。

当年娄二术还在戏班里的时候，因为武丑功夫了得，妖道颜容的角色非他莫属。每次上台，他手持桃木剑，脚踩禹王步，鼻孔冒烟，嘴巴喷火，桃木剑可以飞上半空，杀人于转睫之间……每每让戏台下的观众看得浑身起鸡皮疙瘩，掌声雷动。

但今日，来了一出不一样的戏文，而且布阵的不是妖道颜容！

娄二术在戏台上白着脸却穿着一身龙套的戏服，样貌显得很怪异。他在场上跟了好久，才大致明白，师父谢诚忠是这么改的戏文：

辽宋在九龙谷摆下战场，一道杀气直冲云霄，正和汉钟离下棋的吕洞宾只见两条巨龙在天空搏斗。汉钟离说这是南朝龙祖和北辽龙母相斗，龙祖必胜。吕洞宾让汉钟离降伏二龙，汉钟离说世间之事自有天定，仙家不必插手。

吕洞宾不信宋朝会胜，他要帮辽国打败宋朝，堵上汉钟离的嘴。于是在九龙谷,吕洞宾摆下了七十二天门阵! 汉钟离得知吕洞宾助辽国灭宋,非常恼火:天定宋胜,你怎么逆天数而行? 于是,他便在九龙谷暗助穆桂英……

按照师父大改的新戏文,今日场上的戏份,不是穆桂英的独角大戏,而是与吕洞宾和汉钟离三个角色平分秋色。

娄二术的龙套跟着横空出世的吕洞宾和汉钟离翻了好多个跟斗,当他下场歇息的时候,徐桑良来到后台,盯住了娄二术:"山中鼹野问你有没有新发现?"

娄二术说:"就是觉得戏文改得奇巧,但是一时还摸不着头脑!"

徐桑良说:"咱们急,日本人更着急了! 我不断地听坂垣说'时间、时间、时间'! 要是在他们规定的时间内,找不到那'东北货',你见不到你那东洋的娘不说,我更吃不了兜着走啊! 咱俩现在是一根绳子上的俩蚂蚱,脑袋都别在裤腰带上啊!"

娄二术脸色阴沉:"别那么多废话! 等下我上场让戏再停场,叫台下的人也跟着找找线索,还是那老办法,重赏之下必有勇夫!"

下半场的鼓点已经敲响,生旦净末丑也都上了场,但是,娄二术跳上戏台,夺过了汉钟离手中的宝扇,左右狠狠扇了几下,示意乐队停下:"戏台下的众乡亲听好了,今日的戏份与往常完全不同,想必其中定有缘由! 谁若能找出与'东北宝画'有关的蛛丝马迹,皇军必定有重赏! 比上次王厨子的还多! 多出十倍!"

台下谁也不敢出声。

忽然月白酒馆的老板林醉月说了一句:"今日吕洞宾和汉钟离的戏靴好别致!"

醉月老板的声音虽然很轻,貌似自言自语,但是,此刻在安静的戏台下,这声音直穿所有人的耳膜。众人将目光聚焦到台上的那两双戏靴上!

在外行人看来,京剧的厚底靴,仅由靴筒和靴底构成。但娄二术可是梨园里滚打的,他马上看出了一些端倪!

他很清楚,戏台上不同的角色搭配不同的戏靴,有厚底靴、朝方靴、虎头靴等。而戏靴中最难做的就是武生厚底靴。跑圆场、骑马跳跃、翻滚转身……这是武生戏曲中的常见动作,因此制作技艺要求特别高,既要好看,还要结实、不变形。

而此刻,吕洞宾和汉钟离两位老生的足下,不是常见的朝方靴,而是虎头靴!

娄二术迅速扫描了剧场的座位，将目光锁定了"向麓五把刀"之一的钱鞋匠！

这位钱鞋匠之所以有名，除了会做时新的"文明鞋"外，祖上就是做戏靴起家的，他们家祖传的店号叫"易厚芳"，以制作戏靴靴底而闻名梨园界。天南地北的戏班子，都到他们的"易厚芳"号定制靴底。

"易厚芳"号的戏靴靴底，所用材料非常特别，高约2.5寸的千层厚底，沉甸甸的，是用1000多张毛头纸压制而成。非常考验制靴人的手艺，如切底托、包边、切靴纸、压纸等。单单切靴纸这一道工序，就要求制靴人必须手起刀落一气呵成，下刀稍有偏差，底子切歪，便不能再用了。

因此钱鞋匠虽然身材并不高大，但是全身肌肉紧实，手臂健硕有力。听到娄二术狂躁的声音穿过一排排座位叫唤他的时候，他并没有感到特别慌张。只是低着头，跟着徐桑良上了台。

台上，娄二术早已经命令演吕洞宾和汉钟离的两位老生脱了戏靴，将他们光脚赶下了舞台。

在戏台并不太明亮的灯光下，钱鞋匠将两双厚厚的戏靴抽丝剥茧般地一层层拆开，发现其中一只戏靴，一左一右各刻了两行字，但是谁也看不懂。坂垣指出，那应该是中国篆刻的一种——阴字雕刻，所有字面都是反着的。

山中鬣野作为中国通，当然知道这种汉字只有拓印下来，反字正看。但是，他又发现了这些字的不寻常：即便拓印下来，它们也不全是常规的汉字！

徐桑良一听是阴字篆刻，立马接话："这种独特的阴字反面雕刻，是南方城乡雕版印刷宗谱的时候常用，康先生是这方面的专家，他应该能读懂！"

康雅山不紧不慢地表示，自己老眼昏花，已看不清这些小字。

娄二术不耐烦地对坂垣说："这种老顽固，打一顿便服了！"

坂垣信形眉头一皱，转身对康雅山说："康先生，不着急，允许您将这一对戏靴带回贵府去研究。但是，明晚开戏前，必须告诉我结果！"

徐桑良在一旁帮腔："康大先生，连京城的琉璃厂都知道您是研究甲骨的大家，这几行小字还难得倒您吗？洪绣娘的血迹还没有干，您老可得三思而后行啊！"

第十七章
靠旗神龙嵌天珠

白玉楼原本没什么信仰,每次师娘叫他一起供奉观世音菩萨的时候,他也只是恭敬地鞠个躬,口中默念"感谢菩萨!"便转身开溜。但如今,他开始改变了。

师娘王木兰苦出身,在南风剧社从烧火丫头开始,什么活都干。除了烧火做饭,戏箱行当也管,梳头化妆也做。

戏班子里,不同行当的伶人和从事不同工种的人,所信奉的神灵也有不同。文角供奉的是翼宿星君,武行供奉的是五昌兵大元帅和白猿。师娘每次给白玉楼化妆,都要把观世音的牌位放在白玉楼的化妆桌上。

师娘深信各个行当的"保护神"能够保佑瓯福班每一场演出顺利、演业兴旺,所以在拜神的时候非常虔诚。表演前,她便督促伶人们进后台向神像五大家(狐狸、黄鼠狼、刺猬、长虫、老鼠)及南海观世音作揖致敬,然后再向舞台四周鞠躬行礼。演出结束后,每次都不忘向祖师爷和各个行当的保护神还愿,以示感谢,这个监督工作,师娘总是尽职尽责,一次不落!

小时候,白玉楼听师娘常念叨:"日食千家饭,眼观万人喜。锦绣包穷骨,死无葬身地。"那时候的他不懂,伶人为了求生存,不得不请出风流皇帝唐明皇作为自己的保护神来抬高自己的社会地位,求那位传奇的帝王在冥冥之中保佑自己。

小时候学戏的白玉楼,对唐明皇感觉遥远,但对曾经同时代的光绪帝却不陌生。特别是师父告诉他:"中国的皇帝中,除了唐明皇,还有一位深究梨园音律的,那就是光绪皇帝载湉。"师父还说过光绪帝三岁半就坐上紫禁城的金銮宝座,自然对慈禧太后一向痴迷的京戏不会陌生。光绪帝对于京戏场面演奏的专业程度甚至超过了普通乐手。他练手时用的鼓板和锣鼓都要用"承过差的京家伙",就是那种在以往演出中使用过的北京造锣鼓。因为旧锣鼓的声音较新锣新鼓音色要和悦许多,这说明他对京戏乐器的研习已经十分精湛了。

上到帝王天子,下到黎民百姓,也许每个天赋异禀的人都有自己独特的天分。白玉楼的血液里,也有独特的东西,比如在梨园行里,他小小年纪就能成"角儿",平日里贪玩、好奇、冒险曾经是他少年的外在标志。但梨园外的人,谁也不曾想到,七尺男儿身,却对戏服的"大靠"兴趣盎然!

白玉楼是以穆桂英一角打响梨园界的,穆桂英是武旦,武旦穿好铠甲,再插上靠旗,立马给人一股英姿飒爽的气势!因此,他的行头中,靠旗要特别精美出彩。

所谓靠旗,就是插在伶人们背后的四面三角形旗帜,也称为"护背旗"。旗帜上有用各种颜色的线绣成的图案,每面旗帜都附有一条彩带。表演时旗帜和飘带一起飞扬,让武生和刀马旦们威风凛凛、洒脱傲然!

对梨园行当充满研究精神的白玉楼,研读了许多靠旗的相关书籍,他发现,靠旗可不仅仅只是"护背旗",它们还是传令旗。比如,梨园前辈谭鑫培先生演的《定军山》中,法正正是在山上看到了夏侯渊带着几百人走出大营,他才抓住机会,在山上挥动令旗,让老黄忠从定军山冲下去,阵前斩了夏侯渊。

这太让小时候的白玉楼兴奋了,他明白了背旗的另一个作用,就是可当令旗用,指挥将士们"旗进则进,旗退则退"!

于是,多年来,白玉楼演出的穆桂英的靠旗,几乎都要自己动手亲自参与设计制作。可是,这一回,师父新编《穆桂英大破天门阵》剧本里,用朱笔重点提示:修改穆桂英靠旗的颜色!

以往谢诚忠的剧本中,穆桂英靠旗以天蓝色和白色为主色调,因为要表现对杨宗保刚刚战死沙场的祭奠,又要表现杨家的忠贞报国之心。这回按师父的新编,四面靠旗中,一面天蓝色、一面白色、两面檀木色。这两面檀木色的靠旗并不完全一致,其中一面要绣上一棵树,另一面要绣上一条龙!

师父告诉过白玉楼,当他着手改编新戏内容时,就已经写信邀请向麓城最好的绣娘洪雪芝改绣两面檀木色的靠旗。他们一回到向麓城,师娘就去取回了这两幅绣面,吩咐白玉楼认真制作这两面靠旗,师父说新戏一开演,就用上。但是,还没来得及用,师父就已经魂归西土了!

这些日子,因那幅《江山胜览图》,日本人的到来,让大戏园里每日发生如此始料未及的大事,桩桩件件,猝不及防,白玉楼觉得自己来不及静下心来细细思考。昨夜舞台上的戏靴、前日自己失手的绣帕,让他联想到了那两面已经做好、还没来得及换上的檀木色的靠旗!

他连忙从自己的戏箱拿出了那两面新靠旗,再一次仔细研看一番:那面绣着龙的靠旗上,一条神龙张牙舞爪,甚是威猛,但奇怪的是,龙爪上套着一串檀木色的串珠,而且神龙口中也含着一颗同色的木珠。另一面靠旗上绣着一棵檀色古树,白玉楼看不出那是什么树种。

正思忖着,只听见有人敲门,进来的是康之琳。白玉楼连忙问:"洪绣娘怎么样了?康先生对于戏靴上的那几个阴刻字纹研读得怎么样了?"

"洪绣娘没事了,我姑姑府上有个好郎中,常年被我姑父叫来,帮他们警局治跌打损伤等各种重伤,医道还不错,很快就给绣娘止住血,目前伤口已无大碍。"康之琳继续说,"我父亲那边,当然已经研读出戏靴上的那几行字。我着急来找你,正想和你一起好好琢磨一下。"

看着康之琳脸上渗出细细的汗珠,几缕秀发粘在了洁白的额头和耳旁,白玉楼忍不住想伸手替她捋起遮挡了视线的那一缕头发,但是康之琳根本没有察觉到。白玉楼暗自一叹气:都什么时候了!我这想的是什么呀!

"你快看!"康之琳拿出了父亲拓印出来的两双戏靴上的字。

白玉楼一脸茫然:"我虽能识字,可不认识这些字呀!"

康之琳道:"这些字我也不认识,父亲说是来自遥远的云南东巴国的东巴文字。谢老板年少时曾经去云南当过养蜂人,学习了东巴文字。恰巧,我父亲也对这神秘的东巴文字研究过。"

"快快说来,这几行是什么?"

"我这边从洪绣娘那边还得到一个重要的信息!"康之琳掏出了洪绣娘给她的那方绣帕的画稿,"你还记得那方绣帕上面有字吗?"

白玉楼是何等聪明的人,学戏多年,这么多本戏文练就了他过目不忘的本领,他肯定地摇了摇头:"没有!"

"不,有!只是你师父要得急,洪绣娘没来得及绣上这10个小字——'赤焰笼中烈,丝竹闪绛纱'。"

白玉楼盯着绣帕画稿上的字,忽然眼睛一亮:"这两句分明说的是灯笼!"

康之琳接着念父亲解出的东巴文字:"登高嵌天珠,天地混沌开。"

"赤焰笼中烈,丝竹闪绛纱。登高嵌天珠,天地混沌开。"

康之琳沉思:"四句相加,不是五言绝句,对仗也不工整……"

两个人琢磨了很久,还是没能想出个头绪来。眼看日头偏西,忽然,看守戏园子的日本兵过来擂门:"快去化妆,今晚准时上场!"

没过多久,在恐惧无奈之中,那一批被日本人用枪口强押进剧场的"非常观众",安静地落了座,中央大戏园的"非常大戏"又准时开演了。

娄二术今晚跑龙套的脚步有点乱,因为今晚开大戏之前,坂垣信形训话的语气也越来越烦躁了:"时间!时间!时间!"

此刻,娄二术稳定了一下自己的内心,打起精神仔细地盯着台上的一举一动。当白玉楼身插靠旗,英姿亮相时,他忽然有了异样的发现!娄二术不愧是梨园老手,白玉楼背后靠旗颜色的改变,立马引起了他的警觉,但是,不等他细想,白玉楼亮出一招,娄二术又大吃一惊:这"劈山救母"式的一招,白玉楼手中使的不是常规的梨花枪,而是一根长长的竹节棍!

娄二术的台步更乱了,但还远不止此,只见白玉楼雄姿英发,手腕翻滚,他的手腕上,忽然闪出了一道亮光,光芒如电,闪得娄二术瞬间眼睛刺痛!

第十八章
烧火棍破天门阵

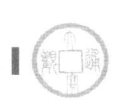

台上的白玉楼虽然唱念做打纹丝不乱,但他双眼的余光扫描着戏台下方。当他看见康雅山依旧坐在女儿康之琳身旁,他悬着的一颗心落了下来。

但是他不知道,傍晚康之琳为了不让白玉楼担心,没有告诉他这个下午,他们父女俩已经和日本人有过一场惊险而艰难的较量,最后以山中鬣野给出"两天翻译戏靴上两行东巴文字汉语内容,不然对康之琳不客气"的要挟,才暂时放过了康先生!

日本人走后,康雅山问女儿:"你不怕吗?"

女儿眨眨眼:"父亲最爱的那句诗,女儿一直记得:千磨万击还坚劲,任尔东西南北风!"

康雅山一听,朗声大笑:"哈哈哈,天地昭昭,邪不压正!"

于是,父女俩依旧神情淡定地出现在今晚的戏台下,专心"看戏"!

在台上的娄二术感觉自己眼睛受到一道亮光的强烈刺激时,台下的康雅山也同时发现了异样。他用胳膊碰了一下女儿,康之琳立马发现那亮光是白玉楼手腕上的一串佛珠发出的!

她忽然想起昨日白玉楼的化妆台上,随意放着一串檀木色的佛珠手串,康之琳拿起来把玩了一下,手串的质地应该是檀木,但其中一颗特别大,与其他珠子质地完全不同,非金非银,又似铜如铁般坚硬!

白玉楼告诉她："这是师父去世两天前赠我的。这串佛珠手串本来一直套在师娘给我化妆时供的观世音菩萨的项颈上,每次给我化好妆,师娘拜完观音大士,都要请走那串佛珠的,但不知为何,那天说师父吩咐要赠与我,我就收下了。"

康之琳并不知道,傍晚她被日本兵赶出白玉楼化妆间后,白玉楼又扫了一眼那串佛珠,忽然有所思悟,再细看师父请洪绣娘赶制的那两面檀木色新靠旗,绣着龙的那一面上,龙口里的那颗珠子,与桌子上那串佛珠手串的那颗大珠子几乎一模一样!

他原本以为师娘日常用的佛珠只是寻常的"招财珠"。但此刻他急急将靠旗上和手串上的两颗珠子进行对比,又有了新发现:这两颗珠上都有两只对称的"龙眼",二加二,好家伙——"四目龙眼"!

白玉楼心中惊呼——"降龙木珠"!而且是四目龙眼的降龙木珠!那可是珍品中的极品,一般人极难遇到的佛珠啊!

演了多年的穆桂英,白玉楼怎会不知"降龙木珠"的奇异?!

穆家寨有降龙木,穆桂英摆阵用的就是降龙木呀!

白玉楼愣在那里,脑子却在飞速运转:

杨六郎杨延景在率军攻打"天门阵"久攻不下,被辽军放出来的毒气所困阻,士兵们伤亡惨重。正当无可奈何时,穆桂英带来降龙木,驱散了阵中的毒气,大破"天门阵"!

对,这是以前他演的常规穆桂英!

但转念一想:穆桂英大破天门阵的是降龙木,并非一颗木珠。

白玉楼连忙在师父新编的剧本上下扫描,忽然发现了两句朱笔的戏文:"神珠开天光,神龙护华夏!"

他心头一震,心想如何才能让今晚台下的康之琳发现这佛珠的不同寻常,他灵机一动:得用一样不常规的手中物,一定会引起康之琳的注意!

他环顾了一下化妆间,对,就用师娘随手放在房门后的那根烧火棍,来替代梨花枪!

主意一定,打扮完毕的白玉楼在右腕上戴上那串"四目龙眼降龙木珠",鼓板一响,蹭蹭蹭就上了台!

果然,刚一亮相,戏台下的康氏父女就注意到了。

康雅山心中一亮——降龙木!

学富五车的康先生怎不明白,这"降龙木"是一种坚韧木质、手感脱滑、纹理清晰的名贵木材,由于它有六条纵向的纹理,所以又被人叫作"六道木"。

这被世人称为"六道轮回"的神奇木材,生长极为缓慢,木面光滑细密,它的横截面纹路呈射线状,几乎看不见年轮,很难折断,如若强力折之,斜茬则似刀般锋利!

身旁的康之琳接收到了父亲少有的激动神情的信息,她睁大眼睛盯着台上白玉楼的一举一动,发现了白玉楼手中使的是王木兰的烧火棍,而不是梨花枪!而且,今夜的白玉楼使出了他的舞台绝活:不用双手"耍花枪",而改用崭新的檀木色靠旗来替代双手"耍花枪",不,他用新靠旗,耍的是"烧火棍"!

今夜的舞台上,风火轮似的非同寻常的"穆桂英耍花枪"实在太精彩了,让戏台下的那帮"非常观众"忍不住喝起彩来!那个瞬间,他们似乎忘记了紧紧将他们包围的苦难与危险,

喝彩声让台下的坂垣信形也为之一震。

而戏台上的娄二术却被那"四目龙眼降龙木珠"非同寻常的光芒闪得好长时间才睁开眼。

当他再次睁眼,看清了白玉楼翻飞的身姿,也看见了他手中替换了梨花枪的烧火棍!但这不是常规戏中杨排风的木质烧火棍,而是师娘随手在镬灶间里用的那节长长的竹制烧火棍!

他似乎有所思悟,目光随着白玉楼一个燕子翻身,娄二术看见了舞台顶上悬挂在木质廊桥上方的一个大灯笼!

对于这个灯笼,娄二术一点也不陌生。

向麓大戏园虽然是八百里瓯江最时兴的新式西洋建筑,但也并非纯西式建筑,

而是中西合璧的匠心营造。因此,主戏台顶上,还是保留了传统戏台的藻井。只是这里的藻井,并没有传统藻井繁杂的雕花纹饰,而只是简单的榫卯结构。在那个藻井下,常年悬挂着一盏大大的细丝竹篾编制的灯笼。

娄二术忽然觉得有了思路,他立马朝李司鼓那边一转头,李司鼓手中的鼓槌顿时停了下来,台上所有人的戏份也紧跟着停了下来!梨园舞台上,司鼓就是命令,鼓停,场面停;场面停,戏就停!

山中鼹野一看,就知道娄二术必定有新发现,立马跳上了舞台。娄二术对紧紧跟在山中鼹野身后的徐桑良说:"快,将台下的孙篾匠拉上台来!"

徐桑良将顿时慌张脚软的孙篾匠拉上了戏台,娄二术喘着气对徐桑良说:"快找人上云梯,让孙篾匠登上天幕上的廊桥!"

坂垣不解,徐桑良翻译:"那盏竹篾灯笼!看见了吗太君?娄二术说,《江山胜览图》可能就在那盏大灯笼里!"

坂垣一听,心跳迅速加快!

白玉楼也大吃一惊!当孙篾匠战战兢兢就着云梯往天幕的廊桥上攀援的时候,几乎同时,白玉楼和娄二术各拉住两条侧幕,蹭蹭蹭往上攀援,顿时,上次抢绣帕的空中《三岔口》再一次上演,只不过,这一次的目标是悬挂在藻井下面的大灯笼!

这一回,白玉楼似乎占了个先手,在戏台下所有人屏住呼吸的注视下,他马上就要够着灯笼了!他马上就可以摘下那个灯笼了!他……

然而,谁也不曾想到,众人只听见"嘭"的一闷声,白玉楼的身子哆嗦了几下,倒在了灯笼下的那座木质廊桥上。

白玉楼倒下的瞬间,从他的衣袖中滚出来一枚铜钱,滴溜溜地从台上滚到台下,又滚到了坐在第一排的林醉月脚边。

林醉月俯身捡起铜钱,那铜钱滚烫滚烫的,正是她那日给白玉楼的那枚"大观通宝"。

第十九章
尘尽光生照前世

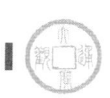

那带着白玉楼温度的铜钱,落入了林醉月的掌心。

那一瞬间,林醉月的脑海中突然照进一道光来。那个梦境如此清晰地出现在她的眼前。

人人都会做刻骨铭心的梦,但梦醒之后,梦境会如潮汐一般快速退往意识的深处,让人想不起梦中细节。此刻这枚"大观通宝",却拥有让林醉月清晰地记起梦境所有的神奇力量!

手中的钱币,已然化成了一团跃动的光。

"你是什么?"林醉月伸出手去,触碰这团光。

"我是画魂,我能看清你的前世,你的今生。"

"我的前世?我的前世可曾认识白玉楼?"林醉月迫不及待地问。

小画魂心中一暖,听到前世,这女子居然第一时间想到的并不是自己,而是自己深爱之人。

有些人,就靠着一腔深情而活。

"当然有。前世,你是元大都大名鼎鼎的大长公主。"

"哈哈哈!"纵然在梦里,林醉月也笑出泪来,"我这身世孤苦,漂泊可怜之人,居然前世是公主!"

"你自己看吧!"小画魂变成了更大的光团,笼罩住了林醉月。

——至治三年（1323），元大都。暮春时分，天朗气清，惠风和畅。元朝大长公主在城南的天庆寺，举办了一次盛大的文人雅集，满桌的珍馐美馔，满座的风雅才俊。

那一天，元大都天庆寺雅集中，展示了公主惊天的收藏！那40多件的书画，件件振聋发聩：唐宋书法、宗教画、山水画、花鸟画、人马走兽、龙鱼杂画，那些个名字都曾在历史的天空中熠熠生辉——黄庭坚、赵昌、宋徽宗……

对于这一切，做记录的汉人文官袁博章已经习以为常，因为他知道，公主是一位天选之女，她的胸襟和见识，不是一般女人所能拥有，甚至有些帝王将相也不及她！

此刻，袁大人虽面若木石，但扫视全场后，内心却涌起波澜：这个人懂公主！公主在面如春风点赞众人的赏画题作外，果然轻轻说了一句："召孤云先生上前。"

"在下王展羽，拜见公主殿下！"

应声而来的，是一位玉面修身、风姿俊逸的年轻人。

那一日，当《江山胜览图》的长卷被缓缓打开时，元大都城南的天庆寺顿时红光辉煌，直冲天际。画作中，有这个马背上的帝国里最懂艺术的公主从未见过的旷世烟火！

在众人的喝彩声中，不知哪儿来的一只玉色的壁虎，轻轻一跃，跃进了拜倒在地正"谢主隆恩"的王展羽的袖笼里。

精通易家术数的汉人文官袁博章拿眼角的余光扫了一下公主和王展羽，不免悄然长叹一声："福祸从来都相倚！如今你们一个富贵比天，一个荣华耀世。心有相通，却爱而不得！只忧这份藏之至深的情缘，经世道轮回，要历经人世好多沧桑苦难啊！小壁虎便是你们的见证。"

…………

瓯江的涛声惊醒了林醉月的奇梦，她在迷蒙中仿佛看见几世轮回前的微末痕迹？

身上的光渐渐减弱，眼前的场景慢慢变幻回自己的房间，林醉月大喊："画魂仙人你别走！你快告诉我,今生我与白玉楼会如何？"

最后一束光消失前,留下一句：

"今朝尘尽光生,照破山河万朵。"

梦醒后,林醉月的心跳得厉害,一股不祥的预兆向她袭来……

果然,今晚的大戏才开演不久,就验证了自己梦中的凶兆——

戏台藻井下,"嘭"的一声闷响,所有人眼睁睁地看到白玉楼扑倒在那座高悬的木质廊桥上！

在白玉楼倒地的同时,娄二术瞬间取下了那只大灯笼！而林醉月却不顾一切地冲上戏台,登上云梯,扑在了白玉楼的身旁！

一时间,娄二术手托灯笼飞身下到戏台来,而林醉月则往下大声呼叫着："快上来救人啊！"

白玉楼被众人小心翼翼抬下来时,坂垣信形看着了一个面色蜡白已经了无生气的"穆桂英"。康之琳焦灼地看着父亲,父亲俯身一把脉,神色稍微放轻松了一点,转身对女儿耳语了一句："放心,只是中暑。"

向麓地处东南,面朝东海,每年夏天,必有几次惊恐骇人的大台风。而每年盛夏,台风来之前的那几天,必定辣日高照,暑气高涨,酷热难当。这几天白玉楼夜晚在戏台的强光下与娄二术演戏斗智,白天在大暑不通风的斗室中潜心研究线索,身心俱疲,心力交瘁,终于在刚刚与娄二术交手的关键时刻,积蓄已久的暑气从体内迸发了！

看过白玉楼一眼后的坂垣信形,脚步没有停留,径直跨过去,直奔舞台的另一角。因为娄二术已经令孙篾匠小心翼翼地拆卸那个用东南篾匠最顶级的技艺——竹丝镶嵌做成的大灯笼。

除了他们之外,所有人被卫兵挡在了那只大灯笼两米之外的地方。大家屏住呼吸,等待灯笼被拆开的那一刻！

当大灯笼的八根龙骨被孙篾匠"哗"的一声拆散开来的时候,白玉楼"倏"的一声从地上坐起,他与所有人看到的一样:那个硕大的灯笼里面空空如也!

娄二术一屁股坐在地上:"不可能,怎么可能!"

徐桑良也一脸沮丧,在一旁看着脸色铁青的山中鼹野,大气也不敢出。

因为他知道,就在昨天晚上,坂垣信形接到了密电,神色非常沉重,甚至可以说是少见的慌张!紧接着,就召集随身的日本军官开了紧急会议。再随后,就让徐桑良紧急叫来娄二术:"三天!三天!我们的时间只剩三天了!"……

看着坐在地上发愣的娄二术,山中鼹野黑着脸说:"演戏,继续!"

卫兵旋即将白玉楼拖了过来!

但白玉楼的身后,紧紧跟着康之琳:"你再逼他演戏,就是逼他去死!于事无补!"

徐桑良跳到康之琳跟前:"怎么哪里都有你?误了日本皇军的大事,你如何担当?!难道白玉楼不演,你来演?"

康之琳还没来得及反击,忽然传来一个响亮的声音:

"白玉楼的戏,我来演!"

第二十章
谜底藏于神龙木

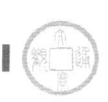

向麓城的盛夏已经来临,入夜,向麓城中央大戏园里,虽然很时髦地挂着很多吊扇,但夹杂着江潮湿气的燠热从戏园子的门帘里钻进来,弥漫在整座戏台下。等待今天大戏开锣的这群特殊"观众",拼命摇着手中的蒲扇,似乎要驱赶笼罩在这戏园子里阴郁又紧张的气氛。

此刻的林醉月在候台,她只觉得胸口发闷,脑子里不断浮现昨天白玉楼突然晕倒在台上的那一瞬间。

面对山中鬣野那鹰隼般的目光和坂垣信形腰间的佩刀,林醉月感觉到酷暑时节,舞台上却升腾起了一股寒气。她担心日本人生成的那股寒气,很快就要将她用情至深的白玉楼吞噬。她担心白玉楼从此不能在舞台上站起来。于是,她义无反顾地站了出来:"我来演!"

这一句"我来演",惊动了台上台下所有人!

除了日本人,向麓人认识的林醉月仅是那个风姿绰约的大笑能唱曲、大口能喝酒,既能讲一口东北话又能说一口向麓方言的月白酒馆的老板娘,当她要挺身而出,代替白玉楼登台时,戏台下的看客们谁也不知道她还是个地道的刀马旦票友!

昨夜,林醉月几乎一夜未眠,连夜忙碌地准备演出行头。站在白玉楼的化妆间里,正当林醉月对化妆和包头力不从心的时候,化妆间的门被悄悄打开,随着月光一起悄无声息进入屋内的,居然是白玉楼!

林醉月一阵惊喜,拉起白玉楼的手,前前后后看了一番:"你身体好了?"

"唉,近来天热,又是阴历月半后的大水潮,加上这些天白老板身心俱乏,湿气攻心,排不出去,便中暑了!"

说话的是享誉向麓城方圆三百里的刮痧神刀叶师父,人称"叶神刀"。每年夏天,向麓城内叶神刀家中的门槛,总是被前来求医刮痧的乡民踩矮了几分,但他丝毫不介意,心善的他,诊费比他家的门槛还低。

向麓城民风虽柔善淳朴,但毕竟靠海,从来不失彪悍强劲。特别是向麓城里的众多民间工匠,向来尚武,从小习练南拳是常见的事儿,十有八九会几路"柴"(棍棒)、几套拳,一为健身增强体质,二是外出做生意时与外地人抢生意能抢赢码头。因此,不管刮痧的神刀叶师父,木雕师父"高一刀",还是钱鞋匠、孙篾匠、王厨子和赵剃头匠等,他们手中都有运用自如锃亮发光的一把刀。——他们手中的工作器具,就是他们的独门武器。

向麓城就像一座淹没在红尘的世外武林高地,寻常日子里,这些雕刀、刮痧刀、剃刀、鞋刀、篾刀、菜刀只是工匠们谋生的工具,但是,一旦遇到家仇国恨,只要有人振臂一呼,众多"武林高手"便应者云集,迅速集结成一支勇气盖世的豪杰力量,就连黄髫稚儿、耄耋老人、灶头姑嫂都能上阵助力。

在这个深夜,让她吃惊的是,乘着月色而来的,除了她牵挂在心头的白玉楼,月影下,白玉楼身后还站了一排人!

见林醉月愣怔,康之琳悄声示意她:"赶紧让师父们进去。"

白玉楼这间小小的化妆间,顿时让林醉月觉得充满一股无比强大的力量。她有了一种久违了的极为难得的踏实感。

康之琳进屋后,便收拾了那张白玉楼日常化妆坐的软垫红木化妆凳。当林醉月看见康之琳伸手扶着白玉楼小心落座时,她的双眼紧紧地盯住了白玉楼的双眼——在那张英俊又略显病后疲惫的脸庞上,剑眉之下那是一双何等柔情的双眸啊!可惜的是,林醉月看到的是:那一双星星一般的眼睛里所有的光亮,都是射向那位康小姐的!

林醉月把目光收回来,看了看自己绑了一半的头饰,有点怅然。

康小姐似乎感悟到了她心中的波澜,对她莞尔一笑,转头便对白玉楼说:"叶神刀替你刮了痧,歇息了一夜,明天若是能上台还是上台吧,不要为难醉月老板。"

白玉楼还没来得及答复,身边的叶神刀说:"这个,得待我再看看白老板的血脉走势,了解一下刮的痧是否已经顺着经脉下泄再说。如果还只是走到一半,再上台又闭住了血脉,可不是闹着玩的。"

众人点头称是。然而,当叶神刀撩开白玉楼后背的布衫,似乎一道亮光闪过,一刹那间,让所有人的眼睛不能睁开!

康之琳惊呼:"父亲快看!"

众人连忙伸头紧盯着白玉楼平直的后背,王厨子嘟哝了一句:"这不就是刮痧的血痧痕吗?好深好浓啊!"

康雅山一个箭步上前,仔细研读被叶神刀刮过的白玉楼的后背,盯着那一道道深紫色的痧痕,康雅山仔细辨认,忽然他的脑海里清晰地呈现了一段神木的样子,回头与女儿康之琳会意对视,康之琳惊呼:"降龙神木?白老板,快拿你师父的剧本来!"

白玉楼飞速翻出了师父的新编《穆桂英大破天门阵》剧本递给了康雅山。康氏父女快速翻看,没多久,父女俩会心一笑:"降龙神木!"

所有人一脸疑惑。

康雅山示意大家都席地而坐,虽然他已经将声音压到了最低,但是,他的每一句都震动着白玉楼化妆间里所有人的耳膜!

"谢班主不是加了双倍的工钱让洪绣娘绣了一方丝帕吗?那方丝帕其实还没来得及绣完便跟着白玉楼上台了。洪绣娘家中的画稿上还有两行字没有绣上去,那两行字是'赤焰笼中烈,丝竹闪绛纱'。这谜底已经被鬼精的娄二术破解,他知道是专指那盏悬挂在舞台木廊桥上的那盏大灯笼,所以才发生了他和白老板拼命抢灯笼的那出高危戏!"

"大家都看到了,孙篾匠拆开了大灯笼的龙骨,宝画不是没在里面吗?"王厨子看着同样一脸疑惑的孙篾匠,说道。

康之琳接过父亲的话:"对,确实不在里面。但是,你们还记得那天娄二术在台上夺了汉钟离的宝扇那一出吗?醉月老板还叫了一句'今日吕洞宾和汉钟离的戏靴好别致'。"

林醉月点了点头:"是啊,那天两位神仙脚蹬的是'虎头靴'!"

康之琳紧接着问一句:"那你们是否还记得昨天白老板上台时背后的靠旗是什么颜色?"

林醉月秀眉一挑:"我练刀马旦这么些年,平日绑穆桂英的靠旗,我很清楚,都是蓝色和白色的,谢师父说戏的时候就强调过:这是穆桂英对战死沙场夫君的祭奠,也是表现杨家的忠贞报国之心。我昨还纳闷呢?这一回怎么忽然有两面变成檀木色了?"

康之琳点头说:"醉月老板真是冰雪聪明!白老板这两面檀木色的靠旗并不完全一致,其中一面绣着一棵树,另一面绣着一条龙!合起来是什么?"

所有人都皱起了眉头……康氏父女看着大家,笑而不答。

不一会儿,白玉楼一拍大腿:"神龙木!"

"对、对、对!神龙木!"所有人忍不住要发出欢呼!

王厨子赶紧用食指压住嘴唇:"嘘——我明白了:宝画一定藏在神龙木里。可是……那神龙木又到底藏在哪里呢?"

孙篾匠用肩膀顶了顶王厨子:"你这么积极,不是又想抢到宝画去日本人那里领大赏吧?"

赵剃头匠一听,双眼冒火:"睁开你们的猪眼看看我爱妻的手!谁如果还为日本人卖命,先问问我手中的剃头刀答不答应!"

王厨子急欲辩解,忽然响起了急促又压抑的敲门声,大家顿时屏住气息,静听门外来者是谁……

第二十一章
男儿何不带吴钩

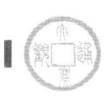

深夜,弯月西沉,向麓城似乎已经进入了深深的睡梦。但在中央大戏园的戏台上,有一个人全然没有睡意,他打开了舞台上所有的灯光,盘腿坐在戏台中央,目光如鹰隼,扫视着他所熟悉的一切。

昨夜,也在这通明的灯光下,娄二术看着散了架的那个硕大的纱织灯笼,里面空空如也,他一屁股坐在地上,眼中满是空洞:不可能,不可能!

他知道,时间不仅对坂垣信形来说万分急迫,对他来说也一样火烧眉毛!虽然他不能详尽地知道坂垣三郎接到的密电码的具体内容是什么,但他很清楚,如果不能如期拿到那幅宝画,坂垣信形的"天皇重任"就完成不了。如果坂垣信形像丢弃棋子一样丢弃他,那么他回到母亲身边的梦想也就跟着灰飞烟灭!

虽然自己的血脉里流淌着一半向麓人的血,但一想起慈母久违的温暖,他甘愿成为国人唾骂的"汉奸"!可恨的是,坂垣叔侄为了让他效忠天皇,居然拿母亲威胁:如果坂垣叔侄拿不到《江山胜览图》,那么他就永远见不到自己朝思暮想的母亲!

在他的记忆里,母亲温柔贤良,他原本以为母亲的国度,也应该是贤良和顺的。但是,随着年岁的增长,他惊讶地发现这个民族残酷的另一面。在中国的历代王朝中,日本对元朝情有独钟,因为那是一个用铁蹄征服中原大地的彪悍民族!

某一日,当娄二术忽然明白元朝国宝《江山胜览图》为何被母亲国度的皇家如此艳羡甚至崇拜,他也就明白了坂垣叔侄为得到它,绝不会对向麓人手软!

此刻,这座戏台,华灯如繁星。这里,只要开场的鼓点一响,便有人粉墨登场,演绎传奇。台上勾魂摄魄,璀璨夺目,巍峨壮观,惊天动地……

娄二术抬头看向舞台的顶部,他再一次发现了中央大戏园的舞台布景如此绝美:它仿佛将古代的历史场景与现代的灯光设计完美融合,仿佛自己走过头顶的那一座别致精巧的木质廊桥,就能立刻穿越时空隧道,去往一个全新的世界,母亲站在皑皑白雪的海边等着他,向他缓缓招手……

正当娄二术陷入沉思的时候,忽然"咔嗒"一声,所有的灯光瞬间熄灭!

"谁?谁熄的灯!"娄二术跳起来,目光在黑暗中紧张地四处搜寻!但是,他几乎什么也没有看见!而让他惊恐的是,随着一阵轻风,似乎有一道软鞭从他的肩头软软抽过……"谁,出来!"

莫名的恐惧让他像一只无头苍蝇在台上左冲右撞了好一会儿。忽然,那根"软鞭子"又扫过了他的脸颊,娄二术这回终于触碰到了,他恍然大悟:玉色猴子!

"你这该火烧毛的死猴子,回头被我抓住一定扔火堆里烧了你!"顺着那玉色猴子划过脸颊掀起的一股微微的风浪,稍稍适应了黑暗的娄二术的双眼紧紧追随着那一股微风,他感觉那玉色小猴一直向上攀缘,是的,没错,小猴子抓住台幕,蹭蹭几下就上了木质廊桥,再一纵身,停在了已经没有大灯笼的那根光光的木柱子上。这时候,娄二术惊讶地发现,一束细微的光亮从木柱子顶端的舞台藻井里透了出来,发出了一缕异彩的光芒!

娄二术盯着那束光,忽然感觉那似乎是天上神灵发出的一道天谕,要昭告混沌世界里芸芸众生什么……那,到底是什么?是什么?!

娄二术并不着急重新打开戏台上的大灯。他仰头盯着那个藻井,在黑暗中,仔细回想这个似乎很熟悉的藻井,但毫无头绪。他很懊恼,只好打开戏台的灯光,重新仔细审看头顶的那一方藻井。

想想自己在这方舞台摸爬滚打这么多年,今天还真是第一次仔细审视研究这个高高在上的藻井。

娄二术知道,向麓城乡的戏台藻井,从古至今,都是浓墨重彩的,但一向以讲究豪华排场的中央大戏园,藻井却如此简单朴素。其中很大一部分木构浮雕,并无彩绘,只有素面朝天的原木色,但却让娄二术感受到一种洗尽铅华的典雅之美……

时间在娄二术对藻井的审视中一分一秒过去。

一直到今晚大戏穆桂英的马鞭送到候场口,娄二术还是没有研究出个所以然来,但是,他忽然缓过神来:今晚的大戏,非同寻常,因为上台的穆桂英不是白玉楼,而是那个风情万种又神秘莫测的小酒馆的老板娘——林醉月!

但他不知道的是,深夜,当他正在黑暗中苦苦摸索戏台藻井的那一处光亮的同时,后台小小化妆间里,白玉楼的后背惊现了"神龙木刮痧血脉图样"!

那一刻,一众人跟着叶神刀啧啧称奇,又迷惑不解。

康之琳柳眉紧蹙,凝神沉思,这几日一连串的奇怪事件不断闪回:木廊桥上"赤焰笼中烈,丝竹闪绛纱";那空空如也的大灯笼——白玉楼靠旗上的神木和龙珠——师父亲赠的"手串龙眼",父亲破解的高靴上的两行东巴文"登高嵌天珠,天地混沌开"……

"父亲……"康之琳抬头向父亲求助。

但康雅山避开了女儿的眼神。

忽然,深夜响起了敲门声,急匆匆进来的是自己的胞妹康瑷!

只见她怒气冲天又忧心忡忡:"小日本真是欺人太甚!我将洪绣娘接回家中养伤,坂垣派兵紧盯着我们。就在刚才,一个鬼子居然在我府上强奸了我的丫鬟!"

康瑷话音刚落,邰归华也紧跟而来,他一面指着康瑷,一面气喘吁吁地对舅兄说:"我叫她不要掺和日本人的事,她就是不听,这下好了,闯出大祸了,你前脚出门,后脚那个酒气冲天的鬼子一枪将你的丫鬟撂倒了!"

所有人都大吃一惊,康瑷伸手就要夺别在邰归华腰间的左轮手枪:"你还是个男人吗?你还是个警察局长吗?鬼子都这样欺负到我们头上来了,你手中的枪是银样镴枪头用来看的吗?你不会一枪将那个鬼子撂倒吗?来,把枪给我,我去跟他们拼了!"

康之琳一把抱住了姑姑,扭头对父亲说:"父亲,什么时候了,您还犹豫什么!如今华夏满目疮痍,您以为还能结庐在人境,而无车马喧吗?您的血性哪里去了!咱们向麓城,自古以来忠烈满城,南宋陈虞之率领子侄乡亲抗元,同仇敌忾,最后八百壮士策马跳崖殉国的故事不是你讲给我听的吗?如今国难当头,谢班主新编英雄戏,白玉楼、林醉月他们唱穆桂英,难道只是唱唱好听吗?父亲!"

康之琳的话语,犹如一个惊雷,炸醒了在场所有人!

叶神刀上前拉住了康雅山的手:"先生,咱们向麓城的男儿个个功夫在身,咱们难道不能学学穆桂英这样的古代女英雄吗?"

他的身后,"向麓五把刀"也紧跟上前来,赵剃头匠的眼睛里又射出了火:"对,先生,我要为我的绣娘报仇!"

康瑷一见这场面,一把扭过自己的丈夫:"你一个堂堂配枪的,还不如他们几个做手艺的匠人!"

想不到邰归华胸膛一挺:"你这短目光的婆娘,别小看了你丈夫!大舅子,我也正要找您这个赛诸葛商量:我外甥徐桑良那边透露过来,日本人最晚不出48小时,就要撤出向麓城。如果这消息不假的话,那么,他们一定会狗急跳墙,明晚的这场大戏,凶多吉少!"

白玉楼一听,立马接话:"先生,我歇息一阵,明晚的戏还是我上吧!"

康雅山依旧不发话。所有人的目光跟随着他来回的脚步。

终于,他开口了:"宝画的线索我已经破解,但是,只有最后揭开那个地方,才能确认!"

"父亲,这么说,我的思路没有错?"康之琳兴奋地问。

"是的,谢班主为了保护国宝如此用心良苦!实属难得!只可惜他对谁都信不过,所以设置道道谜面,暗示白玉楼演着他新编的穆桂英一步步解开。你们看,高靴上的两行东巴文'登高嵌天珠,天地混沌开',不就是叫白玉楼登上中央大戏园的最顶端吗?"

白玉楼一听,两眼放光,几乎同时,他和康之琳异口同声:"藻井!"

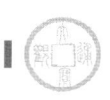

"对,宝画就藏在藻井上端!"康雅山继续说:"穆桂英大破天门阵用的是什么神器?对,你们一定猜到了——神龙木!而我仔细研究过,中央大戏园那个朴实无华的藻井实则暗藏玄机,藻井最中心的那一块核心龙头木,就是用神龙木精雕而成!"

白玉楼恍然大悟:"对对,昨日与娄二术抢灯笼时,我们都看见了藻井中心那一块别致又神气的木雕龙头,原来那就是'神龙木'!"

康瑗一听,急不可耐:"大哥,那还等什么,咱们赶紧去啊,快上那座木廊桥,攀上藻井打开龙头取宝啊!"

邰归华白了老婆一眼:"说你是个莽撞鬼就是没错,这会儿坂垣信形派重兵把守着戏台,谁强闯戏台,不是飞蛾扑火吗?"

康瑗不屑:"就你是个胆小鬼!"

康之琳说:"姑姑,姑父说得对,如今日本人要狗急跳墙,咱们不能轻举妄动,要想办法智取……"

康雅山沉吟片刻,终于发声:"明日,白玉楼依旧装病,醉月老板,就难为你继续上台扮穆桂英,你害怕吗?"

林醉月杏眼一挑:"先生,我林醉月人微言轻,不过是风尘里讨口饭吃的小女子,但家仇国恨当前,终究也不会隔江唱后庭花!需要我怎么做,先生尽管吩咐!我林醉月绝不会后退半步!"

众工匠一听,一个个血脉偾张:"康先生,有您这位'赛诸葛'在,我们一定不会让日本人从向麓城抢走属于中国的国宝!您尽管吩咐,我们绝不会后退半步!"

一股热流在白玉楼小小的化妆间里弥漫、翻腾!

康雅山身体里沉积已久的那股热血,也开始冲上头顶!他的目光从每个人的脸上扫过,最后定格在白玉楼的眼中:"白老板,你的龙眼木珠,就是打开藻井龙头的钥匙!"

众人凑了过来,康之琳压低声音,将明晚如何夺宝的设想对众人仔细吩咐,每个人的脸上闪耀着激动的光,邰归华按在腰间左轮手枪的手,不禁有点颤抖……

第二十二章
今生与君永相诀

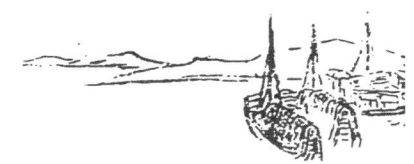

盛夏,残阳将向麓城北的瓯江铺得犹如一张巨大的闪着金光的红绸。即将到来的黑夜,让几只海鸥在江堤上有点焦灼地拍打着翅膀准备随时御风起飞。不一会儿,趴在这个千年古镇大戏园高高屋檐上的玉色小猴——"小壁虎",似乎听得见那一轮硕大的金色太阳"咕咚"一声就坠入了黄沙翻滚的大瓯江!

刺眼的夕阳让它隐隐不安,它赶紧跳上了立在中央大戏园入场口的那块"大水牌"上。

今天,这块"大水牌"依旧赫然写着:"今日上演:奉天花魁、洋场名伶'白玉楼'——《穆桂英大破天门阵》。"

在这个千年古镇,从白玉楼驻演这座时髦的中央大戏园的第一天开始,每天天不亮,"小壁虎"都能看见城里城外的人潮涌过来,嚷嚷着"白玉楼、白玉楼……"

每天早晨,那个与逼仄的售票窗口都会在戏迷的狂呼中,掀开红色丝绒的一角:"开票啦!"人们疯狂涌向那个小小的窗口,你争我抢……

每当那个时候,"小壁虎"总是操心白玉楼是否已经起床练功。然后一扭那闪着磷光的米玉色身子,悄无声息地溜进了戏院里。

如果在往日,从面江的剧场大门折返向南,"小壁虎"会依次穿过戏园子的观众席、乐池、舞台、后台,然后是后院、花径、回廊,一直到瓯福班戏班伶人们的起居厢

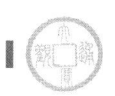

房。当然，它会在后花园的主屋前停下来，等碰上那个熟悉的俊逸顾长的身影翩翩而出，白衣胜雪，风姿俊秀；鬓若刀裁，眉如墨画；面如桃瓣，目若秋波，好似谪仙下凡！

而今日，"小壁虎"看到的是截然不同的场面——

自从日本人进向麓城后，夜晚的大戏园虽然舞台依旧灯火辉煌，但整个戏园子阴霾笼罩，全然没有戏迷追戏的那种快乐和满足。如今戏园里剩下的，只有贪婪、掠夺、恐惧、愤怒和未知……

此刻，向麓大戏园里鼓板急急、铙钹锵锵。

台下一片安静，整个戏园如一口架在柴堆上的大锅，锅底已经蹿出了星火，大家等待着这点点星火忽然冒出大火，将整口大锅烧成沸水！

坂垣信形也明显感觉到焦灼，但是，他坚信与他一样，只要戏不散场，这大戏园子里的人是不会离开的，每一个人都不会错过今晚这最后的精彩大戏！因为他自以为，除了他坂垣信形是肩负着帝国神圣的使命，其他芸芸众生，熙熙攘攘，皆为利来！

这一路走来，坂垣信形也在观察、思考，从骨子里来说，他依旧是那个在巴黎自卑的日本年轻人。但他就这么被卷入对这个国家的侵略战争中。不，不仅是战争，还有利益……他的叔叔，山中商会，懦弱的满洲国皇帝，甚至整个中国，从北到南，那些苦苦追寻"东北货"踪迹的中国人，哪一个不是为利为财，你争我夺，兄弟反目、骨肉相残，甚至为谋财丢了自己的性命！

唯有他坂垣信形，才真正是为自己的帝国而战，为国家使命而战！这一点让坂垣觉得自己无所畏惧！

但上峰的军报已经来了：伟大的天皇军队，要即刻离开向麓城前往衢州，集中所有兵力摧毁衢州机场。因为该机场是距离日本国最近最大的机场之一，中美战机在此起飞，会对日本本土造成巨大威胁。因此日军大本营命令所有队伍即刻前往，不得抗命。

但坂垣信形第一次违抗了军令,因为他觉得就在今夜,他伟大的使命马上就能完成,他有三个胜算:第一,在重赏之下,贪财懦弱的向麓城工匠们,一定会为财帮他破解最后的藏宝地点;第二,在母亲的呼唤下,娄二术必定拼死一搏;第三,白玉楼是他最后的王牌,今晚他不惜一切代价,一定会逼白玉楼交出密码……

但是,这个非同寻常的夜晚,当那位从东北跟随白玉楼回来的小酒馆老板娘却出乎他的意料。这个千娇百媚的女人上台一亮相、一开腔,便金声玉裂:

"金声唱兴亡,乱世不忍看烽火。且将水袖做长枪,位卑怎敢忘忧国!鼓点急急促鞍马,旌旗猎猎立城郭。向麓不逊穆家军,不破天门不收槊!"

高亢清亮的声音如裂帛,穿透了整个戏园!坂垣信形忽然心头为之一震:也许,向麓城的中国百姓并不如他所想的那样……

戏台上唱念做打,演着谢老板新编的那出不一样的戏文:

辽宋在九龙谷摆下的战场,杀气直冲天!

穆桂英手执"神木",带领众将士冲进了吕洞宾布下的天门阵。吕洞宾喷出一阵瘴气,要罩住整个天门阵,这时候,布景师朝台上喷出一阵浓雾。台上台下,所有人的目光被那一阵迷雾吸引。

忽然,娄二术发现"小壁虎"窜上了台幕。顺着"小壁虎"的身形,娄二术忽然发现一股雾气直窜舞台顶端藻井,一缕细微又刺眼的光亮又从藻井中向下探刺了出来!

娄二术脑子忽然灵光一现,直奔戏台一角,夺了司鼓的鼓槌,顿时,台上所有声音又戛然而止!只听得娄二术在舞台的浓烟中喊道:"太君,赶紧让白玉楼上台,立刻马上换下这个冒牌的穆桂英!"

不一会儿,白玉楼便被日本士兵从化妆间里拖出来,架到了舞台上。

林醉月一见,扑了上来,护在白玉楼身旁:"白老板还在重病之中,你们不能逼他演戏!"

娄二术跳下戏台,山中鬣野和坂垣信形已经跑向戏台,在藻井下,娄二术指点二人抬起头,在他们耳旁急促地耳语一番。

山中鼴野陷入思考,只见徐桑良也奔上台来,急急想张口,但看着娄二术欲言又止,坂垣信形将脸一沉:"说,快说!"

徐桑良说:"皇军,您将宝押在娄二术身上的时候,我却日夜在钻谢老板老婆王木兰这里的窟窿,老天有眼,让我钻通了。宝画十有八九就藏在这藻井顶上……"

娄二术大腿一拍,转头对坂垣信形说:"太君您看,我猜得没错!"

徐桑良赶紧接过话来:"太君,我要是帮您破这谜底,您和您叔叔当时在北平许诺我的金条可不反悔?"

坂垣信形不耐烦了:"我们大日本帝国是不讲信用的吗?"

"你们大日本? 好吧,你们!"徐桑良见山中鼴野那一双鹰隼般的眼睛盯着他,朝他点头,徐桑良赶紧拿出了事先准备好的一份合同,那上面,是他向山中商会要的金额,他自己早已画押签字,一边掏出了一支派克钢笔,让山中鼴野签字。山中鼴野很痛快地给他签了字。

但是,关于开锁的密码,徐桑良拍着胸脯说,他已经再三拷问和判断过,王木兰真的不知,而是由谢老板写在新编的《穆桂英大破天门阵》戏文里,即便谢老板没有直白告诉白玉楼,今晚白玉楼唱戏,必定也知道。或者他早已知道,因此,赶紧替换下那个只知道耍花腔的小酒馆的醉月老板吧,她毕竟只是个票友!

当荷枪实弹的日本宪兵架着"大病"之中的白玉楼上了戏台,林醉月几乎是扑了过来,护在白玉楼身旁。

从东北到北平、从北平到向麓,这一路惊魂夺魄、枪林弹雨,林醉月很庆幸自己还能一直跟得上白玉楼的脚步,不管这世道怎么变化,只要每天还能看得见他,她就能心安。但是,自从坂垣信形追宝到向麓后,林醉月时时惶恐,她经常做噩梦,梦见自己醒来,就会与白玉楼阴阳两隔。她明知道"戏起戏落身是客,情浓情淡皆幻景",但每当中央大戏园锣鼓喧天、丝竹盈耳时,多少波澜壮阔、哀婉缠绵、忠孝节义的故事在白玉楼的一招一式、一唱三叹里粉墨登场,她便如痴似醉!

可是此刻,当娄二术和徐桑良一左一右陪着坂垣奔向白玉楼的时候,林醉月的心头发紧,她再一次挡在了白玉楼的身前。

"你,让开、下台!白玉楼,后面的戏,你演!"

一直没有开口的坂垣信形,一字一顿地面向白玉楼,吐出了这几个字。

"他还病着……"林醉月话没讲完,只见一个日本兵急匆匆奔上台,递给坂垣信形一份密电。坂垣一看,脸色骤变!

密电上写着:即刻撤离,今晚轰炸。

"他还病着……"林醉月并没有察觉坂垣风云突变的脸色,她一心护着她的白老板。

坂垣盯着她,再顿出几个字:"你,下台!他,来!"

说罢,让所有人吃惊的是,坂垣信形竟然伸手去拉白玉楼,白玉楼一躲闪,旁边的日本兵刺刀一横,刺刀划过了白玉楼的手臂,顿时,鲜血渗出了衣袖。

林醉月一见,扑了上来。

只听"砰"的一声枪响,舞台上,身着戏装的林醉月已经倒在了血泊里,山中鬣野的枪口冒着一缕青烟!

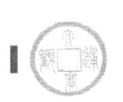

第二十三章
同仇敌忾卫河山

"非实非虚虚中原有实意,是真是假假里演出真情!"

林醉月拼尽最后的力气,高腔向白玉楼唱出这最后的绝句。

一曲一场叹息,一生只为你一人!

眼前的世界消失的瞬间,林醉月最后张开手掌,看了一眼那枚"大观通宝",用尽最后一丝力气,将它紧紧握在手中。

台下发出惊叫声,但骚动瞬间又安静了下来!因为小木兰母女被日本人五花大绑推上了戏台,小木兰稚嫩的声音在戏台上是如此刺耳:"娘……娘……"

戏台下,虽然康雅山对日本人的凶残有所预料,但这突如其来的屠杀让他非常震惊!震惊之余,他迅速寻找对策。

昨天晚上他们在化妆间,康氏父女根据谢老板的新编剧本和留给白玉楼的各种线索,终于破解了小白楼事件中流落到民间的元朝稀世宝画《江山胜览图》的藏身之处——那就是大戏园的舞台最高处的最中心:藻井!

而藻井藏宝机关的钥匙,就是手串龙珠,"登高嵌天珠,天地混沌开","四目龙眼降龙木珠",已经讲得明明白白!

今晚,只要白玉楼继续装病,林醉月替代白玉楼登台唱戏,在"向麓五把刀"的护卫下,白玉楼寻找机会,避开娄二术、徐桑良及日本兵的视线,登上舞台天幕木质廊桥再向上攀援,用"四目龙眼降龙木珠"打开藻井,就必能取宝!

但康雅山没想到山中鬣野居然在没有任何征兆的情况下,突然枪杀了林醉月!

此刻,舞台上,小木兰的哭声让人如此揪心!康雅山知道,日军此时忽开杀戒,背后必突发大事,林醉月不会是他今晚要杀的唯一一个中国人!

赵剃头匠的眼中已经冒出了火,另外向麓五把刀按住各自的"家伙",蠢蠢欲动……但是,康之琳紧紧按住了身旁赵剃头匠的手,眼神坚定,示意他们不能轻举妄动,因为日本人手中拿的是枪!

果然,通过徐桑良的嘴,坂垣信形向舞台上下所有人下命令:等候白玉楼穿戴整齐,重新开演最后一场新编穆桂英。

台下所有人都看着白玉楼。一分钟之内,白玉楼还没有动身穿行头,谁也不知道白玉楼接下来该怎么办。

安静,让人窒息的安静!

但这窒息的安静,很快又被一声沉闷的枪声打破了!紧随着这声枪声响起的,是小木兰一声尖厉的惨叫:"娘!"

可怜一世贤良慈悲的王木兰,没来得及与女儿小木兰道一声别,就死在日本人的枪口下,匆匆奔赴黄泉路,追寻夫君谢诚忠去了!

山中鬣野枪口一转,又指向小木兰,目光却紧盯着白玉楼。

没等白玉楼回应,娄二术大叫一声:"太君,我知道宝画在哪里!看,就在我们的头顶!"

这时,"小壁虎"不知从哪里冒出来,顺着灯笼杆子,跳上了木质廊桥,闪电一般地攀援向上,勾住了藻井的木椽,盘踞在上,向下俯视着戏台上血腥的舞台!

山中鬣野瞬间从小木兰的头顶处收回了自己的手枪:"那你还等什么?快上去取宝!"

娄二术的目光射向了白玉楼:"太君,我取不了宝画,谢老板将取宝的钥匙交给了他!"

娄二术的话音刚落,康之琳的双手紧紧抓住了父亲的手臂。

坂垣信形此刻也终于举起了枪,他将枪口指向白玉楼:"马上交出钥匙,不然屠

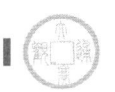

城！"

白玉楼并无惧色，迎面对着坂垣信形的枪口，正要对他说什么，忽然，坂垣的通信兵急闯大戏园，直奔台上，又将一份密电码呈上。坂垣信形示意身边的卫兵紧贴着他，熟练地将手枪往腰间的枪套一套，快速阅读密电……

忽然，头顶的"小壁虎"狠命摇着那根原本挂大灯笼的木柱子狂叫，台上台下顿时骚动了起来，有人开始从座位上跳起来想夺门而逃。

邰归华一个箭步冲上了舞台，枪口向下，他的卫队同时子弹上膛，与日本兵两相对峙！

趁着混乱，康雅山打了个手势，身边的"向麓五把刀"神刀齐飞，瞬间台上台下的护卫扑通扑通应声倒下！

但是，接受过全套特工训练的坂垣信形身手不凡，反手一把抓过站在身边的徐桑良挡在身前，可怜徐桑良肥厚的胸膛替日本人挡住了叶神刀飞过来的那一把夺命刮痧刀，一刀毙命！

几乎是同时，台上白玉楼一个燕子飞身，翻腾而来，一掌将山中鬣野劈倒在地，迅雷不及掩耳之势，容不得山中鬣野有掏枪的机会，就将山中鬣野的双手反扣在后背，高一刀那把黄杨木精雕小刀已经毫不留情刺向了山中鬣野的喉咙！

康之琳跳上了戏台，振臂高呼："乡亲们，报仇吧！"

这短短六个字，瞬间激活了向麓人身体里的血性，他们狂呼着、像潮水般涌向了日本人，瞬间，台上台下，枪声大作，血肉横飞……

坂垣信形在一堆日本士兵的簇拥下，且战且退，消失在了戏台后。

戏台上，已经被刺穿喉咙的山中鬣野，拼尽最后一点力气，绝望地看了一眼向麓城大戏园高高在上的藻井，他知道，他永远没有机会掀开那一段只属于中国和中国人的"神龙木"、永远也不可能从中国的土地上，夺走本来就不属于日本的中国宝画了。

山中鬣野最后迷离的眼神中，看见了"穆桂英"，不，十个、一百个、千万个"穆桂英"以及她的将士们，他们威风凛凛、不可战胜！

就在山中鬣野最终合上双眼垂下头颅的那一刻，一个怪异的声音从藻井上传了下来。众人抬头一看，只见娄二术像那只玉色小猴子一样，一手勾住了藻井的木椽，盘踞在上："白玉楼，山中老头死了，日本兵都被你们打跑了，没人跟你们抢宝画了！可是，我想要！我要回去看我娘，你发发善心，上来帮我打开神龙木，我知道师父的钥匙就在你手里！"

台下的康瑗一听，开口大骂："差点忘了还有你这个狗汉奸！乡亲们，快，快拿下这吃里扒外的卖国贼！"

娄二术一听，抻了抻自己架在藻井的木椽瓦梁上的手臂，哈哈大笑，笑得五官都变了形："邰大夫人，平时你耀武扬威的，可你在你孩子面前不也是一条无骨的水龙鱼吗？你也是当妈的，我只想回大日本看我的娘亲！我有错吗？中国那么多古画，犯得着为这一幅画赌上整个向麓城吗？白玉楼，你们就行行好，给我画吧……"

"娄二术，你错了！"

康之琳清脆的声音，穿过戏台："孩子想要找母亲无可非议，但是，寻找母亲就要与养育你的土地为敌吗？你的母亲是日本人，但是，你的父亲是土生土长的向麓人，你的血脉里也流淌着中国人的血！"

康瑗一听，立马接话："你这个逆子，你老参要是知道你做了汉奸，非气得掀翻棺材板上来打死你不可！"

康之琳回身对着观众席："乡亲们，国难当头，寸土不让！别说一幅价值连城的宝画，只要是来抢我们的，一片瓦、一根椽咱们会给吗？一株草、一粒稻，我们会让吗？在侵略者面前，向麓人低过头吗？"

顿时，大戏园里群情激昂："不低头，绝不低头！娄二术，你这个卖国贼，休想得到宝画！"

白玉楼仰头对娄二术说："娄二术，此刻看在我还尊你一声师兄的份上，你就下来吧，别做你的宝画梦了！"

"你们！你们！谁也别想和我抢宝画，我要去日本见我娘……你们都给我听好了，看见我手里的这个新鲜玩意儿了吗，这可不是打火石，它叫'之宝打火机'，是美

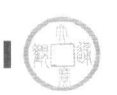

国的时兴货！日本人已经在木廊桥上布下了炸药,只要我手中的这个打火机一点燃,你们就立马被炸成肉酱！白玉楼,你给我上来,我知道钥匙就在你手上,我数到五,你再不上来,我就点燃炸药,所有人都一起死吧！"

见娄二术在上面狂叫,白玉楼一个鲤鱼打挺,一手抓住舞台的侧幕,飞身向藻井攀去抢夺娄二术手中的打火机。

台下一片惊呼！

"嗖"的一声,伴随着赵剃头匠一声呐喊:"还留着你这孽种作甚,给我娘子报仇！"手中一把闪着寒光的"剃头刀"如一道闪电向娄二术飞了过去,直击他的胸口。

顿时,娄二术血流如注,"砰"的一声坠落在藻井下的木廊桥上。临死之际,他用最后的力气点燃了廊桥上的炸药！

炸药的引火绳滋滋炸裂！娄二术双目崩裂,蹦出了最后一句话:"哈哈哈……戏园的大门……早已锁了,宝画、我、你们！同归于尽吧！"

世界瞬间寂静！

但是,随着白玉楼的一声口哨,没一会儿,那根正在燃烧的炸药导火绳熄灭了！

娄二术的魂魄还没有飘散的时候,"小壁虎"用它那敏捷又轻柔的尾巴扫过他的身体,跳到导火线前面,撒了一大泡猴尿……

当四目龙眼降龙木珠"吧嗒"一声,嵌进戏台藻井上的那块神龙木锁时,藻井瞬间打开,里面一只泛着幽光的檀色木盒现身了！

尾 声

大戏园外，不知何时下起了滂沱大雨，大到仿佛永远不会停止。

借着雨箭纷乱的墨夜，坂垣信形与护卫他的亲信像斗败的鸦群，从中央大戏园冲出，掠过向麓城的青石街巷。

直到坐上了事先准备的篷船，坂垣信形才敢伸手，抹去脸上的水滴。他大口大口地喘气，直到呜咽干呕起来。

刚才一瞬间发生的事情，让他明白了一件事：当被欺压者觉醒时，那些一度被视为草芥之人，也能化身利刃，割开施暴者的喉咙。而这只是一座小城，一家戏园中的觉醒。如果一个国家觉醒了，又当如何？

"轰炸吧！把这里炸平！把这些蝼蚁炸碎！"坂垣信形的嘴角又禁不住浮现一丝狞笑。

"喀嚓！"

一个雷鸣狠狠地在坂垣信形头上炸开，坂垣信形忍不住把脑袋使劲往湿透的军装里缩。他望向风雨飘摇中的向麓城，从喉咙里发出野兽苟延残喘般的嘶吼："蝼蚁们，一定要活下来，总有一天，我会回来取画的！"

雨声渐低，飞机的轰鸣声渐近。

向麓城城北的朔门古港码头，几个人穿着雨衣，在码头上来回走着，他们的目光，穿透雨雾，注视着大海的方向，等待着一艘船起航……

康雅山举着伞，对着面前黑压压的人群，大声说道："今日之事，多谢各位乡亲！日本鬼子肯定不会善罢甘休，他们会卷土重来反扑，诸位一定要保重！我康家的命运，将会和这《江山胜览图》连到一起，我们这一趟出去，不知何时才能回来。但请

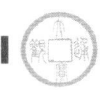

诸位放心,我们一定会拼尽全力,保护好这幅宝画。我们中国人的江山,不容外族染指!"

说罢,康雅山丢掉手中的伞,站在风雨之中,向着向麓城的人们深深地鞠了三躬。

白玉楼的手中,紧紧握着那枚"大观通宝"。

这是林醉月身死之后,他在她的手中发现的。

白玉楼想起那一日,林醉月将这枚铜钱交到他的手中。那是风和日丽的一天,原本每个人都应该享受这样宁静美好的时光。他们本应坐在小酒馆里,一起欣赏这枚精美的钱币。

但这份再寻常不过的安宁,被侵略者的铁蹄践踏得支离破碎。

连通东海的瓯江江面暗沉,风声呼啸。他转过头来,看到了一双双热切的眼神——那是他一度熟视无睹的、向麓乡亲们的眼神。越过这份炽热,他抬头看见了月白酒馆的招牌,在风中发出"叩叩"之声,仿佛是林醉月魂归酒馆,与他做着最后的道别。

"月白酒馆!林醉月的月,白玉楼的白。"他此时才恍然大悟,那张美丽的脸,在白玉楼的眼前鲜明了起来,他喉头一哽,泪如泉涌。

这时,康之琳从他身后走了过来,与他并肩站在一起。四目相望之时,康之琳眼中满是柔情,也满是坚定。小木兰也靠了过来,紧紧拉住白玉楼的手,微凉的小手颤抖着,与白玉楼的心跳同频。"小壁虎"从小木兰的身上爬上了白玉楼的背,紧紧搂住了他。

"我的守护之路才刚刚开始。师父、师母、醉月,请你们保佑。"白玉楼握紧铜钱,在心中喃喃说道。

船渐渐离岸,向东边驶去。

飞机的轰鸣声已经到达头顶,一颗炮弹在暗夜中落下,火光刺痛了所有人的眼睛。

船上的人隔水望着这国破山河,只能把手攥疼,把牙咬碎。这个国家和人民,

303

到底还要饱受多少的沧桑与磨难?

"勿忘国耻,奋斗自强,才能护卫这江山胜览。"

这份信念在每个人的心中涌动着,最终凝结在了灵魂深处。

炮弹一颗颗地落在向麓城中,这座老城屹立千年,见过太多朝代更替,沧海桑田。送出去过无数的船,也拥抱过无数回归的船,此刻它并不知道载着宝画的船,下一段旅程在哪里,但它一定知道,与所有走向四海的向麓人一样,这一定会是一段传奇而充满荣光的故事。

"向麓五把刀"等城中的百姓们,迎着敌人的炮火,心中装着这艘驶向未来的船。这是他们身处苦难中的希望之光。他们相信,白玉楼、康家父女、谢诚忠的后人小木兰,会带着这幅《江山胜览图》,驶向繁花盛放的前方……

外一篇

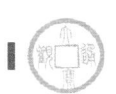

我是一枚沉睡了千年的铜钱。

在黑暗中蛰伏着,时间是静止的;直到光亮透进来,时间才会再一次流动起来。

那天,一只粗糙的大手掠过我,一个声音响起,浑厚中带着颤抖:

"大观通宝!是大观通宝!"

哦,真的太久没有人这样称呼我了。久到我已浑身绿绣斑驳。

但我依旧记得——

记得那个风雨之夜,那艘离开向麓港,带着国仇家恨,驶向茫茫大海的船;

记得京城运河边,两个相视大笑,虽历经沧桑,却依旧满身少年气的中年男子;

记得宿觉码头,那条震慑人心的闪亮瓷片带,以及那对用尽全力与命运抗争的、至死不渝的恋人。

此时此刻,我——一枚叫"大观通宝"的铜钱,又身处何方呢?

一瞬间,一种熟悉的感觉,像浪涛一样拍进了我的记忆中——

这是向麓港!是宿觉码头!

虽然时过境迁,早已不是当年的模样。但我知道,这里就是!

原来包裹我的茫茫黑暗,正是日思夜想的吾心安处。

如今一切重见天日,我察觉到我的周围尽是残垣断壁,各种瓷片、铜钱碎了一地。

但这样的破败,在几个小心翼翼来回走动的身影口中,却是:

"这是极有价值的发现!"

"这是真正的宋元古港!"

"是海上丝绸之路的重要一环啊!"

我被郑重地装进一只透明匣子,作为人们口中的"宋元古港"中的珍品代表,展出在这个时代的人们面前。

终于,从人们的口中,我慢慢了解到了我的前世今生——

2022年9月28日上午,北京,国家文物局正在举行"考古中国"重大项目发布会。会上,浙江省文物考古研究所公布了温州向麓城朔门古港遗址考古重大发现。温州古港遗址规模庞大、体系完整,为国内外罕见,是我国迄今为止所发现的、保存最完整的海上丝绸之路遗址之一,堪称近年来我国海洋和城市考古的重大收获!

发布会上介绍了向麓城的历史:东晋建城,是一座拥有千年开埠通商史的国家历史文化名城。这里有着"东南之沃壤,一都之巨会"的美誉。因"控带山海,利兼水陆",到了宋元时期,随着市舶管理机构的设置,一跃成为"百粤三吴一苇通"、海上丝绸之路上的重要港城。

《唐代航海图》显示:当时向麓州与福州、台州等地都已有水路相通,不仅通达国内港口城市,甚至开通了国际航线,与日本、新罗相连。虽然学界有记载,可长期以来,向麓缺少强有力的实证。

让我倍感欣慰的是,这个时代的人们从未忘记过《江山胜览图》这幅曾与《清明上河图》《千里江山图》齐名的旷世长卷,它跨过了历史长河,向七百多年后的人们,展示着宋元时期向麓城周边的山山水水,宿觉码头的人来人往。

向麓城傲然向世界宣告:海上丝绸之路上,早在宋元时期,就曾经有载着无数商品的船只,从向麓城的宿觉码头扬帆起航!

我后来了解到,在我隐入古港深处的这些岁月里,向麓港的码头一直在变化。

20世纪90年代,这里也曾大船云集,那时人们去往任何一座大城市,都需要从码头坐船出发。后来陆路通了,向麓城有了火车、飞机,码头就小了,再后来就消失在尘烟深处。

我头顶的这条朔门外江边马路,经历了"入城第一站"的人头攒动与盛世繁华,随着时代变迁,终究还是归于平平淡淡的市井烟火。

如今,随着古港遗迹被挖掘,一拨拨专家学者纷至沓来。经过千年的沉寂,古船、古木、古码头将一一揭开神秘面纱。在这千年的等待中,依稀可见"一片繁华海上头,从来唤作小杭州"悠长过往。

如同解锁密码一样,眼前的江与山,港与船,连同消逝在历史烟尘中的蛛丝马迹,一点点地,在我眼前形成了一幅长卷——

长卷的起点,是一桩南宋时期才子佳人的公案,周云天与郑沉芗的故事早已淹没在历史尘埃之中,后世的人们,只能通过野史中记录的"宿觉码头瓷片缎带""向麓城海溢事件",来拼凑那段往事。

周云天炼窑的新河窑坊,历经百年,变成了一座庙宇,庙宇又因战乱损毁。一位叫王展羽的少年,无意间踏入庙宇,却望见了泥土中绘着向麓山河、码头瓷器碎片,他将碎片一点点挖出,在废弃寺庙的院中如缎带般恢复成一圈,内心大受震动,心中萌生出将眼前所见非凡的残缺之物绘成长卷的想法。

王展羽的挚友周达观,在海外经商多年,写下举世闻名的《真腊风土记》。1819年,法国一名叫雷慕沙的翻译家,首次将《真腊风土记》译成法文。此后,传教士和旅行家跟着这本书,抵达了柬埔寨,也陆陆续续写了一些文字,但都被西方视为天外奇谭。直到1861年,法国生物学家亨利·穆奥以《真腊风土记》为向导,在暹粒市的原始森林中发现书中所写的古庙遗迹,书中记录了亨利·穆奥的诚挚惊叹:"此地庙宇之宏伟,远胜古希腊、罗马遗留给我们的一切,走出森森吴哥庙宇,重返人间,刹那间犹如从灿烂的文明堕入蛮荒。"

再后来，就是向麓城诸多百姓的护画传奇……

是的，我想起来了，就在那个风雨之夜，我从白玉楼的指尖滑落，被江流冲回了码头，再次被层层泥沙掩埋。

那么，我一直牵挂着的那幅宝画呢？——

在阴差阳错之下，被秘密转到了比利时。直到2012年12月，在一场国际艺术品拍卖会中，被一位收藏家竞得……

回忆了这一切，我突然觉得很疲惫。

在玻璃匣子内，在无数投来的目光凝视中，我沉沉睡去。

我梦见自己变成了《江山胜览图》中的一缕画魂。

掠过南宋的星空灯火，我看到了周云天与郑沉芗相互依偎，二人眼中的深情照彻瓯江两岸；

掠过元代的山与海，王展羽正展开一幅巨大的长卷，沾满墨汁的毛笔，在空中停留许久，终于落下第一笔。海之彼岸的真腊国，周达观与帕花黛薇穿过旖旎环绕的深夜吴哥城，瞻仰巨大的"高棉微笑"；

掠过民国日军侵染的苦难大地，在漫漫长夜中的广阔洋面，那艘载着《江山胜览图》的船上，白玉楼与康之琳并肩而立，望向深邃的大海与未知的命运……

江山不动，看尽沧海桑田，世事变迁；而令人心生揽胜之情的，永远是一段又一段的命运浮沉。那些家与国，情与爱，一张张面孔，一段段人生，交织出如诗如画、缭绕参差的时光与征程。